장옥순 교육에세이

아이들의 가슴에 불을 질러라

아이들의 가슴에 불을 질러라

초판 1쇄 인쇄   2012년 11월 01일
초판 1쇄 발행   2012년 11월 08일

지은이   장 옥 순
펴낸이   손 형 국
펴낸곳   (주)북랩
출판등록   2004. 12. 1(제2012-000051호)
주소   153-786 서울시 금천구 가산디지털 1로 168,
           우림라이온스밸리 B동 B113, 114호
홈페이지   www.book.co.kr
전화번호   (02)2026-5777
팩스   (02)2026-5747

ISBN 978-89-98268-22-0 03810

소통과 공감을 꿈꾸며 초등학교 선생님이 쓰는 교실일기

아이들의 가슴에 불을 질러라

장옥순 지음

book Lab

가을에 띄우는 편지
아이야, 함께 가자!

세상이 무서운 속도로 달리고 있습니다.
따라가는 학교와 아이들은 더욱 힘들어합니다.
상처받은 아이들이 넘치고 선생님도 아픕니다.
그래도 포기할 수 없는 교실과 아이들을 안고
애정 어린 눈길로 아이들을 돌보고 스스로 일어서도록 손잡아
이끌어주고 싶은 마음으로 아이들과 살아가는 모습,
선생님의 희망을 접어 세상으로 날려 보냅니다.

love song

세상이 아무리 힘들어도
어디선가 마알간 샘물은 끊임없이 흐르고 있음을 믿기에
누군가의 외로운 부름에 답해주는 메아리가
들려오는 세상임을 또한 믿습니다.
힘들어하는 목소리가 높을수록
신음하며 속울음 우는 눈빛이 서러울수록
절망의 그곳이 곧 희망의 씨앗을 뿌릴 곳임을
포기하지 않고 함께 눈물로 다시 일어서기를,
눈물을 닦아 줄 수 있기를 빌며 희망의 민들레 홀씨를 힘껏
불어 올립니다.

2012. 10. 15
저자 장 옥 순

제 1 부
아이들의 가슴에 불을 질러라

제 2 부
그리운 나의 아이들

아이들의 가슴에 불을 질러라

내 인생의 터닝 포인트,
전남학습연구년교원 북유럽 연수

▲ (2012. 5. 15 ~ 24) 전남학습연구년 북유럽 교원연수 분야별 워크숍 장면 ⓒ이혜영, 정금영

공교육 강화를 위한 학습연구년제, 국가의 배려에 감사

세계에서 가장 앞서간다는 북유럽 교육의 현장을 돌아봄으로써 그동안 고착된 시각으로 보아온 우리 교육의 모습을 객관적으로 볼 수 있는 매우 훌륭한 연수기회였음에 감사한 마음 가득하다. 국가적으로 어려운 시기이고, 교단 현장을 둘러보아도 해결해야 할 숙제들이 많은 지금, 그럼에도 불구하고 공교육의 성공을 향한 국가의 노력은 우수 교사

양성이라는 정책적 배려로 나타났다. 막대한 예산을 투자한 '학습연구년제' 혜택을 받으며 참으로 행복한 연수를 수행하는 중이다.

학습연구년제는 교단 경력 10년 이상으로 교원능력평가가 우수하고 기타의 실적 등이 반영된 연구보고서가 채택된 현직교사에게 주어지는, 평생에 단 한번만 주어지는 기회다. 안식년보다는 자율연수의 성격이 더 강하다. 1년 동안 충실한 연수 활동과 정신적·육체적으로 한껏 고양된 자세로 현장에 돌아와 행복한 교사로서 더 나은 교직생활을 바라는 국가의 야심찬 배려라고 생각한다. 이 기간 동안 교사이기 이전에 한 인간으로 돌아와 자신의 인생을 반추하며 중간 점검을 훌륭하게 다지고, 교사로서 사랑과 열정을 충전시켜 다시 질주해 달라는 준엄한 요구가 내포되어 있다.

그렇다! 준엄한 요구가 맞다. 봉급을 다 주고 연구주제 해결을 위한 기본 경비도 준다. 1년 동안 기간제 교사를 채용하므로 그 비용도 만만치 않다. 누군가가 말한 것처럼 직장인은 자기 봉급의 3배를 일해야 한다고 했던가. 나를 위해서, 학생이라는 소비자를 위해서, 채용한 국가를 위해서 일하므로 3배라는 뜻일 것이다. 그런 생각을 하면 뒷목이 뻣뻣해지곤 한다. 책을 읽고 온라인 강의를 듣다보면 오전 시간이 얼른 지난다. 도서관을 찾거나 오프라인 강의를 듣고 오면 오후 시간도 달아나 버린다. 수시로 연구 주제를 점검하고 중간 연수 보고서를 제출해야 한다. 교육 관련 세미나나 워크숍은 전국적으로 찾아다니는 자율연수 활동에도 충실해야 한다. 그럼에도 불구하고 자신이 원해서, 좋아서 수행하는 공부이기 때문에 즐거움과 행복함이 나보다 앞장서서 나를 이끌어간다.

오래 전부터 생각해온 연수였기에 하루하루가 소중한 시간이다. 솔직히 국가에서 아무런 금전적 보상(봉급이나 연수비 등)을 한 푼 주지 않아도 안식년의 차원에서 쉬면서 공부를 하고 싶었던 소망을 간직하고 있었다. 가르치는 아이들이 싫어서가 아니라, 교실이 힘들어서라기보다는 내 스스로 너무나 소진 상태라는 걸 자각하고 있었기 때문이다. 아이들을 가르치는 일이 행복하고 사랑스러운 일이지만 언제부턴가 100m를 달려야 되는 상황인데 90m 지점에서 머뭇거리고 주저앉는 내 모습을 보았다. 교사에게 필수 품목인 사랑과 열정이라는 숯이 산소를 요구하고 있었다. 그러니 지금 나는 그 숯에 다시금 산소를 불어넣고 있으니 날마다 새로운 날이다.

선생님이 행복해야 아이들도 행복

세상에 널린 배움의 현장을 찾아서 온라인, 오프라인을 막론하고 더듬이를 곧추 세워 현미경과 망원경을 같이 들고 사는 요즘이다. 때로는 자치단체의 아카데미를 찾아 스타강사의 인생론을 들으며 일상의 행복을 누린다. 어디든 배움의 기회가 있는 곳이면 기웃거리게 되었다. 전남학습연구년 회원들과 카페를 열어 정보를 공유하고 함께 나누고 모이며 소통과 나눔으로 시너지 효과를 얻기도 한다. 교실에 있어야 할 시각에 거리를 걷고 버스를 타고 오프라인 연수 장소를 찾아가며 다른 세상에 있는 것 같은 착각에 빠지는 느낌은 사물들이 신기하게 다가서는 호기심까지 불러일으킨다.

30년 이상 부려온 내 몸을 돌아보며 고장 난 곳을 돌보기 위해 병원을 들락거리기도 하고 눈 맞출 시간이 부족했던 가족들을 위해 그동안 못 다한 역할수행을 하며 인생을 다시 사는 느낌이다. 보고 싶은 책을 주어진 예산으로 사서 쌓아놓고 보는 행복, 도서관을 들락거리는 행복한 생쥐가 되어보며 젊은 날의 열정을 되새김하는 시간도 열정이 되살아난 충만감을 안겨준다. 그동안 달려온 길이 직선이었다면, 1년 동안의 학습연구년의 시간은 곡선이다. 느림과 멈춤이다. 도약을 위한 한 걸음 물러선 재충전이다. 내려놓고 바라본 세상, 물러서 바라본 교실과 아이들은 그리움으로 다가선다. 비로소 내 행복이 바로 제자들의 그것과 맞닿아 있음을! 마알간 영혼의 거울로 우리 아이들을 비춰 볼 수 있겠다는 자신감!

아침 산책길에 방방대고 조잘대며 몰려가는 아이들의 웃음이 그렇게 예쁠 수가 없다. 거북이 등딱지처럼 다시 무거운 가방을 매고 학원으로 달려가는 학생들의 모습이 더 안쓰럽게 보인다. 마음의 눈이 열렸는지 눈으로 보는 습관이 변했다. 시야 뒤편에 가린 보이지 않는 저편을 보는 버릇이 생겼다. 그동안 한 인간으로서가 아니라 선생의 눈으로만 살아왔다는 생각이 든 것이다. 무엇이든 옳고 그름의 틀에 넣고 보는 고정된 시각으로 경직된 삶을 살았다는 것을 깨달음을 얻은 것은 학습연구년 4개월 동안 얻은 최고의 알맹이다. 그것은 바로 북유럽 연수가 준 선물이다. 책과 지식으로만 만나던 북유럽 연수는 내 인생의 전환점이 되기에 충분했다.

▲ 명경지수. 북유럽 연수 중 릴레함메르 가는 길에 호수에 비친 풍경 ⓒ이혜영, 정금영

인간의 존엄성에 충실한 교육을 보다

교육의 목적이 한 인간의 행복한 삶이라고 규정한다면, 북유럽 교육이 보여주는 모습은 인간의 존엄성을 중시한다는 점에서 매우 고무적이었다. 우리나라에 비해 척박한 자연환경을 딛고 일어서면서도 그 자연을 파괴하거나 짓밟지 않으면서 그 속에서 적응하며 우리보다 더 선진국이 된 그들만의 노력은 인성교육에서 드러나 있었다. 누가 누구를 지배하는 논리가 아닌, 모두가 귀하며 특별한 대우를 받지 않는 보편적 복지를 실천하며 국민으로서 최대한의 자유와 권리를 누리게 하는 모습에 감동하였다. 대통령과 청소 노동자의 휴가 일수가 같다던 어느 책에서 본 내용, 다른 나라에 가서 근무하는 자국 공무원은 그 자신이 그 나라를 대표한다는 신념으로 일한다는 핀란드 사람들의 자부심의 발로는 곧, 누구에게도 피해를 주지 않으면서도 매우 정직하고 성실함을 기본으로 한 가정교육과 학교 교육의 산물임을 눈으로 볼 수 있어서 우리 교육에 접목시켜야 할 소중한 가치라고 절감했다.

꾸밈없이 소박한 교육, 어디를 가나 꽃과 자연이 어우러진 아름다운 모습은 가장 좋은 교육환경으로서 환경이 인간을 만들어낸다는 평소의 내 신념을 확실하게 해주었고 옛 것을 소중히 여기며 함부로 손상시키지 않으며 그대로 보존하고 가꾸는 검소한 모습은 새것을 중시하는 우리 문화를 돌아보게 하는 계기가 되었기에 충분했다. 예술을 사랑하고 자연을 귀하게 여기며 건물 하나까지도 전체적인 조화 속에 배치하며 간판조차 함부로 달지 않는 모습을 보며 물 부족과 비싼 물가, 극지방이 주는 불편함까지도 극복해낸 모습은 사계절이 분명한 살기 좋은 나라에 사는 감사함을 너머 부끄러움까지 안겼다.

특히 우리에 비해 엄청난 담세율을 감당하면서도 국가가 자신을 위해 청렴한 자세로 보편적 복지를 실현하리라는 신뢰가 뿌리내린 점은 우리의 정치문화와 국민의식의 전환이 있어야 한다는 깨달음을 얻었다. 결국 정치와 교육 문제는 신뢰가 먼저이며 그 바탕 위에 인간 존엄성과 소통, 고통을 분담하려는 공동체 의식이 선행되어야 우리 교육이 그들과 어깨를 나란히 할 수 있겠다는 자각이 들었다.

교육이란? 상상력, 진실성, 책임감

앞선 교육을 한답시고 그들의 교육정책에서 팔 하나, 다리 한 쪽만 가져다가 접목시키는 교육정책이 아니라 근본부터 다시 시작해야 한다는 무거운 마음까지 갖게 했음을 고백하지 않을 수 없다. 결론적으로 말하면, 교육이란? "상상력, 진실성, 책임감. 이 세 가지가 바로 교육의 정수다."고 한 루돌프 슈타이너의 한 문장으로 귀결된다. 그들에겐 그 세 가지가 다 있어 보였다.

상상력을 유발시키는 과정 중심의 교육, 정직과 성실을 최고의 가치로 본다는 핀란드 교육, 0세부터 대학교육까지 무상교육으로 책임지는 국가! 육아를 걱정해야 하고 교육비에 눌리고, 엄청난 등록금에 시달리며 졸업을 하고도 빚쟁이가 되는 우리의 현실이 대비되었다. 그렇게 힘들게 나온 대학도 일자리를 보장해주지 못하는 악순환의 고리를 생각하며 마음이 무거웠다.

솔직히 나는 연수를 다녀와서 머리가 더 무거워진 느낌이다. 우리 교육의 문제점을 그들의 거울에 비춰보며 책으로 만난 북유럽 교육의 모습이 우리 교육이 따라가기 멀게 느껴졌기 때문이다. 부러우면 진다고 했지만 변화해야 하고, 공부해야 하며 나누기 위해 소통해야 한다는 것을! 학생이 책상 위에 다리를 얹어놓고도 태연한 교실 분위기가 주던 놀라움! 그들은 보이는 것보다 보이지 않는 내면의 그 무엇에 더 충실하다는 느낌을 주고 있었다. 실질적이었다. 겉치레와 형식보다는 타인 배려와 이해가 돋보였다.

진정한 여행이란 풍경을 보는 것은 시작이고 새로운 시각을 갖게 한다는 오래된 격언을 가슴 깊이 새긴 대단한 연수였다. 북유럽에서 우리 교육의 미래를 보았다. 미국과 일본을 모델로 달려온 우리 교육이 언제부턴가 북유럽이 교육 모델로 등장한 것은 결코 우연한 일이 아니다. 제대로 된 방향이라고 본다. 우리의 정치 체제와는 다른 사회주의와 민주주의를 혼합에서 나온 교육제도이기에 비교와 경쟁으로 마음의 상처를 받거나 행복지수가 비슷한 결과적 평등이 보장된 그들의 장점만은 꼭 받아들여야 할 절실한 가치라고 생각한다.

▲ 북유럽의 풍경. 자연과 어우러진 낭만적인 풍경 ⓒ이혜영, 정금영

아기가 생기면 시골로?

도시에서 직장 생활을 하며 결혼을 한 부부에게 아기가 생기면 시골에 집을 짓고 살림을 시작한다는 현지 가이드의 실화가 마지막 방문국

인 핀란드의 교육을 단적으로 보여주며 마무리 짓는 명문장이었다. 왜냐하면 수도이건 산간벽지 시골이건 똑같은 우대를 받으며 교육을 시킬 수 있으니 구태여 번잡한 도시로 가서 스트레스를 받지 않으며 행복한 어린 시절을 선사하기 위한 거라는 뜻이다.

교육은 행복으로 가는 노정 중의 하나이므로 어린 시절 자연에서 뛰놀게 하는 행복한 추억을 선물하는 것은 부모의 의무라는 그들의 사고방식은 참으로 타당해 보였다.

공부란 때가 되면 싹트는 씨앗이므로 기다림으로 살피고 가꾼다는 것! 정규수업도 오후 3시면 다 끝나서 체육 활동이나 취미 활동으로 즐거운 시간을 보내고 학원에 가는 일은 아예 없단다. 그들에겐 가족이 소중한 의미였고 자연 속의 삶을 즐기는 느린 모습이 오래 전 시골 모습 같았다. 서울로 대도시로 명문고로 달리고 명문대학으로 달리고 엄청난 교육비에 가위 눌린 채 그 쳇바퀴를 멈추게 할 동력을 언제, 누가, 어떻게 끊을 것인지 답답함! 그들에게도 어려움과 만족스럽지 못한 부분은 있을 것이다. 무조건 북유럽 교육이 다 좋다는 생각은 하지 않는다. 학원이 없는 나라, 대학 등록금조차 무료인 나라, 육아비를 책임지는 나라! 그 대신 50%에 가까운 담세율과 공동체, 신뢰가 전제된 소통으로 문제 해결에 힘쓰는 나라였다. 공부하는 모습도 토론이 많았다.

8박 10일 동안 얻은 지식의 양은 새로운 자극이어서 뇌량이 늘어나 장기기억 창고를 따로 만들고도 남는다. 지금은 좌뇌와 우뇌를 다시 정리하는 중이다. 새로운 방을 들였으니. 그리고 지식이 지혜로 숙성되기를 기다리는 중이다. 나부터 변화를 위해 나선 학습연구년 연수 활동에 충실하여 내가 서 있는 곳에서 작은 것부터 실천하기를 다짐하게 한 내 인생 최고의 기회, 북유럽 연수는 두고두고 꺼내 먹을 마시멜로다. 공부할 기회를 준 내 나라에 감사하고 사람을 기르는 농사에 몸담은 교직이 더욱 소중하다. 해외연수의 소중한 불씨로 숯을 달구고, 자율연수로 내공을 다져 교실로 돌아갈 설렘은 초보 시절의 그것과 닮아 있다. 인생은 늘 설렘으로 달리는 기차다. 열정과 배움, 호기심이 사라진 삶을 살기에는 너무나 소중한 왕복이 없는 외길 노선이다.

이제는 풍경을 느리게 볼 수 있도록 가르치고 싶다. 북유럽에 비해 열악한 우리 교육의 현실이지만 좋게 보면 그들보다 훨씬 역동적이고 치열한 학구열을 가진 학생들이 넘치는 대한민국이다. 역설적으로 국가가 아닌 스스로 견디고 일어서서 달려야 살아남을 수 있는 현실을 걸림돌이 아닌, 디딤돌로 삼을 수 있는 저력이 우리 아이들의 무의식 속에 이미 잠재되어 있음을 북유럽을 다니며 깨달았다. 교육은 씨앗을 심는 것이 아니라 씨앗을 찾아내는 것이니, 결핍 속에서 에너지를 발산하는 DNA가 더 강한 자연의 섭리를 아이들 스스로 찾게 하리라. 사과씨를 가지고 태어난 아이의 땅을 갈아엎어서 수박씨를 심는 오류만은 하지 않으리라는 다짐, 일주일에 한번만 물을 주어야 할 화분인 아이에게 날마다 물을 주지 않도록 관찰과 관심으로 소통하는 교실을 가꾸고 싶다. 혜민 스님의 책 제목처럼, 멈춰 서서 보니 보이는 것들이 참 많아졌다. '아는 것만큼 보인다.'는 영원한 진리다. 아니, 배운 것만큼 보인다. 이때의 보임은 육안을 너머 심안과 영안이다.

- 출처 : 「오마이뉴스」, 「한교닷컴」

우리 반 숙제는

5.31 지방선거 날이다. 날씨가 좋아서인지 예측했던 투표율보다 더 높을 것 같다고 하니 참 다행이다. 자기 고장 발전을 위해 일할 사람, 그 살림살이를 감시 감독할 중요한 인물을 뽑는 지방선거는 민주주의를 발전시키는 초석이기도 하다.

우리 1학년 아이들에게 5.31 지방선거일에 학교를 나오지 않는 이유를 설명해 주기가 조금 어려웠다. 아직은 학교에서 치르는 학생회장 선거에 참여할 기회도 없는 1학년은 반장 선거마저도 해본 적이 없기 때문이다. 우리 지방을 위해 일할 사람을 잘 뽑기 위해 학교까지 쉬는 날이라고 했다. 그러자,

"선생님, 우리 아빠는 낚시하러 가신다고 했는데요?"

"우리 집은 친척들이랑 놀러 가는데요?"

"그러니? 아침 일찍 투표를 먼저 하고 낚시하러 가시면 참 좋겠구나."

아직 어린 1학년이지만 어른들의 정치 활동 모습을 실감나게 경험할 수 있는 좋은 기회라는 생각이 들었다. 부모님 손을 잡고 투표장을 찾아가며 오순도순 이야기도 나누고 선거에 대해 설명을 들어도 좋겠다는 생각이 들어서 '부모님 따라서 투표장 가기' 숙제를 내주었다. 그야말로 일거양득을 노린 숙제라고 해도 과언이 아니다. 날씨도 화창하니 아이 손을 잡고 투표장에 가는 부모님 모습도 보기 좋을 것이고 학습의 연장으로 체험학습을 하며 신기해하며 이것저것 여쭈어 볼 아이에게 눈을 맞추며 재미있게 가르쳐 줄 부모님들의 모습을 떠올렸다. 학교에

서 몇 시간 공부하는 것보다 투표장에서 한번 보는 것이 훨씬 좋은 경험이라고 생각했다.

선거에 참여하는 일을 미루고 나들이 계획을 세운 부모님이라도, 학교 숙제를 하겠다며 투표장으로 가자는 아이의 손을 뿌리치기는 힘들 거라고 생각했다. 자녀교육을 위해서는 뭐든 열심이신 우리 부모님들이니 아마 우리 반 아이들의 집은 투표에 참여한 가정이 많을 것 같다. 내일은 투표장에 가서 보고 들은 것을 발표시켜 보련다.

월드컵에 출전할 태극전사들의 이름은 줄줄 외우면서도 내 고장 발전을 위해 일할 후보들이 누군지도 모르고 투표할 생각마저 않는 정치 무관심은 결코 자랑이 될 수 없다. 특별한 사정도 없이 선거에 참여하지 않으면서도 선거 결과에 불만을 갖거나 정치를 비판하는 일은 나라 발전에 도움이 되지 않기 때문이다. 꼼꼼히 살펴보고 삶의 질을 높여줄 좋은 후보를 선택하는 일은 세금 낭비를 막는 첩경이기도 하다.

독일의 법학자 예링의 말을 새겨들을 때라고 생각합니다. 예링은 그의 명저 『권리를 위한 투쟁』에서 '권리 위에 잠자는 자는 보호할 필요가 없다.'고 했다. 최소한의 국민의 의무인 투표하는 일은 참정권을 행사하는 매우 중요한 일이다. 티끌 모아 태산이 되듯, 한 표 한 표가 모여서 지방을 이끌고 비판과 질책, 격려를 담아내어 나라 발전의 원동력이 되기 때문이다. 미래의 민주 시민이 될 우리 반 1학년 아이들이 좋은 경험을 하였기를 빌어본다. 대통령이 꿈인 아이를 비롯해서 다양한 꿈을 가진 우리 아이들이 어른들의 세계를 잠시 구경하며 자신의 꿈을 키우게 되기를 기대해본다.

학부모님! 미래의 유권자들에게 좋은 본을 보여주세요.

내 마음의 숙제

"장옥순 선생님, 안녕하세요? 저는 연곡분교 4학년 이기운입니다."

"선생님, 안녕하세요? 저는 유치원에 다니던 유림이 입니다."

"아니, 어떻게 알고 전화를 했니?"

"아, 선생님이 주고 가신 책이 있잖아요. 거기 보고 알 수 있었어요."

요즈음에도 나는 가끔 작년에 가르친 연곡분교 아이들의 전화를 받곤 한다. 전교생이 한 가족처럼 살았으니 직접 가르친 아이가 아니더라도 우리는 모두 서로를 좋아하고 사랑하며 살았었다. 그 기록들을 책으로 출간하여 헤어지던 날 주고 온 덕분에 아이들과 나의 연결고리는 이어지고 있는 것이다.

아이들도 자신들의 이야기와 학교 이야기가 사진과 함께 실려 있어서 참 좋아했었다. 수행평가라는 형식을 거치며 자신들의 기록을 남기기도 하고 학교 문집의 형태로, 개인 글모음의 모습으로 자기 기록을 얼마만큼 소유하고 있지만 객관적인 눈으로 자신들의 이야기를 남기는 데에는 한계가 있다.

200여 일 동안 함께 살다가 헤어지는 자리에서 내가 아이들을 위해 해줄 수 있는 일이 그들의 이야기를 담은 책을 출판하여 선물하는 것이라고 깨닫기 시작한 것은 최근의 일이다. 6학년 아이들에게는 날마다 일기를 쓰라고 하면 좀 맹랑한 아이들은

"선생님도 일기를 쓰세요?"

"그럼, 내 일기를 보여줄까?"

그리고는 컴퓨터 화면을 통해서, 복사를 해서 나눠주면 반응이 달라졌다. 자신들의 시시콜콜한 이야기들을, 때로는 즐거운 내용이기도 하고 마음 아파하는 내용을 받으면 숙연해지기도 하고 자세가 바뀌기도 하는 것을 볼 수 있었다. 말로 하는 것보다 책 속에 등장하는 자신들의 이름을 대하면 학교생활도 긍정적으로 변하는 것을 많이 보았다.

감수성이 예민한 아이들은 선생님이 자신의 생활에 관심이 많다는 것, 좋은 일들은 기록해 줄 거라는 암묵적인 약속을 믿으며 나름대로 노력하곤 했다. 혹시라도 사진을 찍으면,

"선생님, 책에 쓰시려고 그러세요?"

"그럼, 너의 행동과 말이 참 예뻐서 기록하고 싶구나."

그렇게 해서 탄생된 다섯 번째 교단일기가 이번에 책으로 묶여 나왔다. 두고 온 연곡분교 아이들 이야기가 대부분이지만 어제 일처럼 또렷한 그날들의 기록과 아이들의 모습이 고스란히 담긴 내 분신(너에게 가는 길)을 보며 벌써부터 여름방학을 기다린다. 여름방학이 되면 연곡분교 아이들에게 이 책을 들고 찾아가서 그리움을 풀 생각이 들어서이다.

자식을 사랑하는 어머니가 육아일기를 남기듯, 나와 함께 숨 쉰 아이들의 체취를 담아 이별의식을 치르는 날에 선물하는 즐거움을 상상하며 나는 오늘도 부지런히 아이들이 남기고 간 이야기 부스러기들을 줍기 위해 자판 앞에 앉는다. 꾸지람 앞에서 눈물 흘리던 아이도 글속에 나타난 내 마음을 먼 후일에 읽고 그를 사랑하는 내 염려를 잊지 않고 밑거름으로 삼을 수 있다면 더 바랄 게 없으리라.

벌써 83일째 부대끼며 살아온 우리 1학년 아이들의 크는 모습이 눈에 띄게 보이는 요즈음. 아이들이 보여주는 긍정적인 변화를 기록하는 일이 바빠졌다. 하루도 빠지지 않고 19명이 밥을 잘 먹는 예쁜 모습, 색칠을 참 잘 해서 기특하고 아침독서 시간이면 발소리도 안 내고 들어오

는 모습이 귀엽기만 하다. 그렇게 힘들었던 3, 4월 그들에게 공들인 시간들이 이렇게 싹이 터서 꽃대를 올리며 내 마음을 사로잡는다.

오십견으로 어깨가 벌어질 듯 아파도 내 곁에 아이들이 있는 동안 나는 기록하는 이 일을 멈추지 않을 것이다. 내 글의 독자는 우리 아이들이다. 내 책은 우리 아이들에게 보내는 연서이다. 그러므로 '기록을 남기는 교사'로서 아이들이 일기를 쓰듯, 나도 그들의 이야기를 쓰지 않으면 안 되는 것이다. 살아 있는 동안, 내 마음의 숙제를 다 해서 아이들의 가슴 속에 살고 싶다면 너무 거창한 욕심일까?

아빠에게 사랑한다는
말도 해야 되는데

　우리 학교에는 한 가정에서 4남매가 다니고 있다. 1, 2, 4, 6학년에 재학하고 있는데 한결같이 밝고 명랑한 아이들이다. 우리 반에 다니는 아이는 '김미심'이라는 귀여운 아이인데, 처음 학급을 맡았을 때 제일 먼저 이름을 외운 아이이기도 하다. 8살밖에 안된 1학년 아이였지만 의젓하게 일을 도우며 다른 사람의 마음을 읽어내는 모습에 감동했다. 1학년 아이들 20명이 공부를 하고 간 교실 청소는 늘 담임인 내 몫이었기 때문에 온통 어질러 놓고 간 교실은 날마다 대청소를 하고 청소기를 대서 먼지를 흡입시키지 않으면 실내 공기가 혼탁했다. 아이들의 책상과 의자를 다 옮기면서 물건들을 정리하고 청소기까지 대고 나면 한 시간은 족히 걸린다. 게다가 칠판을 물걸레로 닦아 분필가루가 교실에 날리지 않게 정리하는 일을 날마다 반복할 때, 선생님을 돕겠다며 자청하는 아이가 바로 우리 미심이였다. 1학년 아이들에게 청소를 시킬 수도 없고 청소를 도운다고 찾아오는 2명의 4학년 아이들이 3일에 한번 정도 쓰레기통을 비워주는 심부름만 해줘도 고마울 정도이다.

　날마다 교실 청소를 마치고 나서 후줄근하게 땀에 젖어 쉬고 있으면 우리 미심이는 한 동네에 사는 선영이와 함께 나를 도와준다며 자료바구니를 정리해 주곤 했다. 이름이 미심(美心)이니 마음이 아름다워서 이름값을 한다고 칭찬을 해주곤 했던 아이이다. 그런데 그 미심이의 얼굴에 어두운 그림자가 생긴 것이다. 아직도 발음이 정확하지 못한 1학년 아이답게 내놓고 아버지 걱정을 하지는 않지만 예전보다 말수가 줄어든 것이다. 그것은 바로 아버지인 김일남 씨가 최근에 간암 판정을 받아서 큰 수술을 해야 할 형편이기 때문이다. (- 11월 8일자 「강진신문」 8남매 가장을 살려 주세요) 부족한 살림으로 8남매를 책임지며 택시 운전을 해온 가장으로서 하늘이 무너지는 소식 앞에 망연했을 그 심정. 수술비와 치료비 감당은 물론이며 가족의 생계마저 막연한 현실 앞에서 얼마나 마음고생이 심할지.

3월 초에 가정방문을 가서 미심이네 가족이 사는 모습을 잠시 볼 수 있었다. 시골에서 할머니를 모시고 8남매가 사는 집은 형편이 넉넉해 보이진 않았지만, 택시기사 일을 하는 아버지 김일남 씨(52세)와 자활후견기관에서 간병인으로 활동하는 어머니 곽성복 씨(46세), 76세의 할머니까지 오붓하게 살며 화목한 가족애를 보여주고 있었다. 장성한 오빠는 대학생도 있고 중·고등학교에 다니고 있으니, 넉넉하지 않은 살림에 건강한 몸이 보배여서 참 열심히 사는 가족의 모습은 여러 차례 공중파를 타기도 했다고 한다. 특히 어머니인 곽성복 씨의 자녀교육관이 투철함에 감동했다. 자식은 하늘이 주는 것이니 한 생명도 거절하거나 마음대로 해서는 안 된다는 생명에 대한 철저한 외경심으로 그들 부부에게 주어진 생명을 모두 낳아 기르면서도 열심히 일하며 가족 사랑의 모범을 보여 온 것이다. 그런 부모의 헌신과 사랑을 받아서인지 자녀들도 공부도 잘하고 활달하며 열심히 산다고 한다. 자녀 교육과 양육이 힘들어서 자식을 포기하거나 거절하는 세태에 비추어볼 때, 8남매를 둔 그분들의 삶은 결코 평범한 모습은 아니다.

매달 국가에서 지급되는 생계보조금 80여 만 원과 어머니가 간병인 활동으로 벌어오는 60여 만 원으로 11명의 대가족이 생활하며 자녀교육까지 감당하면서 질병을 치료할 여력이 있을 리가 없다. 막대한 수술

비와 치료비 앞에 망연한 가족들을 바라보며 가장의 무거운 굴레 앞에 힘든 시간을 보내는 김일남 씨와 8남매를 위하여 강진 군민들도 마음을 보태고 있다.

강진교육청 산하의 모든 학교의 교직원과 학생들이 성금 모금에 나서서 고사리 손들이 날마다 성금을 보태고 있으니, 마음과 정성이 하늘에 통하여 건강한 모습으로 일어서서 8남매를 낳아 자녀 부족에 시달리는 이 나라의 애국자인 김일남 씨가 환하게 웃을 수 있기를 비는 마음 간절하다. 막내인 우리 반 미심이가 아버지의 품에서 오래도록 행복할 수 있었으면 참 좋겠다. 우리 반 아이들도 날마다 자기 용돈을 들고 오기도 하고 부모님이 보낸 성금을 자랑하느라 숙제 검사 시간마다 시끌벅적하다. 한번 내는 것도 부족해서 며칠째 저금통을 열어서 동전을 가져오는 우리 아이들의 모습은 바로 천사들이다.

한 사람의 소원과 기도가 아니라 모두 함께 염원하고 바라는 아름다운 이 일이 8남매 가족이 세상의 따뜻함 속에서 예전의 웃음을 되찾아 다시금 행복했으면 참 좋겠다. 다음 글은 마량초등학교에 다니는 8남매 가족인 6학년 김형미 양이 문예반 시간에 가족사랑을 주제로 쓴 글이다. 6학년 소녀의 눈에 비친 가족 사랑을 생각하며 이 땅의 어버이들과 자녀들이 함께 따뜻한 세상을, 그 눈에 눈물을 함께 닦아 주실 손길을 간절히 기다린다.

아버지! 사랑합니다

- 마량초등학교 6학년 김형미

잠자리에 들기 전에 안녕히 주무세요. 잘 자라. 아침에 일어나서 안녕히 주무셨어요? 잘 잤니? 이런 사소한 말들은 누구 못지않게 잘할 수 있다. 하지만 '사랑합니다.' 라는 다섯 글자 밖에 되지 않는 이 단어는 꺼내기가 쉽지 않다. 이 단어를 듣고 싶어 하는 사람들이 내주위에는 무수히 많이 있지만 말이다. 그리고 지금 이 말은 내가 간절히 하고 싶은 말이다. 며칠 전 생각지도 못했던 큰일이 터져 버렸다. 몸이 안 좋다 하시는 아버지께 어머니께서는 병원에서 검사 한번 받아보라고 하셨다. 아버지는 그 말을 귀담아 듣지 않고 자꾸 단청을 피우셨지만 어머니께서 "요새 당신처럼 몸이 안 좋은데 병원 안 가도 된다고 고집이라는 고집은 다부리면서 병원에 안 가다가 진짜 병나서 갑자기 돌아가시는 분들이 얼마나 많은데…… 제발 말 좀 들어요. 이게 다 당신을 위해서예요." 라고 똑 소리 나게 말을 하셨다. 그 말을 듣고 아버지는 "알았어. 내가 졌다." 라며 장난 섞인 말을 꺼내시고는 일을 하러 가셨다.

마침 우리들도 학교 갈 준비를 마친 터이라 아버지와 같이 나섰다. 학교가 끝난 후엔 서둘러 집에 왔다. 공부를 하고 있는데 부모님이 돌아오셨다. 기쁜 마음에 소리까지 지르며 달려갔다. 그런데 전 같았으면 웃으시며 공부 열심히 하고 있었냐며 맛있는 저녁을 준비하러 부엌에 들어가셨을 텐데 오늘은 부모님의 표정이 예전과는 달랐다. 무슨 일이라도 난 듯 어두운 표정을 하고 한마디도 하지 않았다. 처음 보는 아버지의 낯선 모습이 두렵기부터 하였다. 정말 무슨 일이 터진 것만 같았다. 오빠언니도 다 오고 동생들과 할머니까지 다 모이고 나니 아버지께서 말씀을 하셨다. "오늘…… 병원에서…… 검사를 받았는데……." 말끝을 흐리시는 아버지를 보니 이젠 정말 무슨 일이 있는 것이라고 느꼈다. "간암 판정 받았단다. 술을 너무 과하게 마셔서." 내가 생각해도 아버지께서 술을 너무 과하게 마시는 듯 하였지만 그게 간암까지 갈 줄이야 상상도 못했다. 우리 힘으로는 그저 열심히 금연이라고 써서 담배를 끊게 해드린 것뿐이었다. 난 아직 어려서 암이라고 해서 몇 달밖에 살지 못하는 줄 알았다. 그렇지만 그렇게 심한 건 아니라고 하셔서 마음이 놓였다. 울음이 쏟아져 내릴 것만 같았지만 참고참고 또 참았다. 갑자기 아버지께 짜증내고 화냈던 게 정말 죄스러웠다. 그땐 왜 그랬을까. 아버지께 얼마나 상처가 됐을까 하는 생각밖에 들지 않았다.

아버지는 며칠 후 큰 병원에서 항암 치료라는 시술을 받으셨고 뼈가 녹아내리는 듯 한 고통을 겪었다. 치료를 받고 집으로 돌아오셨다. 아버지가 전보다 많이 좋아지셨다고 어머니께서는 하셨지만 아버지의 얼굴을 보니 그 고통을 내가 대신 받을 수만 있다면 받고 싶다는 생각을 할 정도로 고통스러워 보였다. 어머니께서도 힘들어보였다. 병원에서 아버지 뒤처리 해주랴, 집에 와서 우리 보랴, 그러는 사이에 주름이 20개쯤 더 늘었던 것 같았다. 그런데도 엄마는 한 번도 우리 앞에서 우신 적이 없다. 항상 웃으면서 힘든 척 하지 않으셨다. 그런 어머니를 보고 나도 아무리 힘들어도 꾹꾹 참아야겠다고 생각하였다.

그리고 아버지는 다시 의료원에 입원 하셨다. 며칠이 지났을까? 그동안 아버지 얼굴을 보지 못해서 많이 보고 싶어졌다. 12년 동안 아버지 얼굴이 닳고 닳도록 봐왔지만 오늘은 정말 보고 싶었다. 그래서 병문안을 갔는데 많이 좋아지신 것 같았다. 철없는 동생들은 지금까지 병문안 오신 사람들이 아버지 드시라고 사온 음료수나 과자를 마음껏 먹으면서 자기가 그린 그림이나 편지를 보여주며 좋아하고 있었다. 그런데 나는 웃음이 나오질 않았다. 며칠 동안 못 본 아버지 얼굴을 오늘 봤는데 기쁘기도 하고 슬프기도 하였다. 언제까지 이렇게 있을까? 하는 생각뿐이었다. 나는 가만히 아버지 얼굴을 쳐다보았다. 그렇게 가만히 쳐다보니 그동안 힘들어도 꾹꾹 참았던 울음이 오늘 다 쏟아질 것 같았다. 하지만 어머니와 가족들을 생각하며 울지 않고 병원 밖으로 나왔다. 찬바람이 나에게 위로라도 해주듯 윙윙 소리를 내며 지나갔다. 그 소리를 들으니 안 울려고 참고 참았지만 그만 울음이 쏟아져 나왔다. 계속 울었다. 정말 이대로 아버지가 건강한 모습으로 퇴원하지 못 하시면 어쩔까 하는 생각도 하고 만약 그렇게 된다면 우리 가족은 어떻게 사나 하는 생각도 하였다. 많은 생각을 하고 많이 울고 나니 속이 시원하였다. 병원으로 들어가서 아버지께 인사를 하고 집으로 왔다.

　사람은 살아가면서 불행과 행복을 번갈아 가면서 겪는 것 같다. 우리에겐 지금까지 불행만 가득했으니 이제는 행복이 올 차례이다. 그 행복이 아버지의 건강을 찾아올 것이다. 그렇게 믿고 있고 그렇게 될 것이다. 그리고 나는 오늘도 기도한다. '하느님! 저희 아빠 좀 살려주세요. 아빠 없으면 저도 못 살 것 같아요. 열심히 교회 다니고 전보다 착한 일도 더 많이 하고요. 아빠께 사랑한다는 말도 해야 되는데……. 아직 할 것 많은데……. 살려주세요. 제발……. 제발 저희 아빠 좀 살려주세요. 하느님!'

마량초등학교에서 딸 형미 올림

* 이 글은 2006년 저자가 「오마이뉴스」에 실어서 전국적인 도움을 받게 했습니다.

행복바이러스를 전하는 선생이기를!

"가장 좋아하는 일을 하라.
그리고 그 일을 통해
다른 사람들을 즐겁게 하라.
그러면 당신은 행복하게 되고,
당신이 행복하면 세상은 행복한
사람들의 소유가 될 것이다."

- 혼다 켄

다시 3월 첫날을 맞은 오늘. 6학급 학교인 우리 학교에서 4개 학급의 담임이 새로 오셨다. 교장 선생님과 교감 선생님까지 바뀌었으니 인사이동의 폭이 좀 큰 편이다. 작년에 내가 부임해 올 때는 이보다 더 심했었다. 너무 많은 인사이동으로 학교의 흐름이 원활하지 못해서 3월 한 달 동안 많이 터덕거렸었다. 지리적 조건, 교통 편 등이 불편하다보니 오래 근무하려는 분들이 드문 탓이다.

새로 오신 네 분 선생님 중 세 분 선생님이 새내기 선생님이며 예쁘장한 여선생님들이다. 내 딸의 나이와 같거나 비슷한 선생님들이라 비슷한 또래의 선생님들을 대하는 것보다 훨씬 조심스럽다. 어쩌다 보니 '왕언니 선생'이 되어 버린 내 위치가 부담스럽다. 잔뜩 긴장해서 하루를 보낸 새내기 선생님들이 5시가 넘어도 퇴근할 생각을 하지 않고 장갑을 끼고 교실 청소를 하고 물건을 정리하고 있기에 억지로 쫓아내듯 교실 문을 잠그게 했다.

"아침에도 일찍 오셨는데, 퇴근 시간까지 넘기며 일하다가 힘들어서 아프시면 곤란해요. 담임선생님이 건강하셔야 가장 힘든 3월을 잘 출발합니다. 5시에는 꼭 퇴근하세요."

"선생님, 5시에 퇴근해도 괜찮아요?"

"그럼요, 당연히 5시에 퇴근하셔야죠. 아침 8시 경에 오시는데 너무 힘들면 안 돼요."

"교장 선생님, 교감 선생님께서 나가신 후에 퇴근하는 게 좋다고 들었습니다."

이제 보니 새내기 선생님들은 예의(?)도 바른 게 아닌가?

내가 생각하는 학교는 어느 조직보다 행복해야 한다. 그것은 소중한 생명들의 마음과 몸을 기르는 곳이기 때문이다. 그런 의미에서 오늘 새로 부임하신 이성범 교장 선생님의 교육관(행복하게 살자)에 적극 동의하고 싶다. 학교장이 너무 욕심을 부려서 선생님들이 부대끼면 그 여파는 곧 교실의 아이들에게 미치기 때문이다. 업무는 다소 더디더라도 교실의 아이들을 놓치는 일만은 없어야 한다. 학교의 업무란 것이 결국은 교실의 아이들을 위한 보조 수단이기 때문이다.

요즈음 부르짖고 있는 '교육 혁신'의 출발점과 도착점도 '교실수업 중심', '아이들 중심'으로 가야 한다는 게 내 생각이다. 새 학년을 맞아 새로운 학교를 찾은 선생님이나 관리자, 새 아이들을 맞이한 선생님들은 나름대로 스트레스를 받는다. 그러나 어른들보다 더 스트레스를 받는 것은 아이들이라고 생각한다. 새 학년의 출발점인 3월 초에 아픈 아이들이 많고 부적응으로 등교 기피증까지 보이기도 하는 것을 보면 짐작해 볼 수 있다. 특히 자신의 감정을 잘 드러내지 않는 내성적인 아이들일수록 세심한 관심이 필요하다.

특히 3월에는, 학교란 행복하고 즐거운 곳이라는 긍정적인 느낌을 갖게 하는 일이 가장 중요하다. 사소한 잘못이나 실수를 감싸 주고 허용

해 주는 학급 분위기를 조성하고 친구들끼리 서로 배려해 주는 모습을 키우는 일이 무엇보다 중요하다. 지난해에 내 생애 최고로 힘들게 가르친 1학년 아이들이 이제 2학년이 되었는데 오늘 아침에 내 얼굴을 보자마자 내 품으로 달려와 안기며 자기들을 다시 가르쳐 달라며 어리광을 부리고 매달렸다. 가르치는 동안 그런 적이 거의 없었던 아이들이었는데, 버릇없게 가르칠까봐 다소 엄하게 가르쳤다고 생각했는데 그래도 정이 들었던 모양이다.

함께 사는 동안 행복했다며 내 품에 안겨서, "선생님, 사랑해요."를 연발하는 어린 왕자들 덕분에 나는 다시 2007년을 행복하게 시작한 첫날이었다. 이제 그 아이들 20명이 2학년이 되어 옆 반에서 산다. 틈만 나면 1학년 교실을 들여다보고 눈웃음치는 귀여운 아이들을 날마다 볼 수 있으니 얼마나 행복한가? 그 귀여운 모습을 잊지 못해 나는 다시 새내기 선생님들이 두려워하는 1학년을, 남자 선생님들도 힘들어하는 1학년을 다시 자청해서 맡았다.

올해에도 어김없이 아이들에게 '행복 바이러스'를 전하는 선생이 되고 싶다. 200여 일 동안 씨를 뿌리고 가꾸어서 싹튼 그 행복의 열매를 안고 2학년을 다시 시작한 내 아이들이, 다시 귀여운 동생 20명을 내 품에 안겨 주었으니 작년보다 더 알찬 열매를 꿈꾸며 첫날의 일기를 남긴다.

나는 아이들을 기르는 선생의 일을 무척 사랑하고 좋아한다.

나는 이 일을 통해 아이들을 즐겁게 하고 행복을 추구한다.

그리하여 나 한 사람 때문에 아이들이 행복하기를 간절히 원한다.

나는 행복 바이러스를 전하는 선생이고 싶다.

자연의 선물, 아이들 속으로

　요즈음의 내 생활에는 몰입과 집중이 없다. 마음이 비어 있지 못한 탓이리라. 그러다보니 지난 2년 동안 행복하게 고독을 즐기며 살았던 연곡분교의 시간을 나도 모르게 그리워하곤 한다. 그곳에선 퇴근 시간이 되면 교직원들과 아이들이 떠난 빈 교실에서 나 홀로 시간을 보내며 책과 글, 음악을 들으며 내면의 소리를 듣기에 바빴다. 내 소리가 들리지 않을 때는 계곡의 물소리와 바람이 들려주는 소리, 달님이 속삭이는 내밀한 언어에 귀를 열기만 하면 되었다. 어스름이 내리고 밤안개가 짙어도 달빛을 보며 내 작은 사택에 들어서면 폴짝폴짝 뛰며 방구석을 지켜 주던 풀 여치와 귀뚜라미들이 내 친구가 되어주었다. 내 발 소리에 놀라 노래를 멈춘 작은 풀 여치들에게 아이들과 함께 배운 바이올린 소리를 들려주며 나는 행복한 연주자가 되었었다. 지금 내 곁에는

그 작은 학교의 풍경은 마음속에만 살아 있다. 전방 부대에 보낸 아들을 그리워하며 글을 쓰던 엄마의 모습도, 가엾은 아이들을 안타까워하며 사랑의 언어를 기록하던 사랑 많은 선생의 모습도 사라진 채, 다시 일상적인 생활에 몸을 맡긴 채 무위도식하듯 살아가고 있다. 낮에는 열심히 아이들에게 몰입하고 밤이 되면 솔부엉이처럼 조용한 시간과 대면하며 자신의 정신세계에 몰입했던 내 모습이 그리운 것이다.

학교에서 돌아와 남편의 저녁상을 준비하고 청소를 하고 자잘한 일거리를 마치면 습관적으로 뉴스를 듣고 음악을 듣다 몇 페이지 쯤 책을 읽거나 말거나 하며 자투리 시간 밖에 내지 못 하는 나에게 실망하고 있다. 환경의 중요성을 절감하는 중이다. 눈에 들어오는 것들이 나무와 바람 소리 물소리와 새 소리였던 2년 동안 나는 월든의 소로우가 부럽지 않았었다. 내 생애 다시 오지 못할 시간인 줄 알았기에 잠자는 시간을 줄여가며 책을 읽고 원고를 쓰던 그 시간을 조금이나마 흉내내어 보려고 노력하는 중이다. 최대한 사람 만나는 일을 줄이고 자연의 친구들을 다시 사귀어 볼 생각이다. 그리고 아이들의 웃음소리와 까만 눈동자를 더 가까이 보기 위해 키를 낮출 생각이다. 다행히도 내 곁엔 귀엽고 사랑스러운 1학년 아이들이 20명이나 있다. 내게 다가와 늘 재잘거리고 싶어서 눈을 맞추길 좋아하는 우리 반 아이들 속으로 더 들어가야겠다. 같이 고무줄을 넘고 줄넘기를 하며 공을 몰고 다니며 아이들과 노는 시간을 늘려 보리라. 하늘이 준 최고의 선물인 아이들의 언어를 늘 녹음하는 귀를 열어두리라. 연곡분교의 새 소리대신, 우리 반 아이들의 재잘대는 소리를 기록하리라. 아이들과 잘 노는 선생이었으면 참 좋겠다. 자연이 준 최고의 선물인 아이들 속으로 뛰어 들어가야겠다.

1학년도 투표할 줄 알아요

"자, 1학년 친구들. 오늘은 우리 반의 대통령을 뽑는 날이에요."

"선생님, 반장 선거 하는 날이지요?"

"그래요. 오늘은 우리 반의 반장과 부반장을 여러분들이 직접 뽑는 날이랍니다. 1학기 때 선거를 해 보았지요? 오늘 반장 후보가 될 사람은 1, 2학기 때 모둠장을 했던 친구들 10명이 후보가 될 수 있어요. 그런데 1학기 때 반장과 부반장을 했던 친구들은 2학기 때에는 후보가 될 수 없어요. 왜냐하면 다른 친구들에게 기회를 주어야 하기 때문입니다. 그럼, 반장은 어떤 일을 해야 할까요?"

"예, 선생님. 친구들을 잘 도와주고 선생님이 안 계실 때에도 우리 반을 잘 이끌어줘야 해요."

"다른 친구들보다 더 잘해야 해요."

"그래요. 반장이 되면 다른 친구들보다 뭐든지 열심히 하고 규칙도 잘 지켜야 해요. 그래야 우리 1학년을 대표할 수 있고 친구들이 본받을 수 있겠지요?"

통상적으로 1학년은 담임의 추천으로 반장과 부반장을 임명하는 게 일반적이다. 그런데도 1학기에 우리 1학년 아이들은 자기들 손으로 임원을 선출했었다. 그 때 아이들은 호기심이 가득한 눈으로 얼마나 좋아했는지 모른다. 친구들 이름도 잘 모르는 상태에서 반장을 선출하다보니 진풍경이 벌어지기도 했었다. 자기가 뽑은 친구 이름을 말하지 않는 거라고 해도 누구를 뽑았다며 종알대고 다니던 아이들, 친구 이름을 잘 모르니 뽑고 싶은 친구에게 가서 이름을 써달라는 아이까지 있었다.

뽑아놓고 보니 우리 반에서 제일 개구쟁이인 시원이가 반장으로 뽑혀서 고민 아닌 고민을 하기도 했지만 시원이는 기대 이상으로 노력하는 모습을 보여 주기 시작했다. 복도에서 뛰다가도 친구들과 떠들고 놀다가도,

"아니, 시원이는 반장인데 그렇게 뛰면 어떻게 하니? 반장이 반장다워야지!"

친구들이 한마디씩 하는 말을 듣던 시원이가 어느 날인가는

"선생님, 저 반장 포기할래요."

"그래? 너무 힘들어서?"

"예, 선생님. 마음대로 까불지도 못하고 너무 힘들어요."

"아니야, 시원이가 열심히 잘 하는 모습이 참 보기 좋은데 조금만 더 참고 노력해보자. 너를 반장으로 뽑아준 친구들을 실망시키면 안 되지? 지금도 아주 잘하고 있어요."

그렇게 나름대로 반장이라는 직함 때문에 스트레스를 받던 시원이는 1학기 내내 정말 반장다운 그릇으로 뭐든지 열심히 하는 아이로 변했다. 복도를 다닐 때면 두 손을 앞으로 곱게 개고 사뿐사뿐 걷는 모습, 아무리 바빠도 복도에서 뛰는 모습을 보기 어려울 만큼 자신을 통제하는 모습이 역력해서 얼마나 귀여웠는지 모른다.

나도 할 수만 있으면 반장의 권위를 세워 주려고 노력했다.

"아니, 시원이는 반장이라 그런지 글씨도 제일 예쁘게 잘 쓰네. 시원이가 걸어 다니는 모습은 아주 양반걸음이구나."

여덟 살 소년에게 씌워진 반장의 굴레를 자기 발전의 계기로 삼으며 개구쟁이 소년에서 의젓한 학급 대표로 거듭난 작은 꼬마의 모습을 보며 인간의 가능성과 교육의 힘에 나 자신도 감동했었다. 만들기를 많이

하는 시간에 교실 바닥에 쓰레기가 생기면 시키지 않아도 스스로 비를 들고 쓸고 다니며 반장으로서 친구들의 모범이 되려고 애쓰던 모습을 보여주던 아이였다.

"선생님, 2학기에도 반장하고 싶은데 하면 안돼요?"

"시원아, 한번 반장은 영원한 반장이야. 너는 2학기에는 반장이 될 수는 없지만 너는 항상 반장인 거야. 그러니 1학기 때처럼 반장의 모습으로 행동해야 하는 거야. 할 수 있지? 내년에 2학년 때 다시 뽑힐 수 있도록 좋은 모습으로 열심히 공부하렴."

오늘 우리 반의 반장 선거에는 20명 중에서 10명이 출마했다. 출마한 어린이는 자기 이름을 써도 된다고 했지만 희라는 다른 사람의 이름을 썼는지 한 표도 나오지 않았다. 1차 투표에서 과반수가 나올 리 만무했다. 다들 자기 이름을 썼을 테니 말이다. 그래서 2차 결선 투표까지 치러서 12표로 세준이가 당선되었다.

10명의 아이들이 각자 출마 소견 발표를 하고 친구들의 박수를 받으며 유세장의 모습을 연출했다. 1학기 반장이 한 표씩 이름을 부를 때마다 칠판에 적어가는 나도 행복했다. 이 아이들이 자라서 훌륭한 정치 지도자를 뽑는 연습을 하고 있기 때문이었다.

1학기 임원들이 나와서 선거 종사원이 되어 이름을 부르고 맞게 불렀는지 후보자들이 한 표씩 확인하는 과정을 거쳐서 당선자를 결정했다. 1학기와는 달리 한 표도 무효표가 나오지 않았다. 가끔 친구의 글씨를 알아 본 개표 종사원들이 누구 글씨라고 말하는 것만 빼면 완벽한 선거를 치른 셈이다.

12표로 당선된 세준이에게는 축하의 박수와 함께 8표를 얻은 미희와 악수를 시키며 위로하게 하고 미희는 축하의 인사를 건네게 했더니 아이들도 박수를 치며 좋아했다. 승자와 패자의 아름다운 모습을 1학년 아이들도 배워야 하기 때문이다. 남자 아이와 어색한 악수를 하며 축하해 주는 미희의 볼이 붉어졌다. 세준이도 미희를 위로하며 악수하는 게 부끄러웠는지 볼이 붉어졌다.

그 다음은 부반장 선거라서 1학기 때 임원을 했던 아이들을 빼고 나니 15명의 아이들이 출마를 한다고 야단법석을 떨었다. 모두 출마를 시켜서 당선된 사람은 반장 후보로서 자기 이름을 써내지 않은 희라와 신원이가 부반장에 선출되었다.

"모두 축하합니다. 1학기 때 반장인 시원이, 부반장인 주아와 재혁이도 그동안 고생했어요. 앞으로 나와서 친구들의 박수를 받으세요. 그리고 2학기 임원도 함께 나와 주세요."

친구들 앞에서 1학기 임원으로서 이임인사를 하는 아이들과 2학기 임원으로서 열심히 노력할 것을 다짐하는 꼬마들의 모습을 보니 장난꾸러기 아이들 모습이 아니었다. 먼 후일 이 고장과 이 사회, 이 나라를 떠받칠 귀중한 대들보를 보고 있는 듯한 착각이 들었다.

"너희들이 이만큼 자랐구나. 비밀 선거이니 집에 가서도 누구를 찍었다고 말하는 게 아니야. 친구들이 서로 서운할 수도 있으니까 비밀로 하는 거야. 그리고 뽑아준 친구들의 말을 잘 들어주는 것도 중요한 거란다. 이제부터 세준이는 우리 반의 대표이니까 반장으로서 하고 싶은 것을 말해 보겠니?"

"예, 선생님. 친구들이 저를 반장으로 뽑아주어서 고맙습니다. 저는 이제부터 할머니 말씀, 부모님 말씀도 잘 듣겠습니다. 복도에서 뛰지도 않고 공부도 지금보다 더 열심히 하겠습니다."

"그래, 세준이가 약속한 것을 잘 지키기 바랍니다. 우리 모두 축하의 박수를 보냅시다."

여덟 살 꼬마들이 비밀스런 투표를 하고 개표 종사원이 되어 당선자들의 이름을 부르는 모습, 선거관리인이 되어 투표용지를 관리하는 모습, 어눌하지만 친구들 앞에 나와서 몸을 뒤틀며 소견 발표를 하던 모습, 자기가 약속한 선거 공약을 지키기 위해 노력할 모습을 생각하니 나의 마음도 높아진 가을 하늘만큼 청명해진 시간이었다.

부반장이 된 신원이에게,

"신원아, 이제는 부반장이니 연필을 입에 물고 빠는 것도 못하겠지? 독서 시간에 재윤이랑 놀고 싶은 것도 참아야겠지? 도토리 방울처럼 뛰어다니는 것도 참아야겠지?"

했더니,

"예, 선생님. 부반장이 되었으니 모범생이 될래요!"

하며 오늘 중간 모임 시간에는 떠들지도 않고 의젓하게 서 있어서 얼마나 웃음이 나오던지. 만들기 시간에도 다른 때 같으면 엉덩이에 뿔이 나서 가만히 앉아 있질 못할 텐데 오늘은 꿈쩍하지 않고 자리를 지키며 끝까지 만들어냈다.

아이들도 어른들처럼 그릇의 크기에 따라 그에 합당한 사람이 되려고 노력하는 것은 같은 가 보다. 자신에게 주어진 책무를 완수하기 위해 열심히 노력할 2학기 임원이 된 1학년 꼬마 정치가들에게 힘찬 희망의 박수를 보낸다.

1학년 선생님이 쓴 교실 일기

3월은 '마음을 움직이는 달'이래요

아침 8시, 봄기운이 완연한 교정을 지나 교실에 들어서면 조용한 교실에서 나를 기다리는 봄꽃들이 인사를 한다. 밤사이 꽃대를 쑥쑥 올리며 아쉬운 3월을 붙잡기라도 할 듯 내 발길을 당기는 작은 꽃들에게 조용한 클래식 음악을 선사한다. 잠시 후면 학교 버스에서 내려 교실로 들어선 아이들과 눈인사를 나누고 아침 독서를 시작한다. 이제 20여 일을 함께 살아온 2학년 어린 아이들이지만 담임선생님의 취향을 눈치챘는지 아침이면 독서하는 일이 자연스럽게 이루어진다. 나도 그런 아이들과 함께 독서하는 봄날 아침의 행복을 누리고 싶어서 서둘러 출근을 한다.

우리 반 아침 풍경

아침마다 달려가는 내 교실
거기엔 음악과 다섯 아이들 숨소리
그리고 사랑스런 봄 아가씨가
운동장 가득 봄 냄새를 안고 서 있지요.

큰 바위 얼굴로 서 있는 월출산
아지랑이 아롱대는 봄날 아침,
아이들과 함께 시집을 읽는 기쁨을,

몰입하는 즐거움을 위해
이른 아침부터 나는 바람난 봄 가시내가 됩니다.

오늘이 참 소중해서 눈물이 날 것 같습니다.
활짝 핀 목련화와 샛노란 수선화, 작은 왕관을 쓴 것처럼
여린 꽃망울을 달고 서 있는 산수유 한 그루를 들여다보고
아이들과 함께 꽃들에게 편지를 썼지요.

아침 독서 시간 40분의 행복에 몰입하기 위해서는 용기가 필요하다. 차 한 잔의 여유도 아이들의 작은 재잘거림까지도 오늘 보내야 할 공문까지도 쳐다보면 안 되는 용기. 내가 움직이면 아이들도 독서에 집중하지 못하니 언제나 시작은 나에게 있다는 것을 스스로에게 각인시켜야 한다. 아이들은 스펀지라서 어른들의 행동을 그대로 배운다.

이스라엘 아이들처럼 하루에 꼭 읽어야 할 3권의 책을 정하여 그날 중으로 다 읽고 간단한 소감록을 확인해주는 일, 하루도 빠뜨리지 않고 〈읽기〉책의 본문 중에서 틀리기 쉬운 문장을 받아쓰게 하는 일, 〈읽기〉책은 날마다 소리 내어 바르게 읽기를 시키다보니 아이들도 자동이 되어서 아주 잘 한다. 아직 2학년 단계에서는 음독의 효과를 간과할 수 없기 때문에 하루라도 〈읽기〉책을 소리 내어 실감나게 읽게 하는 일을 소중히 하고 있다.

인디언 달력에는 3월을 '마음을 움직이게 하는 달, 한결같은 것은 아무것도 없는 달'이라고 한다. 참 잘 표현한 말이라고 생각한다. 3월은 아이들의 '마음'을 움직이게 해야 하는 달이니까 말이다. 그 마음을 움직이게 하는 첫 단추를 아침 독서로 시작하다보니 아이들도 나도 차분하고 감성적인 상태가 되어서 하루를 매끄럽게 시작하게 된다. 3월이 아

직 남아 있는데 우리 반은 벌써 책을 50권 넘게 읽은 아이들이 절반을 넘었다. 1년에 60권이 아니라 하루에 3권씩 1년간 읽으면 천 권을 넘길 수 있다. 더불어서 2학년 아이들답지 않게 차분하여 학습의 효율성도 뛰어나다.

아이들을 변화시키는 최고의 씨앗은 인류의 문화유산이 담긴 '좋은 책'이라는 신념을 갖고 있다. 더불어 아름다운 농촌 풍경 속에서 교실 가득 좋은 책으로 둘러싸인 봄날 아침의 독서 풍경은 세상에서 가장 아름다운 풍경이라고 생각한다. 학급 도서를 구입하기 위해 서점에 나가서 2학년 아이들이 좋아할 책들을 만날 생각을 하니 벌써부터 설렌다. 학교로 배달되는 참고 도서 목록만 보고 책을 구입하면 마음에 차지 않는다.

아이들이 떠나간 교실에서 부지런히 업무처리를 해둬야 내일 아침 아이들과 함께 즐겁게 독서를 할 수 있다. 이전 학교보다 업무량은 배로 늘고 챙겨야 할 공문 폴더도 나날이 늘어나지만 그래도 내 본업인 교실 수업을 위해, 아이들을 책 속으로 풍덩 빠지게 할 아침 독서 시간을 기다리는 마음으로 즐겁게 업무에 몰입할 것이다. 4월을 위해 그토록 분주히 달려온 3월 아가씨에게 고마움을 전하며 그 어느 해보다 아름다운 3월의 노래로 오늘의 숙제를 마친다. 세상이 아무리 시끄러워도 아이들이 사는 교실에서는 희망의 노래를 불러야 한다. '책'이라는 희망의 씨앗을 날마다 심어야 한다.

시골 학교에도 희망은 자란다

이것만은 꼭 한다 - 받아쓰기 220일, 〈읽기〉책 낭송시키기, 교과서 동화 외우기 지도, 띄어쓰기 지도까지

2008년 4월 8일 화요일 아침, 모차르트 피아노 협주곡 21번 A장조를 들으며 아이들과 함께 아침 독서 삼매경에 빠진다. 아침독서 시간이면 집중을 하지 못하고 이리저리 눈을 굴리던 현민이가 이제 책을 읽는다. 교실에 들어오기가 바쁘게 수다를 떨기 바빴던 모습이 아니다. 눈빛도 차분하고 진지해졌다. 아침에 읽은 책의 내용에서 무엇을 알았는지 은비와 준희는 독서학습지에 부지런히 뭔가를 적는다. 두꺼운 책을 들고 제법 열심히 읽어내는 인재도 이젠 아침부터 방방 뛰던 3월 초의 모습이 아니다. 전날 책을 골라두고 집에 가라고 했는데 미처 고르지 못한 은지는 5분 이상 책을 고르다 결국 잔소리를 들었다.

이제 겨우 28일째 아침독서 시간을 운영했지만 벌써부터 눈에 보이게 옹골찬 효과가 나타나고 있어서 행복하다. 이제는 오히려 수업을 시작하기 미안할 정도로 책 읽기를 좋아하여 행복한 고민을 하는 중이다. 아침 독서를 끝내고 숙제와 일기장, 독서학습지를 자랑하려고 내놓는 아이들. 그 다음 시간은 바로 전날 숙제로 나간 〈읽기〉책의 한 쪽을 돌아가면서 읽거나 외우기이다. 날마다 공부 시작하기 전에 〈읽기〉책을 낭독하면서 쉬어 읽기, 주인공처럼 읽기를 병행하고 있다. 그러고 나면 자동적으로 받아쓰기 시간이다.

의도적으로 우리글을 바르게 읽고 예쁜 글씨를 쓰게 하면서도 가장 힘들어하는 띄어쓰기까지 지도하기 위해서 하루도 거르지 않고 받아쓰기를 하고 있는 것이다. 2학년 아이들이라 공간 지각능력이 덜 발달하여 〈읽기〉책을 읽으면서도 띄어쓰기나 자형을 민감하게 받아들이지 않고 그냥 읽는 편이었다. 그런데 날마다 받아쓰기를 하니 아이들의 읽는 태도가 달라졌다. 다른 친구가 〈읽기〉책을 낭독할 때에 자기 책에 연필로 띄어쓰기 표시를 하거나 틀리기 쉬운 낱말에 표시하면서 듣는 주의 깊은 태도가 보이기 시작했다.

받아쓰기를 할 때마다 교과서 글씨처럼 꺾어서 예쁘게 쓰면 100점, 틀린 글자가 하나도 없으면 또 100점, 띄어쓰기까지 다 맞으면 100점을 주고 있지만 아직까지 300점 만점은 한 번도 나오지 않았다. 문장으로 받아쓰기를 하니 띄어쓰기에서 많이 걸리는 것이다. 그 동안 대충대충 읽으며 글의 내용에 몰입하지 못하는 아이들이 있었는데 이제는 글의 주요 내용을 파악하는 일도 매우 잘한다. 어떤 아이는 낱말은 맞게 쓰면서도 띄어쓰기는 완전히 무시하고 일기를 썼는데 요즈음은 일기장에도 변화가 생겼다.

초등학교 저학년 때부터 우리글을 틀리지 않게 쓰는 버릇을 들이는 것은 매우 중요한 일이다. 더구나 글자를 바르게 쓰게 하는 일은 더욱 중요하다. 요즈음 아이들은 컴퓨터로 글을 쓰는 습관이 들어서 손으로 글을 쓰는 일을 매우 싫어하는 경향이 있다. 그러다보니 글쓰기를 자신 있어 하는 아이들이 드물다.

초등학교 교육은 기초 기본 교육이 철저해야 한다. 평생을 좌우할 글씨 쓰기 태도나 독해 능력을 기르는 일, 일기를 부담 없이 쓸 정도는 되어야 한다고 생각한다. 날마다 〈읽기〉책을 소리 내어 10번 읽거나 한 쪽 정도는 외울 수 있게 하고 띄어쓰기를 겸한 받아쓰기를 하다 보니 아이들의 국어 실력이 하루가 다르다. 정규 교육과정 속에 받아쓰기 시간이 따로 배정되어 있지 않으니 점심시간이나 아침 시간 짬을 내야 한다. 숙제검사가 끝나자마자 받아쓰기 준비를 하면서도 짧은 동화나 시를 외우는 아이들의 재잘거림은 이 봄날의 새 소리 같다.

1학년 때보다 글씨를 더 예쁘게 써서 부모님께 칭찬받아서 좋다는 아이들. 이제는 어쩌다 바빠서 받아쓰기 시간이 늦추어지면 왜 하지 않으냐며 나를 졸라댈 만큼 자동화되었다. 일터에 나가는 부모님이 날마다 받아쓰기를 하도록 배려할 시간도 없는 시골 아이들이다. 그 중에는 글자도 모르는 할머니와 사는 아이도 있으니 그 아이에게는 학교 교육이 전부인 셈이다.

우리 반 아이들의 〈읽기〉책은 벌써 헌 책이 다 되어버렸다. 하루도 빠지지 않고 10번 읽고 1번은 10칸 공책에 쓰는 숙제를 하기 때문이다. 우리글과 우리말의 중요성은 아무리 강조해도 지나치지 않는다. 영어교육도 우리글과 우리말에 대한 독해 능력과 구사 능력이 제대로 갖추어졌을 때 상승작용이 가능하다. 우리말의 발음이 서툰 것은 그대로 둔 채 영어 발음이 잘못되면 큰일 난 것처럼 호들갑을 떤다.

좋은 습관이 행동화되면 인격이 바뀌고 삶이 바뀐다고 했다. 요즈음 우리 반 아이들은 하루 평균 3권 정도의 책을 읽고 그날그날 짤막한 독서학습지를 쓴다. 책을 많이 읽다보니 의사소통도 잘 되고 수업 시간도 매우 진지하다. 모르는 것이 나오면 어떤 책을 봐야할지 스스로 찾아내는 능력까지 보여준다. 바르게 읽기 수준에서 외우는 수준으로, 받아쓰기 수준에서 일기를 잘 쓰는 수준까지 지향하고 있다. 학생 수는 비록 다섯 명에 불과하지만 밀도 높은 개별 지도로 한 사람 한 사람이 굵은 통나무처럼 재목으로 성장하고 있는 것이다.

사물에 관심이 많고 깊이 생각하여 자신의 생각을 글로 잘 쓰는 은지는 작가의 모습을, 한번 듣거나 본 것은 잊지 않는 지혜로운 현민이와 용감하고 의젓하며 다른 사람의 마음을 잘 헤아리는 인재는 경찰관이며, 꼼꼼하게 관찰하고 착실하게 공부하는 은비와 준희에게서는 미래의 선생님 싹을 키우는 중이다.

우리 학교 아이들은 1학년부터 6학년까지 방과 후 학교로 오후 4시까지 수업을 한다. 사물놀이, 영어, 논술, 글쓰기, 컴퓨터 등을 배운다. 4시가 되면 학교차를 타고 하교한다. 방과 후 학교 프로그램으로 모든 과목이 무료이다. 그래서 학원을 다니지 못해서 기죽는 아이도 없고 일하러 나간 가족들이 아이들 걱정을 하지 않도록 학교에서 맡아주는 시간이 길어서 안심이 된다며 학부모도 좋아한다.

학생 수가 적으니 아이들도 가족처럼 서로에게 기대고 산다. 학교 폭력이나 왕따도 없다. 가난하다고 업신여기거나 부모가 안 계신다고 놀리는 아이도 없다. 다문화가정 아이들이 30%에 가깝지만 자연스럽게 어울려 산다. 특히 아름다운 농촌 풍경 속에서 자연을 스승삼아 하늘과 꽃들을 날마다 친구하며 살고 있으니 그보다 더 좋은 스승은 없다. 가난과 상처로 아픈 아이들이 하나둘이 아니지만 그 상처를 보듬어주려고, 이해하고 약을 주려는 학교와 선생님들이 있는 한, 시골의 작은 학교일지라도 희망의 등불을 켤 수 있다고 자신한다.

먼 후일 이 아이들이 사회의 각계각층에서 제 몫을 다 하기를 바라며, 다소 빡빡한 학교생활을 잘 이겨내리라 확신한다. 모두 다 떠나가는 농촌 생활에 희망을 걸고 자신들을 위해 오늘도 열심히 일하는 부모와 할머니의 간절한 소망을 마음에 새길 줄 아는 마음이 따뜻한 이 아이들을 위해 더 부지런해져야겠다.

할머니와 함께 쑥을 캐는 일이 힘들었지만 쑥국을 끓여서 먹으니 맛이 좋았다는 현민이의 일기장을 보며, 날마다 글씨도 예뻐지고 글의 내용도 좋아지는 우리 현민이의 일기장이 빨리 또 보고 싶어진다. 그 현민이가 몇 달 동안 기다리는 아빠가 4월 말에 오시면 자랑하겠다며 모으고 있는 받아쓰기 시험지와 일기장 속에서 희망의 진주알이 자라고 있다.

내가 서 있는 이 자리가 꽃자리임을 생각하며 받아쓰기와 낭독지도, 사제동행 아침독서로 기초 기본이 확실한 나만의 국어 수업으로 감히 '선지식'을 꿈꿔본다. '좋은 스승을 선지식이라 한다. 선지식은 지혜로운 의사와 같다. 병을 알고 증상에 따라 약을 주어 우리의 마음을 낫게 하기 때문이다.'라는 『열반경』의 죽비소리를 날마다 암송하여 아이들의 마음을 낫게 하는 좋은 약을 날마다 지었으면 좋겠다.

할아버지, 할머니 행복하세요

예부터 효는 모든 행동의 근본이라고 했다. 이는 세상 모든 일이 부모님께 효도하는 것으로부터 시작된다는 것을 뜻하기 때문이다. 한 발 더 나아가 웃어른을 공경하고 이웃과 서로 아끼는 생활을 강조하는 학교생활 속에서 효의 가치는 그 어느 때보다도 소중하다. 가정의 달 5월을 보내며 우리 영암덕진초등학교에서는 5월 19일 오후, 어른을 공경하는 실천적이고 보다 적극적인 교육 활동의 일환으로 〈영암 효병원〉을 찾아 입원해 계신 할아버지, 할머니를 위로해 드리기로 했다. 공연 프로그램을 계획하고 며칠 전부터 출연 종목을 연습했다. 유치원생과 1학년들은 최은주 선생님의 지도를 받아 〈꼬마들의 결혼 행진〉을, 2학년은 편지 낭독하기, 5~6학년은 그 동안 열심히 배워온 사물놀이 〈달오름소리〉를 공연했다.

▲ 〈꼬마들의 결혼 행진〉 공연 장면

영암 효병원에서 요양 중인 70여 분의 할아버지 할머니께서는 신랑 각시로 분장하고 아름다운 무용에 맞추어 결혼 행진 풍경을 묘사하는 귀염둥이들의 모습을 보고 얼마나 좋아하셨는지 모른다. 아마 손자 손녀들을 생각하시며 잠시 동안이나마 아픔을 잊으셨으리라 생각한다. 하얀 웨딩드레스를 차려 입은 꼬마 아가씨들과 턱시도까지 갖춰 입은 깜찍한 남자 아이들의 앙증맞은 연기, 사탕 부케 24 송이를 정성스레 준비하여 공연에 심혈을 기울인 유치원 최은주 선생님의 정성이 짐작이 갔다. 무용 가르치랴, 의상까지 챙겨 입혀서 무대에 올려 보내는 것은 결코 쉬운 일이 아니기 때문이다.

▲ 편지를 낭독하는 2학년 최은비

두 번째로 이어진 편지 낭송 시간에는 2학년 최은비 양이 학교에서 배운 글 솜씨로 할아버지 할머니를 위로하는 편지를 읽었다. 몸이 불편하신 할아버지 할머니를 위로하고 빨리 나으시기를 바라는 마음으로 마음속으로 응원한다는 어린 꼬마의 편지에 감동의 눈물을 흘리시는 모습을 보며 작은 보람을 느끼기도 했다.

가장 절정을 이룬 장면은 사물놀이 공연팀, 달오름소리였다. 우리 학교 사물놀이 팀은 월출산의 정기를 이어 받아 그 동안 방과 후 학교 교육으로 실력 있는 외부강사를 초빙하여 꾸준히 실력을 연마해 온 수준 높은 공연을 보여준 바 있다. 금년 영암 왕인축제 개막식에 초청되어 많은 갈채를 받은 팀이기도 하다.

신명나는 사물놀이 가락에 병마를 떨쳐내고 행복한 삶을 이어가시기를 바라는 어린 학생들의 비원이 효병원에 넘쳐흘렀다. "조그만 친절이, 한마디 사랑의 말이 저 위의 하늘나라처럼 이 땅을 즐거운 곳으로 만든다."는 J.F. 카네기의 말처럼 우리 아이들이 펼친 효생활의 실천적인 모습은 앞으로도 꾸준히 이어가야 할 아름다운 모습이었다.

지난 날 가난한 조국의 일군으로 열심히 살아오신 할아버지 할머니들께서 병마에 시달리며 힘든 노후를 보내시는 모습을 외면하지 않고 교실에서 실천할 수 없는 효도하는 삶을 실천한 것이다. 인성 교육은 실천하는 그 자리에서 이루어진다. 그러기에 메닝거는 '사랑은 사람을 치료한다. 사랑을 받은 사람, 사랑을 주는 사람 할 것 없이'라고 말했는지도 모른다.

▲ 덕진초등학교 사물놀이 덕진달오름소리 효병원 위문 공연 장면

효체험학습에 참가하여 편지글을 낭송한 우리 반 최은비의 일기를 통해 실천하는 인성교육의 효과가 얼마나 큰가를 짐작해 볼 수 있다. 이제 인성교육은 책 속에서 걸어 나와 세상 속으로 들어가야 함을 보여준다.

효병원에 다녀왔어요

2학년 1반 최은비

나는 오늘 효병원에서 할아버지 할머니께 편지를 읽어드렸다. 편지를 읽어드렸더니 할아버지 할머니께서 눈물을 흘리셨다. 그래서 나는 눈물을 닦아드렸다. 그랬더니 할아버지 할머니께서 칭찬을 해주셨다. 기분이 참 좋았다. 그리고 언니들과 함께 동요도 불러 드렸다. 할아버지, 할머니께서 좋아하시니까 내 마음도 상쾌해졌다. 과자도 함께 나누어 먹었다. 고마운 마음으로 맛있게 먹었다. 나는 할아버지 할머니를 마음속에 오래오래 간직해야겠다.

좋은 책 사랑하는 법을 배우럼

"선생님, 오늘은 책방 나들이 가는 날이지요?"

우리 반에서 제일 호기심이 많고 뭐든지 알고 싶어 하며 호기심의 더듬이가 돋아 있는 은지는 등교하자마자 참새처럼 좋알댄다.

"응, 그런데 지금은 아침독서 시간이니까 조금 있다 이야기하자."

"네, 선생님."

지난 7월 9일 덕진초등학교(교장 배남주)는 1학기 동안 아침독서를 잘하는 친구들을 데리고 읍내에 있는 서점에 갔다. 마침 학력평가도 끝나고 모처럼 차분해진 1, 2학년 아이들과 함께 책방 나들이를 가는 날이었다. 1, 2학년 15명 중에서 서점을 한 번도 가보지 않은 아이들이 절반을 넘었고 부모님과 함께 직접 가서 책을 사 본 경험이 있는 아이들 수는 더 작았다. 그래서 우리 덕진초등학교에서는 지난 4월부터 책방 나들이 체험학습을 통하여 아이들이 직접 책을 고르게 하자는 의견이 나왔다.

우리 학교는 작은 학교라서 학교에 도서관이나 도서실이 없다. 그래서 각 학년 교실이 도서실 구실을 잘해야 한다. 담임선생님들이 사서교사까지 겸한다는 마음가짐이 있어야 하고, 선생님부터 아침독서에 솔선수범하지 않으면 독서교육이 정착되기 힘든 것도 현실이다. 가장 좋은 독서 육아법은 어렸을 때부터 부모나 가족이 책을 읽어주는 분위기를 조성하는 일이 중요하다.

그러나 대부분의 시골 학부모님들이 마음이 있다하더라도 생업에 바빠서 자녀들에게 수시로 아름다운 동화책을 읽어주기 힘든 게 현실이며 그나마 한 부모 가정이거나 조손가정, 다문화가정의 아이들까지 생각하면 시골 아이들의 독서 환경은 전적으로 학교 교육에 의지한다고 봐도 무리가 아니다. 어찌 보면 아이들이 책 읽어 주는 부모를 만나는 것은 교육의 첫 단추를 잘 끼우는 일인지도 모른다.

시골 읍내의 책방이라 규모도 작고 준비된 책들도 충분하지는 않았지만 태어나서 처음으로 책방에 가서 자신의 손으로 직접 책을 고르는 아이들의 표정은 흥분 그 자체였다. 가기 전에 예의 바른 행동이나 질서 지키기와 같은 규범도 지도하고 동화책을 많이 사서 읽길 바랐지만 요즈음 유행하는 만화책들이 단연 인기였다. 만화책을 읽는 것이 결코 나쁜 일은 아니지만, 만화책만 읽는 아이들은 어휘력이 약해서 문장을 읽고도 뜻을 이해하지 못하여 요약하기나 비판하기, 상상하기, 추론하기 등 독해력 전반에 걸쳐 어려움을 겪기 때문이다.

사실적인 지식을 담고 있는 과학이나 역사책들은 만화책이 효과적이고 문학적인 소재들은 문자 위주의 책들이 더 효과적임을 감안한다면, 초등학교 1, 2학년 수준의 아이들에게는 만화책과 문학책의 비율이 비슷하게 책을 사 주는 것도 좋은 방법이라고 생각한다. 문학적 지식과 사실적인 지식의 균형이 잡혀야 독서 교육의 효과를 기대할 수 있기 때문이다.

우리 아이들 15명이 들어간 읍내 책방은 떠들썩했다. 요즈음 불황이다 보니 손님도 없는데 꼬마 손님들이 들이닥치니 주인아주머니께서도 귀엽다며 아이들에게 간식거리도 사 주셨다. 내가 사는 곳에서도 책방에 갈 때마다 느끼는 아쉬움 중의 하나가 책방에 들어오는 학부모나 학생들이 사가는 것은 대부분 문제집 위주라는 것이다. 경제적인 이유 때문에 그러겠지만 문학 서적이나 과학, 역사책을 골라서 사가는 모습은 거의 보기 힘들 정도이다.

"책을 읽음은 집안을 일으키는 근본이고, 배운 사람은 벼와 같고 배우지 않은 사람은 쑥과 같다. 벼는 나라의 좋은 양식이며 세상의 보물이다. 그러나 쑥은 밭가는 사람도 싫어하고 김매는 사람도 귀찮아한다. 배우지 않음으로 인해 벽을 마주한 듯 답답한 마음에 후회하지만 이미 늙어 버린 후이다."라는 『명심보감』, 유배 중에도 폐족의 위기 속에서 자식들에게 5천 권의 책이 머릿속에 들어 있어야 세상을 제대로 뚫어 보고 지혜롭게 판단 할 수 있다며 좋은 책을 읽도록 아버지의 간곡한 정을 담아 편지를 쓴 다산 정약용의 글을 대하면 좋은 책의 위대한 힘은 아무리 강조해도 지나치지 않는다.

그럼에도 불구하고 우리나라 국민의 독서 시간은 세계적으로도 부끄러울 정도이며 더구나 책을 직접 사서 보는 책값의 지출은 국민 1인당 만 원 정도라고 하니 나라의 장래로 보아 무척 걱정되는 일이다. 어른들이나 아이들 모두 독서의 중요성은 이론적으로나 상식으로 매우 잘 알고 있음에도 불구하고 이처럼 책값에 인색하고 독서 시간이 부족한 현실을 타개할 방법을 모색해야 한다.

깊이 따지고 들어가면 입시위주의 교육 현장에 기인하고 독서의 효과는 금방 나타나지 않고 기나긴 기다림이 필요한 큰 나무와 같기 때문일까? 정약용은 『다산시문집』에서 "사람이 글을 쓰는 것은 나무에 꽃이 피는 것과 같다. 나무를 심는 사람은 가장 먼저 뿌리를 북돋우고 줄기를 바로잡는 일에 힘써야 한다. 그리고 나서 진액이 오르고 가지와 잎이 돋아나면 꽃을 피울 수 있게 된다."고 하였으니 책은 곧, 작가들이 피워 낸 아름다운 꽃이라고 할 수 있다.

우리들은 그 아름답고 소중한 꽃들을 자주 들여다보고 향기를 음미하며 삶의 지혜를 얻을 수 있으니, 좋은 책을 본다는 것, 독서를 한다는 것은 사색하는 특권을 지닌 인간만이 누릴 수 있는 소중한 보물임을 자라나는 우리 아이들이 알게 해야 하는 것은 학부모와 선생님의 의무다. 밥을 굶으면 큰일 날 것처럼 호들갑을 떨면서도 영혼의 식량인 책을 안 보면서도 아무렇지 않게 살아가는 사람들이 너무 많은 것도 현실이다.

우리 아이들이 텔레비전과 컴퓨터 게임에 함몰되어 독서하기의 즐거움을 모르고 사는 게 참 안타깝다. 외식하는 것보다도, 옷을 사 입는 것보다도 책방에 들어가서 책을 고르고 사 주는 어른들의 모습을 많이 보았으면 참 좋겠다. 그렇게 되는 날, 우리 사회는 좀 더 따스하고 아름다운 소식들이 넘치리라 확신하기 때문이다.

이제 곧 여름방학이다. 그 동안 학교생활에 힘들었을 아이들이 무척 기다리는 방학이지만 가장 염려되는 것이 독서 생활이다. 학교에 오면 적어도 하루에 한 시간 이상 독서할 수 있는 분위기로 100일 이상 소중한 독서 탑을 쌓아왔는데 그 습관이 허물어질까 걱정이 된다.

"사랑을 배워라, 특히 좋은 책을 사랑하는 법을 배워라. 세상의 모든 돈을 주고도 살 수 없는 보물이 좋은 책 안에 들어 있다. 배우고 노력하고, 애쓰지 않는다면 그 보물을 찾을 길은 없다."고 말한 G. 잉거소울이나 "한 권의 좋은 책은 위대한 정신의 귀중한 활력소이고, 삶을 초월하여 보존하려고 방부 처리하여 둔 소중한 보물이다."고 한 존. 밀턴의 말에 전적으로 동의한다.

아직은 어린 1, 2학년 아이들이 긴 방학에 들어가기 전에 책방 나들이 체험학습을 통하여 어렴풋이나마 책의 향기를 맡고 놀이공원이나 물놀이를 좋아하는 것처럼 책방도 자주 갈 수 있도록 하자는 취지에서 시작한 일이다. 용돈이 생기면, 부모님에게 생일 선물을 받을 때에도 먹는 것도 좋지만 책방에 가서 책을 사는 정신적 포만감을 가질 수 있었으면 참 좋겠다.

　도서실이 없지만 학급에 꽉 찬 학급문고의 대부분을 읽어낸 아이들은 1학기가 끝나는 지금 500권을 넘긴 아이도 있다. 3월에는 〈읽기〉책의 문맥도 잘 찾지 못하던 아이들이 독서를 많이 하고 나니 독해력과 사고력이 커져서 행간을 읽어내기도 하고 일기나 생활문도 참 잘 쓰게 되었다. 행동도 소잡하지 않고 차분해진 것은 당연하다.

　우리 아이들을 사랑하는 학부모님, 그리고 어르신들! 사는 게 힘들지만 이번 여름방학에는 시원한 도서관에 자주 데려가 주시고 가끔은 책방에 들러서 책을 사지 못하더라도 한 시간쯤 함께 읽는 모습을 보여주시면 어떨까 한다. 말로 가르치면 힘들어도 몸으로 보여주면 금방 따라오는 게 아이들이다. 우리 학교에서도 더욱 열심히 좋은 책을 읽게 하고 2학기에도 더 좋은 독서 프로그램을 준비하고 있다.

　우리 아이들을 위해서, 이 나라의 밝은 미래를 위하여 학교와 가정이 하나 되어 알찬 독서 교육에 마음을 다하고 정성을 기울이는 노력을 해야겠다.

인간 승리를 보여준 선배님을 찾아서

▲ 모교 후배 초청, 장순기 회장님이 운영하는 대전신생용사촌보훈복지(주) 공장 방문

지난 10월 28일은 덕진초등학교(교장 배남주)의 뜻 깊은 체험학습 날이었다. 이미 예약된 에너지체험학습 행사이기도 하고, 자랑스러운 본교 출신의 대선배님이 운영하는 큰 회사를 견학하는 날이었기 때문이다. 전국적으로 신종플루의 공포가 몰아닥친 상황이라 전교생 나들이를 하면서 걱정도 많았다. 고향과 모교를 아끼는 마음에서 이 지역의 학부모님과 덕진초등학교 전교생과 지역 발전에 힘쓰는 지역 인사들까지 한 자리에 초대한 아름다운 자리여서 날씨도 화창하게 좋았다.

그동안 모교의 발전을 위하여 물심양면의 지원을 해주신 분이 자랑스러운 후배들의 모습을 보고 싶어 하셨고 우리 학교 아이들도 국악경연대회에 나가서 상을 타서 더욱 흥이 나 있었다. 말로만 듣던 자랑스러운 선배님 앞에서 재주를 자랑할 생각을 하며 날마다 열심히 연습했다.

장순기 회장님은 지난해부터 이 지역 영암의 발전을 위해 모교인 덕진초등학교 사물놀이 팀을 위하여 좋은 악기를 구입에서부터 공연 복장에 이르기까지 아낌없이 후원해 주고 있다. 또한 전교생이 볼 수 있도록 매달 어린이 신문 30부를 기부하여 모교의 후배들이 건강하고 올곧게 자라도록 후원해 주고 있기도 하다.

▲ 장순기 회장님의 후원으로 승승장구하는 덕진달오름소리 팀의 난타와 사물놀이 공연 장면

성공한 사람들이 다른 사람을 위해, 고향이나 모교 발전을 위해 노력하는 모습은 흔히 볼 수 있는 풍경은 아니다. 특히 장애를 딛고 일어서서 자신의 삶을 영위하는 것조차 어려운 사람이 남을 돕고 헌신하는 모습은 눈물어린 감동마저 안겨준다.

장순기 회장님은 1964년 군에 입대하여 임무 수행 중 척추를 다쳐 하반신 마비로 4년여 동안 병상에서 투병 생활을 하였다. 동병상련의 아픔을 가진 상이용사들의 재활과 거주 안정을 위해 노력해 온 공을 인정받아 2008년 6월 22일 국민훈장 동백장을 수상한 분이기도 하다. 나라를 위해 군에 입대하여 평생 지울 수 없는 장애를 입고도 혼신의 노력과 의지로 본인의 자활은 물론 수많은 상이용사들의 생계수단을 책임지는 '신생용사촌보훈복지'회사를 탄탄하게 이끌고 있으니 얼마나 자랑스러운 선배인지 모른다.

요즘처럼 군대를 기피하는 젊은이가 많은 안타까운 현실에 비추어보면 그분의 일생은 인간승리의 표본이 되기에 충분하다. 그 뿐만 아니라 1988년에는 펜싱 선수로 출전하여 은메달을 획득하였고, 2004년 '대한민국상이군경회 보훈체육회'를 결성하여 중상이용사들의 재활체육은 물론 장애인올림픽 등에 국가대표 선수를 출전시켜 다수의 메달을 획득함으로써 국위선양에도 힘쓴 바 있다.

개인적인 삶의 모습도 남달랐다. 그분은 장애로 인하여 자식을 둘 수 없는 형편이다. 그럼에도 불구하고 불우 아동을 10명 이상 입양하여 훌륭한 자식으로 기르고 있다는 주변의 찬사에는 더욱 고개가 숙여졌다. 내 자식도 제대로 기르지 못해 포기하는 가정, 자식과 함께 세상을 버리는 일이 비일비재한 오늘의 현실에 비추어 그분의 사랑은 한없이 크게 보였다.

그 밖에도 기업의 이윤을 사회에 환원하기 위해 불우장애인복지단체나 보육원 위문, 고향 노인들을 위한 무료 관광과 경로잔치를 열어 이웃사랑을 실천하고 있다. 우리 학교 아이들이 책 속에 나오는 훌륭한 인물이 바로 우리 고장 출신이며 장애를 딛고 일어선 자랑스러운 분을 눈으로 직접 만나서 이야기를 나누고 그분의 체취를 느끼며 이웃사랑을 몸으로 배우는 체험학습을 한 것이다.

가장 교육적인 것은 바로 몸으로 보여주는 본보기라고 했다. 나라를 위해 몸을 다친 상이용사를 직접 보았으니 그분의 아픔을 통해서 호국보훈의 정신을 배웠을 것이다. 장애를 딛고 좌절하거나 슬퍼서 인생을 포기하지 않았으니 인간의 의지가 얼마나 소중한지를 깨닫는 인성교육이 되었을 것이다.

더 중요한 교육적 가치는 나의 성공이 나만의 것으로 그치지 않고 끝없이 베풀고 이웃사랑을 실천하는 긍정적인 삶의 모습을 견지하는 것이 얼마나 아름다운 일인지 직접 눈으로 보았다는 사실이다. 부러진 날개를 곧추 세워서 부단히 가지를 키우고 눈물과 한숨, 피와 땀으로 꽃을 피우고 열매를 맺어서 이웃에게 나누는 기쁨으로 인생의 후반전을 달리고 계신 장순기 회장님은 진정 대한민국의 사표이고 덕진의 자랑이다.

덕진초등학교 전체 어린이들이 신종플루의 공포 속에서도 자랑스러운 선배님을 찾아 대전까지 날아가 훌륭한 기업인으로, 사회사업의 표본으로, 고향을 지키는 어른의 품에서 보낸 하루는 인생 공부 그 자체였다. 우리 아이들은 열심히 살아갈 등불 하나를 들고 왔다. 돌아오는 길에도 아이들 손을 잡고 환하게 웃는 밝은 모습, 사랑하는 후배들이 더 나은 환경에서 공부하도록 애쓰겠다는 다짐, 아이들 모두에게 안겨주시던 선물꾸러미에도 정성이 넘쳤다. 경제난과 각종 질병이 창궐하는 암울한 세상 속에서도 샘물처럼 맑게, 새벽 별빛처럼 찬란하게 이 땅과 사람들의 가슴을 울리며 진한 감동을 안겨주는 아름다운 사람들이 사는 세상은 진정 살만한 세상이다.

우리 아이들에게 희망의 등불을 안겨준 자랑스러운 선배님의 모습을 내내 잊지 않고 가슴 속에 품고 힘들 때마다 용기를 낼 수 있도록 힘내어 가르칠 것이다. 고맙습니다.

아이들의 가슴에 불을 질러라

독서지도는 선생님의 연장

좋은 교사는 잘 가르치고 훌륭한 교사는 스스로 해보이며, 위대한 교사는 가슴에 불을 지핀다고 한다. 교단 경력 30년이 다 된 나는 위의 세 가지를 다 가지려고 욕심을 내며 산다. 열정이 사라진 인간이야말로 죽음의 문턱에 서 있는 것이기 때문이다.

잘 가르치고 본을 보이며 가슴에 불을 지피는 도구로 '아침독서지도'는 교사라면 당연히 가져야 할 연장이라고 생각한다. 독서는 바로 정신의 문을 열어주는 열쇠이기 때문이다. 그래서 나의 학급 경영 특색은 언제나 '천 권 읽기'이다.

우리 반 학급 특색은 해마다 '좋은 책 천 권 읽기'

학교는 탐구하는 곳이다. 그 탐구의 대부분은 책을 통해서 이루어진다. 어느 나라, 어떤 시대를 막론하고 독서는 탐구하는 자의 필수 덕목이다. 그럼에도 불구하고 독서를 소홀하게 생각하고 오락 중심으로 흘러가는 세태를 보면 답답한 마음을 금할 수 없다.

오랜 교직 경험에 비추어 보면, 좋은 책을 많이 읽고 즐겨 읽는 아이들에게는 별도의 인성 교육이나 꾸지람이 필요 없다. 그 아이들 대부분은 매사에 신중하게 생각하는 아이, 창의성과 감수성이 풍부한 아이, 깨달음의 속도가 매우 빠르다는 공통점이 있다. 그래서 3월 첫 날부터 아침독서를 시킨다. 첫 단추를 잘 꿰는 일이 중요하기 때문이다.

그보다 더 중요한 것은 교사인 나부터 아침독서 시간을 철저히 준수하는 일이다. 그것이 선행되지 않으면 아침독서 운동은 형식에 그치고 성과가 없다. 학교에서 아무리 강조해도 성과가 없다. 아이들보다 늦게 출근하여 인사하며 아이들의 독서를 방해하는 선생님, 아침부터 공문 처리 하느라 들락거리는 선생님 반의 독서 실태는 연중 실패작이 되는 경우가 허다했다.

아침독서 시간에 우리 교실은 도서실

언제나 내가 맡은 반은 아침독서 시간은 교실이 도서실이 된다. 친구나 선생님을 향한 인사도 목례에 그치거나 발소리를 내는 일, 화장실에 가는 것조차 조심해야 한다. 책을 뽑으러 다니는 것도 안 된다. 전날 가기 전에 학교 도서관이나 학급문고에서 3권을 미리 뽑아서 책상 위에 두고 가기 때문에 아침 독서를 바로 시작할 수 있게 했다.

근본적으로 책을 읽기 싫어하는 아이들은 없다. 책의 달콤함과 깨달음에 이르는 앎의 기쁨을 맛보는 기회를 맞지 못한 아이들은 다소 늦게 아침독서의 기쁨에 몰입하는 데 시간이 좀 걸릴 뿐이다. 우리 반은 초등학교 2학년이다. 상상력과 창의성이 최고조에 달한다는 시기이다. 동화를 즐겨 읽고 아름다운 상상을 즐기는 단계이기에 아침독서운동은 다른 모든 교과 공부보다 최우선시 되어야 한다고 생각한다.

창의적 체험활동 독서발표 – 나도 심사위원

학교에서는 아침마다 읽은 책의 제목만 기록하게 하고 집에 가서도 하루 한 권은 읽기 숙제를 낸다. 이러한 활동을 1년 내내 계속하면 천권 읽기는 충분히 해낸다. 100일 쯤 지나면 아침 수업 시작조차 조심스럽게 해야 한다. 독서의 기쁨에 빠진 아이들은 교과서 공부보다 책을 더 좋아하게 되기 때문이다.

그런 단계까지 간 아이들은 쉬는 시간이나 점심시간에도 틈만 나면 책을 들고 있음을 본다. 내가 바라던 모습으로 바뀌어 가는 모습을 보며 혼자서 무릎을 치며 기뻐하는 단계이다. 그렇게 읽은 책들은 아이들의 입을 통해서 세상 밖으로 나오고 싶어 한다.

그래서 재량 시간을 활용하여 1주일에 한 시간씩 독서발표회를 열어 왔다. 이것은 아이들이 제일 좋아하는 시간이기도 하다. 다른 시간은 놓치고 안 해도 아무 말 하지 않지만 매주 금요일 5교시에 이루어지는 학급독서발표회 시간만은 꼭 지켜야 한다.

그냥 듣는 게 아니라 각자 심사위원이 되어서 주어진 항목에 따라 발표하는 친구에게 점수를 주기 때문에 누구 하나 소홀하게 듣지 않는다. 이제는 조리 있게 발표하고 생동감 있게 발표하는 모습이 역력하다. 한 권 발표도 부족해서 자꾸만 발표하겠다고 떼를 쓰는 아이들까지 생겨났다.

나비 효과를 가져 온 아침독서운동

우주의 신비만큼이나 신비로운 뇌를 확장시켜주는 독서는 취미가 아닌 일상이 되어야 한다는 게 나의 소신이다. 세상은 아는 것만큼 보이고 앎의 근본인 독서는 신세계로 안내해 주는 지름길이기 때문이다.

어린 시절 배운 것은 돌에 새겨지고 어른이 되어 배운 것은 얼음에 새겨진다는 말처럼 스펀지처럼 유연한 뇌를 지닌 어린 시절의 독서는 평생을 풍요롭게, 행복하게 스스로 탐구하며 자신의 길을 가게 하는 최선의 길이, 아침독서라고 생각한다.

내 반 아이들은 이제 겨우 2학년이지만 충고나 훈계만으로도 교육이 가능하여 매를 들거나 체벌을 할 필요조차 없다. 그것은 모두 아침독서

운동이 가져온 '나비 효과'이자 '동료 효과'이다. 학급에서 책을 잘 보는 아이들의 행동을 칭찬하면 그 아이를 본받으려고 노력하는 아이들이 생기고, 그 아이가 보는 책을 빌려서 읽는 모습을 쉽게 볼 수 있다.

혹시 충고를 하거나 예화 자료를 인용할 때에도 책에서 가져온 글을 인용하면 설득력이 높아진다. 아침독서운동으로 차분해진 아이들은 싸우거나 큰 소리를 치지 않으며 다른 사람을 배려하는 자세를 배운다. 아침독서 시간에 배운 조용함과 배려의 정신이 스며들었기 때문이다.

조용한 아침 시간에 아름다운 음악 속에서 몰입하여 책을 읽는 동안, 열린 마음이 되었으니 그 다음에 이어지는 교과 공부까지 자연스럽게 연결되어 선순환을 일으켜 행복한 교실이 되었다.

선생님도 만 권 읽기 프로젝트

읽지 않는 사람은 인생의 절반을 잃어버리는 것(찰스와 도로시)이라고 했다. 아침독서운동의 효과는 지대하다. 글쓰기 능력의 향상으로 이어지고 독해력이 우수하여 길고 난해한 지문도 잘 읽는다. 국어를 잘 하니 다른 교과는 부수적으로 따라온다. 아름답고 사려 깊은 문장으로 깨달은 열린 가슴은 감성이 풍부하여 인성 교육이 따로 필요 없게 되었다. 세상을 보는 눈이 깊고 넓어지는 경험을 하기 때문에 아이들이 차분해지고 교실이 조용해지며 자기 통제력이 높아지는 모습을 보여주어서 체벌조차 필요 없다.

이렇게 중요한 아침독서운동이지만 문제는 환경이다. 아침마다 학습지를 푸는 학급, 마냥 떠드는 아이들, 한자를 쓰는 학급, 악기를 부는 학급, 심지어 청소를 하는 학급에서는 책 읽는 아이들 모습을 보기 어렵다. 담임선생님이 책 읽기를 즐겨하지 않는 학급에서는 아이들도 그렇다. 몸으로 보여주는 교육의 효과만큼 큰 것이 없다. 그래서 나부터 독서해야 한다는 게 교사의 필수 조건이라고 생각한다. 담임인 내가 읽을 책을 쌓아 놓고 독서록을 쓰며 10년 동안 '만 권 읽기' 프로젝트를 보여 주었을 때, 감탄하던 아이들이었다.

방학 동안 아이들과 시합을 하기로 했었다. 누가 더 많이 읽고 오는지. 방학 날 선물로 준 것도 달력모양 독서수첩이었다. 날마다 읽은 책 제목을 쓰고 책 속에서 감동 깊은 문장을 하나씩 쓰며 일주일에 한 편은 독후감을 써서 나의 독서수첩과 비교하기로 한 것이다.

이러한 활동을 꾸준히 했던 지난해에는 학급에서 국어 실력이 가장 처진 아이가 약속대로 천 권을 읽어내며 국어를 제일 잘하는 아이로 선발되었고 군 교육청에서 최고 독서 상을, 도교육청에서 다독 상을 받으며 아침독서운동의 효과를 눈으로 보여주었다.

인생의 비극은 실제로 죽는다는 사실에 있지 않고, 우리 안에서 감정, 열정, 공감 등이 죽는다는 데 있다고 한 슈바이처의 말에 동의한다. 내가 가르치는 우리 반 아이들에게 나의 감정과 열정, 공감을 전하는 교육 활동의 초석은 바로 아침독서운동이다. 소풍가는 날 아침에도, 방학식을 하는 날 아침에도, 운동회를 하는 날 아침에도 변함없이 8시부터 시작되는 아침독서운동으로 하루를 여는 게 일상이 된 나의 아이들과 교실을 사랑한다. 나는 앞으로도 교단에서 내려서는 그날까지 변함없이 아이들의 가슴에 불을 지피기 위해 '아침독서운동'의 불씨를 힘차게 당길 것이다.

다시 가을이다. 이 나라의 모든 교실에서 선생님과 제자들이 사랑스럽게 책을 읽는 모습이 유행처럼 번져서 아름다운 마음의 단풍이 들기를 빌어본다. 좋은 책의 불씨로 아이들의 가슴에 뜨거운 불을 질러서 인생을, 자신을 뜨겁게 사랑하기를!

* 이 글은 2011 (사)행복한아침독서 실천 사례 당선작입니다.

글쓰기로 만나는
아이들 세계

나는 우리 학교에서 방과 후 글쓰기 교실을 담당하고 있다. 우리 반 아이들의 교육과정을 끝낸 다음, 주당 5시간 동안 1학년부터 사춘기의 정체성 지도가 필요한 6학년까지 2개의 인접 학년을 묶어서 글쓰기 지도를 하고 있다. 솔직히 말하면 담임 노릇보다 훨씬 힘들다. 또래 학년이 아니라 수준 차가 나는 두 개 학년을, 본인들의 요구보다는 반 강제에 가깝게 전교생이 의무적으로 참여하는 프로그램이기 때문에 흥미도도 떨어지기 때문이다. 시골 학교 아이들 실정으로는 원하는 프로그램에 맞춰 강사를 구할 수도 없고 통학차 사정, 학원에 다니는 아이들도 드물고 집에 일찍 가 봐야 돌봐줄 부모도 안 계시거나 일터에 계시는 경우가 태반이기 때문이다.

수요자 중심 교육 정신에 입각해서 학부모의 요구나 학생들의 요구에 맞춰서 프로그램을 개설할 여건이 부족하므로 현직 교사 중심이 되고 있는 게 현실이다. 시골 학교라서 담임 업무에다 맡겨진 분장 사무까지 맡아야하므로 공문서 처리에 매달려야 하는 입장이다 보니 방과 후 지도 시간이 부담이 되는 게 사실이다.

글쓰기 지도의 보람
그럼에도 불구하고 글쓰기 지도를 하면서 얻는 보람도 쏠쏠하다. 각종 글쓰기 대회를 방과 후 글쓰기 시간의 주제로 삼아 열심히 하다 보니, 글쓰기에 자신감을 가진 아이들이 나타나고 있기 때문이다. 때로는 아이들의 톡톡 튀는 시어에 감동하기도 하고 아이들의 아픔을 더 깊고 넓게 이해하게 되었다. 아이들은 창의성을 유도하는 글을 쓰게 하거나 학급 이야기를 만화로 그리게 하는 것을 가장 좋아한다. 예를 들면, '우리 몸의 일부분을 다른 모양으로 바꾸어 글을 써 보자.'라는 주제에서는, 이상한 말이 튀어 나오는 입을 바꾸고 싶다는 아이, 거짓말 하는 마음을 바꾸고 싶다는 아이, 나쁜 말은 듣지 않고 좋은 말만 듣는 귀를 갖고 싶다는 아이, 나쁜 행동을 막아주는 손을 가져서 나쁜 행동을 하려고 하면 전기가 찌르르하게 오게 하면 좋겠다는 아이까지 있다.

같은 주제를 고학년에 적용시키면, 보이는 모습(외모)에 집착하는데 반해, 저학년 아이들은 보이지 않는 가치를 더 소중히 해서 놀랍고 외모보다는 착한 심성을 중시한다는 점, 순진하고 단순하다는 점, 창의성을 유도하는 글쓰기에도 저학년 아이들이 신선한 생각을 더 잘 끌어내어서 깜짝깜짝 놀라게 된다. 그만큼 더 순수한 동심이 살아 숨쉬기 때문이다.

인디언 상형 문자에 따르면 어린이 마음은 세모꼴, 어른의 마음은 동그라미라고 한다. 어린이가 죄를 짓고 마음이 아픈 이유는 죄를 짓는 만큼 세모꼴이 회전하면서 뾰족한 모서리로 마음을 긁기 때문이란다. 그러나 어른이 되면서 모서리가 점점 닳아 둥그렇게 변하고, 잘못해도 아픔을 별로 느끼지 못한다고 한다. 같은 학교에 살면서도 모르고 지낸 아이들의 아픔을 그들이 쏟아낸 글을 읽으며 가슴 저리고 안쓰러운 아이들의 상처에 놀란다. 한 부모 가정의 아이, 다문화가정의 아이, 조손가정에서 자라며 겪는 아픔과 외로움으로 힘들어하는 아이, 학업 스트레스로 힘들어하는 아이, 어머니를 잃은 슬픔에서 남들보다 더 많이 웃고 행동이 다혈질이 되어 과민 행동을 보이는 아이, 등등.

그 아이들이 왜 그렇게 난폭하고 함부로 말하는지를 이해하게 된 것이다. 사람은 누구나 자기만의 상처를 가지고 살아간다. 생활환경이 좋은 아이도, 남들보다 어려운 환경의 아이도 정도의 차이만 다를 뿐, 모두 자기만의 아픔 한 자락은 달고 있었다.

치유하는 글쓰기

자기의 상처와 아픔을 온전히 드러낼 때 글쓰기를 통해서 상처를 딛고 일어서서 애벌레에서 번데기로 나아갈 수 있으며 예쁜 나비로도 변신할 수 있는 것이라고 말해 주었을 때, 눈물을 흘리기도 하고 눈빛을 반짝이던 아이들은 자신의 상처를 드러내는 글을 쓰며 밝아지는 모습을 보여준다.

먼저 자기 자신을 솔직히 들여다보고 내 아픔과 힘듦이 무엇인지 솔직히 드러내 놓으며 햇볕에 널어서 말려야 한다고 가르쳐주었다. 그 상처를 열어 글로 쓰는 것을 두려워하지 말고 감추려 하지 않으며 자기 속의 또 다른 자기를 감동시키는 글을 쓸 때, 비로소 다른 사람도 감동시킬 수 있다고.

그래서 아이들의 경험에서 우러나온 글쓰기, 즉 생활문을 많이 쓰도록 하고 있다. 감성이 풍부하고 티 없이 맑은 어린 시절에 마음의 밭을 다듬는 일, 자신의 상처를 드러내어 치유하는 글쓰기 경험을 통해서 성장통을 줄여 줄 수 있다고 생각해서이다.

계절은 눈부시게 아름다운 가을인데도 아이들이 써 내는 글에는 행복이나 아름다운 낱말들이 드물었다. 예전의 아이들보다 훨씬 더 잘 먹고 환경도 나아졌건만 아이들의 가슴의 상처는 과거보다 더 심하다.

"소비는 늘었지만 가난해지고 기쁨은 줄었다. 집은 커졌지만 가족은 적어졌다. 약은 많지만 건강은 나빠졌다. 가진 것은 몇 배가 되었지만 소중한 가치는 줄었다. 생활비를 버는 법은 배웠지만 어떻게 살 것인가는 잊어버렸다. 달에 다녀왔지만 길 건너 이웃 만나기는 힘들어졌다.”

제프 딕슨의 단언이 우리 아이들의 현실에도 그대로 적용되는 것 같아 슬프다.

어린아이는 천국의 그림자

어린아이를 통해서만 이 지상에서 천국의 그림자를 엿볼 수 있다고 했던 아미엘은 건강이 좋지 않아서 결혼조차 포기하고 평생 동안 1만7천 쪽에 이르는 일기를 남겼다. 아이들 곁에 살면서도 천국의 그림자는 커녕, 늘 꾸지람하고 실수 없기를 바라며 채근하는 나를 돌아보게 하는 아이들의 글 속에서 부끄러운 어른의 자화상을 지우고 싶다.

글쓰기 지도 시간은 어린아이의 세계를 들여다보는 행복으로 인해 나도 나이를 거꾸로 먹게 된다. 아이들의 상처까지도 사랑할 수 있는 깊고 넓은 마음의 주머니까지 달고 그들 곁에 서 있고 싶다.

행복한 오해

"장 선생님, 방송국 촬영 팀이 우리 학교에 언제 오나요?"

"예? 교장 선생님, 무슨 말씀이십니까?"

"우리 학교에 텔레비전 방송국에서 촬영 온다고 하던데요?"

"저는 금시초문인데요? 누가 그러시던가요?"

"교감 선생님이 그러셔서 부랴부랴 학교를 단장했는데~~"

"아하! 제가 쓴 우리 반 아이들 이야기가 「TV동화 행복한 세상」에 방영된다고 말씀드린 적은 있는데, 그게 잘못 전해진 모양입니다. 학교를 취재하러 오는 게 아니고 방송 프로그램에 방영된다고 했는데요."

지난 5월에 있었던 일이다. 나는 가끔 사랑스런 아이들의 이야기를 글로 남기길 좋아한다. 세상의 모든 아이들은 다 예쁘고 사랑스럽지만, 특히 2학년짜리 아이들의 세상은 순진함으로 꽉 차 있다. 그들은 꿈꾸기를 좋아하고 이야기를 좋아하며 상상의 세계와 현실 세계를 넘나드는 아름다운 생각을 언어로 보여주는 일이 참 많다. 이제 막 1학년 단계를 지나 글눈을 뜨고 올라와서 동화책을 즐겨 읽는 단계이기도 하다. 그래서 아이들이 한 마디씩 툭툭 던지는 언어는 시어처럼 해맑고 상큼해서 깜짝깜짝 놀라게 한다. 동심의 세계를 가장 잘 나타내는 시기이기 때문이다.

그런 아이들이 남긴 교실 이야기를 주워 담아 쓴 글이 채택된 원고로 인해 텔레비전 방송 프로그램의 작가들과 연결되는 일은 가끔 있었다. 아이들 이야기가 전해져서 불우한 아이를 돕게 되거나 교단의 아름다운 이야기가 알려지기도 한다. 그런데 지난해에는 이야기가 전해지는 과정에서 생긴 작은 일이 점점 커져서 행복한 사건(?)으로까지 발전한 것이다.

그러니까 교장 선생님은 시골 학교가 매스컴을 타는 일로 생각하셔서 이왕에 학교가 알려질 텐데 학교 자랑도 할 겸, 교육청을 찾아가셔서 부탁을 하신 것이다. 서울에서 방송국 촬영 팀이 우리 학교를 찍으러 온다는데 학교를 아름답게 도색하고 싶으니 도와 달라고 말이다. 시골 학교다 보니 건물을 도색하려면 예산이 많이 들어서 평소에는 엄두도 못 내고 몇 년씩 기다려야 예산을 받을 수 있기 때문이다. 비가 오면 새는 곳도 생기고 페인트칠이 벗겨져서 보기 흉한 곳도 있기 마련이다.

우리 학교를 찍는 것은 우리 교육청의 얼굴을 찍는 거나 다름없으니 제발 학교를 도색할 수 있게 해달라고 간곡히 부탁을 해서 예산을 끌어다가 학교 전체 건물을 예쁘게 도색하게 된 것이다. 거의 한 달 이상 공을 들여 채색을 한 학교는 마치 새로 지은 집처럼 예쁘게 태어났다. 그런 영문도 모르고 곱게 단장한 학교를 보면서 아이들도 선생님들도 좋아했다.

새삼스럽게 텔레비전 방송의 위력을 실감하였다. 행복한 오해로 인해 학교는 새 신부처럼 예쁜 색으로 옷을 갈아입었다. 깨끗하고 산뜻하게 페인트칠을 하고 벗겨진 곳을 긁고 다시 옷을 입혔으며 물새는 곳까지 방수처리를 하여 그야말로 구조 변경을 한 것이다. 실외 환경과 실내 환경까지 말끔하게 거듭난 우리 학교를 보며 행복한 오해는 가끔 있어도 좋겠다는 생각을 한다. 아름다운 생각은 아름다운 열매를 맺게 하기 때문에 오해까지도 아름다운 열매를 가져 온 것이다.

다른 학교의 건물에서는 볼 수 없는 연한 녹색과 하얀 색, 군청색, 살색으로 디자인된 우리 학교의 모습은 어디서 봐도 눈에 띈다. 세상을 아름답게 보는 씨앗을 품고 아이들을 가르치며 그 아이들이 아름다운 민들레 홀씨처럼 퍼져 나가 세상을 밝히기를 바라며 앞으로도 행복한 교실 이야기를 많이 쓰고 싶다. 오해마저도 아름다운 학교 이야기가 세상에 넘쳤으면 한다.

- 출처 : 「오마이뉴스」 행복한 오해

내 인생의 영양제

"내 영혼을 바치지 않았다면 남의 영혼이 흔들리기를 바라지 말라."

- 이외수의 『청춘불패』

　요즈음은 많이 사라진 애국조회지만 아직도 한 달에 한두 번쯤은 생활조회라는 이름으로 이루어지는 애국조회 시간. 나는 그 시간이 되면 30년 전 햇병아리 교사 시절을 떠올리며 혼자 웃음 짓곤 한다. 고생을 미덕으로 알고 달린 젊은 시절, 직선도로를 달릴 기회조차 얻지 못한 채 우회도로로 산길을 지나며 어찌어찌 교단에 섰던 스물넷의 새내기 교사였던 나. 고향을 떠나 거의 반나절이나 차를 타고 찾아 산길과 바닷길을 지나 털털거리던 시골버스 속에서 하염없이 눈물을 흘리며 바닷가 학교를 찾아갔다.

　500명에 가까운 12학급의 초등학교는 운동장에서 공을 세게 차면 바다로 풍덩 빠질 것 같은 착각이 들 만큼 바다 냄새가 나던 학교였다. 그 시절은 교사가 부족했었다. 그래서 우리 반 48명은 거의 반 년 동안 옆 반 아이들과 한 교실에서 공부를 하고 있었다. 상황이 그렇다보니 아이들의 학력은 말이 아니었다. 매년 누적된 학습결손을 보충하지도 못한 채 학년만 올라온 아이들이라 15명에 가까운 아이들이 글을 못 읽거나 읽어도 무슨 말인지 모르는 거의 문맹 수준이었다.

　부임 첫날은 가을 운동회, 둘째 날은 가을 소풍, 셋째 날에야 비로소 기초학력 평가를 해보며 나는 절망하고 말았다. 아이들은 고학년 입문

기라고 해야 할 4학년 늦가을에서야 우리 글 읽기를 해냈다. '어떻게 하면 교육과정을 제대로 이수하게 할 수 있을까'란 고민은, 내 힘으론 해결이 불가능한 것이라고 판단했다. 하룻밤의 고민도 없이 시험지를 채점하자마자 교장실로 달려가고 말았다.

오랜 노력과 갈망으로 섰던 교직의 소중함보다, 아이들을 제대로 공부시킬 수 없을 거라는 절망감이 눈물과 함께 터져 나왔던 그해 10월 말 월요일 아침을 나는 아직도 어제 일처럼 떠올릴 수 있다(아이들을 걱정해서 눈물 속에 사직서를 쓸 정도라면 다른 선생님을 구할 한 달 동안만이라도 노력해 보자시던 교장선생님의 지심어린 충고와 격려가 있었긴 하다).

나는 그해 가을, 해가 떨어질 때까지 교실에서 아이들과 함께 살았다. 책을 소리 내어 읽게 하고 받아쓰기를 시키며 사칙 연산을 시키면서, 때로는 힘들어하는 아이들을 달래려고 오르간을 치고 아이들과 함께 노래를 부르며 그 가을을 보냈다.

초임지에서 보낸 그 1년 반 동안 내가 두려워한 것 중 하나는 월요일마다 열리는 애국주회였다. 그 행사가 일제잔재라는 것도 모른 채, 월요일이면 운동장에 모여서 애국가를 부르고 주생활 다짐으로 30분을 쓰던 때였다. 문제는 이제 막 교단에 선 나에게 첫날부터 애국가 지휘를 맡겼다는 사실이다.

솔직히 지휘를 배운 적이 없었으니 500여 명의 전교생과 선배 선생님들 앞에 두고 연단에 올라가서 팔을 저으며 애국가를 지휘하는 일은 겁이 났으나 못 한다는 말조차 하면 안 되는 줄 알았다. 그래서 일요일부터 비가 오기를 바라곤 했다. 당황해서 애국가 반주보다 지휘가 빠르면 얼굴이 붉어진 채 가만히 서 있기도 했으니, 그 황당한 추억이라니!

그래도 시행착오를 겪으며 애국가 지휘를 하는 동안 자신감이 붙었고 여름방학이면 고향에도 가지 않은 채 아이들을 몰고 다니며 바닷가에서 기타를 치며 2부 합창으로 노래 연습을 시키기도 했다. 1년 뒤에는 40여 명의 합창부를 조직해 특활경연대회에 출전하기도 했다. 여자아이들은 한복을 입게 해 동네에서 찬조해 준 트럭에 아이들을 싣고면 소재지로 합창대회를 나가던 일이 어제 일 같다.

첫해 맡은 그 아이들을 데리고 5학년까지 마치는 동안 글도 잘 읽고 제법 공부를 잘 하게 된 아이들이 6학년이 되던 해, 나는 결혼과 함께 읍내 학교로 전출가게 됐다. 아이들과 나는 눈물범벅이 된 채 헤어짐을 슬퍼했고 내 첫사랑의 아이들은 일요일이면 바지락을 한 양동이씩 들고서 하루에 두 번 밖에 다니지 않은 버스를 타고 내가 사는 읍내로 놀러오곤 했다. 그 아이들 중 3명은 결혼할 때 주례를 맡아주기도 했으니 아직도 그 아이들은 내 인생의 영양제로 남아있다. 교단에서 힘들고 지칠 때마다 그 때의 눈물을 생각하며 식어가는 내 열정을 되찾게 하는 각성제는 바로 '아이들'이다.

이제, 다시 '스승의 날'이다. 스승의 시옷 자도 내게는 감당키 어려우니 그저 부끄럽지 않은 '선생'이기를 나 자신에게 각성시키는 날이다. 스승의 날은 바로 흐려진 영혼의 거울을 닦아내며 나를 들여다보는 날이다. 아이들이 가장 좋아하는 선생님은 숙제를 안 내주는 선생님이라는데, 한발 늦었다. 오늘 받아쓰기를 기대만큼 못했다고 〈읽기〉책 한 쪽 10번 읽기로 내던 숙제를 내일은 외우기로 시험 본다고 엄포를 놓아 보냈으니 나는 꼴찌 선생이 분명하다. 이래저래 미안한 스승의 날이 될게 분명하다.

- 출처 : 「오마이뉴스」 내 인생의 영양제

아이들이 주는 순결한 웃음

웃음이 넘치는 교실

우리 교실 아침 풍경이다.

"애들아, 오늘 공부 시작할까? 보던 책의 제목을 독서반응지에 적어두고 화장실에 다녀오세요."

"예, 선생님."

"자, 그럼 숙제를 펴 놓고 오늘 받아쓰기 할 쪽을 읽어 보세요."

월출산을 바라보며 아침독서를 하고 새 소리를 들으며 학교에 오는 아이들의 싱싱함은 하루가 다르게 무럭무럭 커 가는 모습을 보여준다. 작은 일에도 티격태격 곧잘 싸우고 울던 아이들이었는데 이젠 버논의 벼들처럼 안으로 익어서 서로를 배려하고 고운 말을 쓰려고 노력하는 모습이 참 예쁘다.

어제는 받아쓰기를 채점하다 배꼽이 빠지는 줄 알았다. 바른 글씨와 띄어쓰기의 기본을 잡아주는 일은 2학년 국어 공부의 필수이다. 날마다 〈읽기〉책 한 쪽을 칸 공책에 한 번 쓰고 열 번 읽어 오기를 숙제로 내주지만 덜렁대는 아이는 열 번 읽어 오기를 채우지 못해서 100점을 맞지 못한다. 집에서 소리를 내어 열 번 읽었더라면 눈을 감고도 쓸 수 있을 텐데 엉뚱한 답을 쓰곤 한다.

때로는 생활의 길잡이의 글을 숙제로 내 주기도 하고 시를 외워 쓰게도 한다. 암기 교육이 나쁘다고들 하지만 최소한의 암기는 필요하다고 생각한다. 구구단을 못 외우는 아이는 그 후에 배우는 곱셈이나 나눗

셈을 잘할 수 없어서 고생을 한다.

그런데 우리 반에서 가장 머리가 좋은 태환이의 받아쓰기를 채점하다가 웃음보가 터지고 말았다. 불러준 문제는 '전화벨이 울리면 수화기를 듭니다.'였는데 녀석은 '전화벨이 울리면 소화기를 듭니다.'로 쓴 것이다.

"태환아, 너희 집에 불난 거니? 아니, 거기가 무슨 소방서니? 소화기라니~~"

아이들도 깔깔대고 웃고 나도 한참이나 웃었다. 그제야 상황을 판단한 태환이도 따라서 웃었다. 예전 같으면 부끄러워하며 울었을텐데 이제는 농담도 통하는 사이가 되어서 얼마나 좋은지 모른다.

공부 시간에 일부러 수화기를 들고 보여주며 수업을 했건만 녀석은 그 순간 헤찰한 게 분명하다. 아니면 숙제를 읽어 오지 않아서 비슷한 발음을 쓴 것이 분명하다. 오답 덕분에 한참을 웃어서 보약을 먹은 것처럼 행복한 하루를 시작할 수 있었다.

아이들의 순수함이 다치지 않게

초등학교 2학년 아이들은 어디로 튈지 모르는 공과 같다. 그래서 격정이 되기도 하지만 행복도 안겨준다. 아이들의 순수함은 해맑은 가을 하늘 같아서 같이 있는 것만으로도 세월이 비껴간다. 아이들은 바로 내면의 법에 파묻혀 살기 때문에 자그마한 일에도 쉽게 슬퍼하고 잘 운다. 나의 할 일은 바로 아이들이 지닌 그 순수한 내면의 법, 아름다운 양심이 훼손되지 않도록 아껴 주는 일이라고 생각한다.

상상력도 풍부하고 사물을 보는 눈도 갖춘 나이, 아홉 살 아이들인 2학년은 선생님이나 책에서 배운 내용을 곧이곧대로 실천하려고 노력하는 모습이 어느 학년보다 탁월하다. 거짓말을 해도 금방 눈에 보이는 거짓말이라서 속아주면서도 귀여운 나이다. 그래서 나는 사람의 지능

발달이 2학년 수준에서 멈춘다면 이 세상에 범죄나 슬픈 일이 훨씬 줄어들 것이라는 엉뚱한 생각을 하곤 한다.

세상을 있는 그대로 받아들이고 잘 웃으며 천진난만한 시어를 줄줄 달고 사는 아홉 살 아이들 속에서 나는 오늘도 건강해지는 보약을 마신다.

"태환아, 고마워! 네 덕분에 보약 한재를 먹은 것보다 더 행복하단다."

- 출처 : 「오마이뉴스」 아이들이 주는 순결한 웃음

내가 만난 교단의 선배

"물고기는 언제나 입으로 낚인다. 인간도 역시 입으로 걸린다."

- 『탈무드』

30년 동안 내가 만난 열여덟 분의 교장 선생님의 유형을 돌아보며 교단 혁신의 앞자리를 맡은 선봉장이신 멋진 교장 선생님이 넘쳐나기를 비는 마음으로 내가 만난 관리자의 유형을 연재하고자 한다. 어디까지나 익명이며 실제 인물의 행실을 가감 없이 기록하여 훌륭한 관리자, 선생님들이 좋아하는 관리자의 모습을 널리 알리고 싶다.

목민관의 자세를 지닌 청빈형 교장 선생님

청빈형 교장 선생님은 정말 만나기 어려웠다. 정말 손에 꼽을 정도이다. 그런데 청빈형 관리자는 가장 많은 장점을 보유하신 분이고 도덕적인 흠결이 없으니 교직에 몸담은 분이라면 첫째로 가져야 할 조건이라고 생각한다. 입에 발린 칭찬은 할 줄 모르셨고 학교 살림도 자신의 살림보다 더 아낀 분이었다. 예를 들어 학교 공사를 진행하다가 예산이 부족하면 자신의 봉급을 털어서 쓰는 건 보통이었고 장거리 출장을 가시면 예의상 약간의 금일봉을 전체 교사의 이름으로 넣어드리면,

"내 앞에서 돈 자랑 하십니까?" 하시면서 드린 돈보다 두 배나 비싼 물건으로 답례를 하심으로써 추후의 모든 촌지의 근원을 근절하고자 하는 뜻을 행동으로 보여주셨다. 심지어 자신의 따님 혼사마저 직원들에게 알리지 않음을 서운해 하는 교직원들에게, "당신들이 내 가족입니까?

왜 내 딸 결혼식에 못 와서 서운해 하십니까?"라고 일갈을 하셨다. 그러면서도 설날이나 추석 뒤에는 꼭 전 교직원을 관사로 불러서 떡국을 대접했던 분이다. 혹시라도 명절에 사택으로 선물이라도 가지고 가면 어김없이 날벼락이 떨어졌다. 사모님이 선물 때문에 혼이 나시는 것이다.

학교에서는 일꾼인지 조무원인지 구분이 안 갈 정도로 일을 하고 사셨는데, 몇 년을 계속 입어서 떨어져 기운 체육복 차림으로 학교를 가꾸셨던 분이다. 그런 교장 선생님을 아이들도 모두 좋아하였고 동네에서도 존경을 받으셨다. 비가 오는 날이면 교실을 다니시면서 유리창이 깨지진 않았는지, 새는 곳은 없는지 일일이 점검하고 다니셨지만 어떤 선생님도 불편하게 생각하지 않았다. 친정아버지처럼, 할아버지처럼 편하게 하시면서도 모든 잣대는 아이들을 위한 것이라는 철학을 고수하셨던 그분이 정말 그립다.

벌써 20여 년도 넘었지만 그분의 너그러운 웃음이 그립다. 학교 살림이 마무리 되어가는 12월쯤이면 1년 동안 쓰고 남은 예산을 공개하시면서 남은 돈을 어떻게 투자하여 학습력을 올릴 것인지 전체 회의를 통하여 의사 결정을 하셨다. 투명한 예산 집행이 화두가 되고 있는 요즈음보다 더 앞서 가신 그분의 혜안은 가식이 없는 관리자의 모습, 진정성을 지닌 공직자의 모습을, 가르치는 직업을 지닌 선생의 기본자세를 몸으로 보여 주셨기에 내 인생의 사표로 남아있다.

내 인생의 선배님, 말보다 행동으로

그렇게 강직하고 청빈하셨지만 인생의 선배로서 개인적인 어려움이나 진로 문제를 상의 드리면 함께 고민하고 마음으로 위로하며 대안을 찾아주려고 애쓰셨던 모습이 정말 눈에 선하다. 틈만 나면 운동장의 유리 조각이나 쓰레기를 치우러 다니시면서도 선생님이나 아이들에게 시키는 모습을 볼 수 없었다. 그러니 자기 반이 맡은 청소구역을 더 열심히 했던 기억이 난다. 내 반이 하지 않으면 교장 선생님이 직접 하시니 그 민망하고 죄송스러움을 아이들도 깨우치기에 충분했다.

그처럼 존경받는 분이었지만 인생은 마음대로 되지 않는 법. 마지막 1년을 남겨둔 해 여름에 그 학교 어린이 익사사고가 발생하여 지역사회가 들끓고 책임 소재 문제로 학부모와 분쟁 시비가 일었지만 그분이 살아오신 여정을 아는 많은 사람들이 나서서 문제가 되지 않도록, 그분보다 먼저 나서서 막았다는 소문을 들었다. 학교에서 일어나는 사고라는 것이 어찌 보면 귀에 걸면 귀걸이가 되는 경우가 많다.

마지막 교정을 나가시는 몇 달 전에 벌어진 사고로 괴로움으로, 자책으로 몸을 상하실 만큼 힘들어 하셨다는 후문을 듣고 그나마 다행이라고 생각했었다. 비슷한 사고를 당한 많은 교장 선생님이 고소 고발의 대상이 되고 법적 책임까지 져야만 하는 상황이 많은 것에 비하면 그분의 경우는 특별하였기에 많은 선생님들의 입에 오르내렸다. 오랜 동안 교직에서 쌓은 덕으로 학부모의 분노를 덮은 것이었다. 그래도 그분 스스로는 많이도 아프셨을 것이다. 지켜내지 못한 생명이었음을 자책하시면서.

매사에 말보다 행동이 앞선 분이라 교직원을 책망하거나 아이들을 공개적으로 혼내는 일은 구경조차 할 수 없었다. 그러나 그분과 같은 사표는, 그분과 비슷한 분도 만나기 어려웠기에 지금 이렇게 더 그리워하는지도 모른다. 가난함을 결코 부끄럽게 생각하지 않으면서도 누구 앞에서나 당당하셨던 내 인생의 선배가 그리운 걸 보면 가을 탓인가 한다. 특히 말조심을 철칙으로 삼으셨기에 흠결이 잡히지 않으셨다고 생각한다. 청렴과 말조심! 물고기가 아닌 인간도 조심해야 할 것을 몸으로 보여주신 그분처럼 살고 싶다.

생일 교육도 필요해요

"교육은 머릿속에 씨앗을 심어주는 것이 아니라,

그 씨앗이 자랄 수 있도록 하는 것이다."

- 칼릴 지브란

오늘은 우리 반 아이가 생일을 맞은 날이다. 1학기 때 생일을 맞은 다른 아이에게 생일 교육을 시켰기에, 아침 독서 시간이 끝나길 기다렸다. 마침 내 책상 위에는 생일 축하 음식으로 가져온 부침개 한 접시가 나를 기다리고 있었다. 어제 미리 생일 교육을 시켜서 보낸다는 걸 깜빡 잊어서 은근히 걱정이 되었다.

"오늘은 예지가 생일이구나. 생일 음식은 그냥 먹지 않는단다. 오늘 아침에 일어나서 낳아주셔서 감사한다는 큰절도 하고 감사 편지도 드렸니? 선생님이 학교에 오면서 그게 걱정이 되었단다. 1학기 때 말한 거라서 까먹었나 보구나. 우리 예지에게 생일 축하 노래도 불러주고 축하 카드도 만들어주자. 간식은 1학년 동생들과 나누어 먹으면 좋겠지? 선생님은 책 선물을 준비했어요."

아무 말도 안 하고 웃기만 하는 걸 보니 생일날 해야 될 일을 잊은 게 분명했다. 아무래도 확실한 생일 교육이 필요하다고 생각되어서 시간을 들여 차분히 이야기해 주었다. 생일 축하를 받기 이전에 꼭 해야 될 일이 있다고 말이다.

"선생님도 어렸을 때는 생일날이면 축하를 받는 것만 생각했어요. 그래서 그날이면 어머니께서 해주시는 호박떡을 맛있게 먹으며 이웃집에

떡을 돌렸답니다. 생일이 겨울이었는데, 가을에 말려 놓은 늙은 호박에 단맛이 들어 떡이 맛있었습니다. 그런데 내가 책을 읽고 깨달을 때까지 생일 때 낳아주신 부모님께 먼저 감사해야 한다는 것을 아무도 가르쳐 주지 않은 겁니다.

생일이면 낳아주신 부모님께 감사하는 일이 먼저라는 걸 알게 해준 것은 바로 책이었답니다. 그 책에는 석가모니께서 말한 부모의 은공에 대해 담겨 있었습니다. 불가에서는 가장 높은 산을 수미산이라고 하는데, 책에는 자기 어깨에 부모님을 올려놓고 수미산을 오르내리며 어깨뼈가 닳고 드러나서 으스러질 정도가 되어도 부모님의 은혜를 갚지 못한다는 구절이 있었어요. 그 책을 읽었을 때 이미 나의 부모님은 세상에 계시지 않아서 눈물이 났답니다. 살아 계실 때 낳아주셔서 감사하다는 표현을 한 번도 못한 죄스러움 때문이었답니다.

또 다른 책은 중국의 장개석 총통 이야기였습니다. 그분은 살아있을 때 자신의 생일이 되면 하루 종일 물 한 모금도 먹지 않았다고 합니다. 자기를 낳으며 죽음의 고비를 넘긴 어머니의 고통을 그날 하루만이라도 생각하며 살고 싶어서 생일날이면 그렇게 했다는 글은 정말 가슴에 박혔습니다.

그때부터 나는 내가 가르치는 아이들이 생일이라고 자랑을 할 때마다 축하 받기 전에 먼저 감사하는 마음을 표현하도록 해왔답니다. 할 수만 있다면 자신의 용돈으로 부모님의 속옷을 준비하고 감사 편지도 넣어서 드리게 했습니다. 생일날 아침 일찍 일어나 진심으로 감사하는 마음을 담아 큰절도 올리게 했답니다. 우리 2학년 친구들은 꼭 할 수 있지요?"

여기까지 이야기를 하니 감성이 풍부한 우리 반 아이들의 눈에는 촉촉한 물기가 번졌다. 나도 잠시 목이 잠겨 더 말을 이을 수가 없었다. 세상에 계시지 않은 부모님이 그리워졌기 때문이다. 그러면서도 아이들의 마음속에서 깨달음의 씨앗이 터지는 소리를 듣는 기쁨을 맛보았다.

선한 목적을 일깨워주는 교직의 아름다움

교직의 아름다움! 그것을 깨달으며 환희를 느꼈다. 교과서에는 없지만, 체험을 통해서 얻은 삶의 지혜를 미리 깨달은 자로서 그것을 충실히 전해줄 책임을 지닌 자가 바로 선생임을 생각하니, 내가 서 있는 자리가 얼마나 아름다운 꽃자리인지, 가슴이 벅찼다.

이제 우리 아이들은 자신의 생이 다 하는 날까지, 1년에 한 번 돌아오는 생일날만이라도 어버이의 은공을 생각하며 아름다운 생일날을 만들어 가리라 믿는다. 효의 가치는 모든 것에 우선하기에, 효를 실천하는 아이들은 세상에 나가서 남에게 피해를 주지 않으며 인간답게 살아갈 우수한 떡잎이기에 아름드리나무로 자랄 것임을 믿는다.

이제 이 아이들은 생일날 축하 받지 못했다고, 선물을 챙겨주지 않았다고 떼를 쓰고 슬퍼하기 전에 부모님의 은혜에 감사했는지 마음의 거울을 들여다볼 것이다. 가르치는 일은 배우는 일임을 다시금 절감한다. 아이들에게 생일 교육을 시키며 내 가슴은 어버이의 빈자리로 쓸쓸하고 죄송했기 때문이다.

온 세상의 아이들이, 어른들이, 생일 때마다 어버이의 은혜 앞에 머리를 조아리며 감사의 큰절을 올린다면 세상이 더 아름다워질 것이다. 어버이를 죽이는 패륜이 가슴이 저리지만 그럴수록 효의 깃발을 높이 들어야할 것이다. 엄청난 패륜이 보도되는 현실 속에서도 부모를 존경하는 사람들이 대부분이라고 생각한다. 오늘 내가 심은 선한 씨앗이 아름드리 참나무로 자라는 모습을 상상하며 부지런한 다람쥐처럼 아이들의 가슴 속에 선한 씨앗을 심을 것이다.

- 출처 : 「오마이뉴스」 생일 교육도 필요해요

행복을 주는 사람이 되렴

걱정으로 시작한 3월이었어요

우리 반 다섯 명을 만난 3월 첫날. 숫자는 다섯 명뿐이었지만 작년에 12명을 가르치던 때보다 더 신경이 쓰였던 너희들이었지. 잠시만 교실을 비우면 어느 순간 금방 티격태격 싸우고 울리던 장난꾸러기들 덕분에 선생님은 그게 속이 상했지. 생일은 제일 빠르지만 행동하는 것은 막내였던 진규는 예지 골려 먹기, 승희 놀리기를 하며 여자 애들을 잘 울렸지.

3월 전교학생회장 선거를 맡은 선생님이 강당에서 행사를 치르고 오니 진규는 엉엉 울고 태환이는 씩씩거렸어. 알고 보니 진규가 태환이를 건드려서 화가 난 태환이가 진규 머리카락을 잡아당겨서 아파서 울고 있다는 거야. 그때 일을 생각하면 지금도 속상하지만 이젠 웃음이 나는구나. 시간이 가면 고통도 추억이 되는 모양이다.

다섯 명이 모두 다 나름대로 똑똑해서 서로 지지 않으려 하고 양보를 하거나 배려하는 마음이 부족했던 거야. 선생님은 공부를 잘하는 것도 중요하지만, 다른 친구를 칭찬하거나 박수를 쳐주는 것보다 서로 일러바치고 예쁜 말을 쓰지 않아서 마음에 상처를 주는 버릇을 고쳐야겠다고 생각했지.

행복한 학급을 위해 노력했어요

어떻게 하면 너희 다섯 명이 서로 아끼고 위해 주는 학급을 만들까

고민을 많이 했단다. 그래서 중간 놀이 시간에 놀이를 할 때도 다섯 명이 모여서 같이 하는 규칙도 만들어 놀게 하고, 점심식사 시간에도 다섯 명이 다 먹고 나서야 다정하게 교실로 데리고 다녔고 이 닦는 것까지도 다 같이 하면서 서로 함께 하는 시간을 최대한 많이 주고 싶었단다. 아침이면 아름다운 동화를 읽으며 좋은 생각을 품게 하려고 노력했고 만들기를 할 때에도 서로 모여서 의견을 나누어 함께 만들거나 병원 놀이, 가게 놀이를 하면서 서로 즐겁게 어울리는 시간을 많이 주려고 노력했지.

겨울방학을 앞두고 한 해를 돌아보니 속상한 일보다 즐거운 일이 더 많았던 2010년을 보낸 것 같아 마음이 놓이는구나. 식사 시간이면 음식을 다 먹지 못해 자주 토하던 승희도 이제는 밥을 참 잘 먹어서 예쁘고, 바늘과 실처럼 다정하면서도 진규랑 잘 싸우던 태환이도 운동선수 활동을 하며 더 열심히 사는 모습이 기특하단다.

3월 중순에 숙제를 가끔 해 오지 않아서 크게 꾸지람을 한 번 듣고 다음 날부터 정말로 숙제를 잘 해오던 예지에게 감동했고, 여름방학을 지나고부터 갑자기 공부에 욕심을 부리지 않았던 승희가 걱정이 되어 승희 어머니랑 상담을 하고 난 뒤 거짓말처럼 열심히 공부를 다시 하던 승희 모습도 참 좋았단다.

우리 반의 언니처럼, 누나처럼 언제나 의젓하고 점잖게 실수 없이 공부나 독서를 잘해서 친구들을 이끌어 준 유진이는 건강을 위해서 운동을 했으면 좋겠다. 특히, 영어경연대회를 하루 앞두고 진규가 대사를 못 외워서 1, 2학년이 대회를 못 나간다는 말을 원어민 영어 선생님께 듣고 깜짝 놀라서 몇 시간 동안 도서실에서 연습을 시켜서 다음 날 대회에 나간 일은 정말 잊지 못할 일이었지. 다른 아이들과 부모님이 크게 기대를 걸고 있는데 진규 한 사람 때문에 못 나가면 두고두고 원망을

들을 것이고 진규도 자신감이 없어질까 봐 고생을 시키면서 연습을 시켰지. 역시 뭐든 호기심이 많은 진규는 영어 박사님이 분명해!

우리 반의 열매들이 자랑스러워요

사이버가정학습 100% 완료, 월출예술제 전원 입상, 1년 동안 각종 학력평가에서 전원 완전학습 도달, 독서우수아로 도교육감 표창을 받은 강유진을 비롯하여 우리 반 전체가 다독상 우수상을 수상하는 기쁨도 나누었지. 보이는 열매가 이 정도이니 너희들 가슴 속에 보이지 않는 씨앗도 풍성하리라 생각하니 가슴이 뿌듯하단다. 무엇보다도 이제는 티격태격 싸우지 않아서 제일 좋단다. 친구가 행복하면 나도 행복해지고 친구의 친구가 행복해도 나까지 행복하다는 걸 잊지 말고 늘 행복을 주는 사람이 되도록 다짐하자.

걱정으로 시작한 3월은 12월의 열매를 위한 기도가 되었구나. 나를 감동시킨 사랑스러운 너희 다섯 명이 앞으로도 영원한 친구라는 걸 잊지 말고 서로 아끼고 사랑하는 아름다운 우정을 키워 나가길 간절히 빌게. 긴 겨울방학 동안 오늘 스스로 세운 겨울방학 계획을 성실히 지켜서 자기 자신을 사랑하는 자부심과 자신감을 안고 3학년이 될 준비를 잘하길 빈다. 사랑한다! 오총사!

- 출처 : 「오마이뉴스」 행복을 주는 사람이 되렴

* 이 글은 2학년 〈슬기로운 생활〉 6단원 한 해를 돌아보며 공부를 하며 아이들 앞에서 선생님 차례에 발표한 글이랍니다.

〈읽기〉책, 읽어요?
우리 반은 외워요!

외우는 아이들, 자신감도 함께 커요

오늘은 2학년 우리 반 아이들이 학급 자랑을 하는 날이다. 우리 반 아이들의 자랑거리는 참 많다. 그 중에서도 〈읽기〉책에 나오는 시 외우기, 동화 외우기를 잘한다. 숙제 검사를 하는 동안 앞에 나와서 〈읽기〉책을 낭독하는 습관, 집에서 10번씩 낭독하는 습관이 들어서 재미있는 동화는 금방 외운다. 내가 시키지 않아도 자기들끼리 쫑알쫑알 참새처럼 외우는 모습이 참 예쁘다.

우리 반 아이들의 절반 정도가 다문화가정이라서 정확한 발음을 듣지 못해서 그런지 올해 아이들은 유난히 받아쓰기를 어려워한다. 어머니의 발음이 매우 중요한데 아기 때부터 우리 말 듣기 교육에 문제가 생긴 것이다. 그래서 올해는 날마다 국어 〈읽기〉책을 돌아가면서 낭독하게 하고 발음을 교정해 주는 시간을 갖고 있다.

그런데 받아쓰기는 틀려도 이야기를 곧잘 외우는 모습이 기특해서 학급 자랑으로 시와 동화를 외우기로 했다. 간혹 틀리는 아이가 있어도 친구들과 소리 맞춰 외우다보면 자연스럽게 읽기 능력이 향상되기도 한다. 〈읽기〉교과서는 읽기에서 시작하여 읽기로 끝난다고 하지만 내 생각은 다르다. 읽기에서 시작하여 '외우기'로 발전시키고 싶다. 집에서 읽어 오기 숙제를 내면 시늉만 하지만 외우기 숙제를 내면 읽지 않을 수 없기 때문이다.

아무 때나 시간만 나면 시와 동화를 줄줄 달고 사는 우리 2학년 아이들의 모습은 학교의 참새들이다. 그 덕분에 발표를 자신 없어하거나 발음 때문에 앞에 나서지 못하던 다문화가정의 아이들도 훨씬 활달해졌다. 아침독서와 〈읽기〉책 외우기, 띄어쓰기를 겸한 문장 받아쓰기, 일기 쓰기로 이어지는 삼박자 과제를 날마다 수행하며 국어 실력이 쑥쑥 자라는 모습을 확인하게 되었다.

초등학교 2학년 아이 생각, 어른스러워요

인간의 위대함은 생각을 바꿀 수 있다는 데 있다. 마음먹기가 중요하다는 뜻이다. 국어 실력이 모든 공부의 기본이 된다는 사실을 이해하고 책을 벗 삼아 열심히 공부하겠다는 의지를 굳혀가는 아홉 살 꼬마들의 당찬 모습에서 미래의 젊은이들을 상상한다. 생각을 바꾸어 습관을 바꾸고, 그 습관은 행동을 바꾸고 인격을 바꾸어 성공한 인생을 사는 거라고 말해 주었을 때 눈빛을 빛내며 고개를 끄덕이던 우리 반 아이들이다.

우리 반 아이들에게 〈읽기〉책 외우기는 이제 어렵지 않은 숙제이다. 당연히 외울 것으로 생각하고 10번 읽기를 한다. 아이들 입에서 나온 말이다. 처음에는 힘들어하던 아이들이었는데 이제는 생글생글 웃으며 자랑까지 한다.

"선생님, 10번 읽기를 하니까 〈읽기〉책이 외워져요. 참 신기해요~"

그렇게 외운 시와 동화는 퇴근하는 부모님의 귀를 즐겁게 하고 동생을 잠재우는 멋진 이야기로 거듭나고 있다. 아이들 스스로도 놀라는 중이다. 다문화가정의 아이들이 지닌 부정확한 발음을 교정해 주기 위해 시작했던 낭독 훈련이 자연스럽게 시와 동화 외우기로 번진 것이다. 아이들이 외운 이야기에 동작만 붙이면 연극이 된다.

"애들아, 책을 많이 읽으면 뇌 속에 도서관이 생기는 거야. 외우는 친구는 머릿속에 책을 담고 다니는 최신형 도서관을 짓는 거란다. 어렸을 때 외운 아름다운 시와 동화는 평생 동안 행복의 샘물이 되어준단다. 노래를 부르듯 시를 외우고 이야기를 하면 참 좋겠지?"

교과서에 나온 시와 동화들은 엄정하게 검증 받은 작품들이기에 그 문학성과 작품성의 측면에서도 매우 뛰어나다. 효도하는 동화를 외우며 자연스럽게 효의 가치를, 아름다운 시를 외우며 아름다운 감성을 키우는 것이다. 국어 실력도 높이고 자신감도 키우는 외우기를 적극 권장한다. 초등학교 2학년 때가 적기이다.

- 출처 : 「오마이뉴스」〈읽기〉책, 읽어요? 우리 반은 외워요!

내 인생의 도반이 된 제자에게

사랑하는 제자, 경숙이에게

계절은 벌써 여름을 향해 달려가는 6월 초순이구나. 바쁜 업무 속에서도 잊지 않고 옛 선생을 찾아주는 너의 정성에 감동하여 5월을 보내곤 했지. 올해도 어김없이 행정실에서 보내는 메신저의 주인공은 바로 너였구나.

"장옥순 선생님, 퇴근하실 때 여수에서 제자가 보낸 돌산 갓김치를 가져가시기 바랍니다. 맛있겠습니다. 부럽습니다!"

"글쎄요. 해 준 것도 별로 없는데 매년 챙기는 제자에게 미안한 생각이 든답니다. 잘 기른 제자 하나, 두 자식 부럽지 않네요."

금년 스승의 날도 네 덕분에 나는 부러움의 대상이 되었지. 설날부터 시작해서, 내 생일, 스승의 날, 추석, 크리스마스 까지 다 챙기는 제자는 흔치 않을 거란 생각이 든단다. 그것도 몇 년째 같은 마음을 담아서 보내는 너를 세상에 자랑하고 싶은 마음이 간절하구나. 자식 자랑은 팔불출이라지만, 제자 자랑은 드러내놓아도 괜찮겠지? 이제는 내가 너무 부담스럽다고 투정을 부리게 되었구나.

"경숙아, 네 마음이 정말 고맙고 감동을 주는구나. 나도 이젠 받기만 할 게 아니라 갚아야 할 생각을 하니, 부디 그 마음만으로도 분에 넘친단다. 올 여름방학에 꼭 여수에 내려가서 너에게 맛있는 것 많이 사 주면서 몸보신 시켜주고 싶구나. 이건 나와 남편의 같은 생각이란다."

"아니에요, 선생님! 제 행복을 막지 말아주세요. 생각해 드리고 싶은 선생님이 계신다는 것은 행복한 일이랍니다. 그러니 제발 제 행복을 막지 마세요. 더 잘해 드리지 못해서 죄송한 걸요."

이쯤 되면 네가 보여주는 사랑은 제자를 넘어서서 마치 친정 엄마 같은, 보살핌 수준이라고 봐야 할 것 같지 않니? 건강하시라고 보내주는 건강식품, 예쁘게 입으시라며 보내준 명품 속옷, 글을 쓸 때 아프지 말라고 보낸 천연 방석이며 베개, 김치 담그기 힘드실 거라며 보내주는 김치도 모자라서 명절마다 배달되는 최고급 과일 등등. 다 세려면 열 손가락이 모자라구나.

아마도 너는 내 제자라기보다 친정 엄마 같단다. 친정 엄마를 어린 시절 일찍 잃고 허전한 내 마음을 따뜻하게 채워주도록 친정 엄마가 보낸 천사라는 생각이 드는 걸 보니, 나도 이젠 늙어가나 보다. 내가 이렇게 사랑을 받는 사람으로 살고 있다는, 선생으로서 그리 나쁘게 살지는 않았다는 작은 자부심을 안겨주어서 얼마나 감사한지 모른단다.

100년 앞을 보려면 제자를 기르라고 했는데, 그 말을 실감하며 산단다. 너의 사랑이 어쩔 수 없이 찾아오는 인생의 내리막길을 향해 가며 인생의 황혼을 붉게 물들이고 싶은 내 마음의 불을 당겨주고 있음을 아니? 제자들에게 더 잘해 주고 싶고 아끼고 사랑해야 한다는 채찍을 들게 하고 있음을!

생각해 보면 너는 정말 대단한 제자였지. 1983년 그 시절 6학년 아이들에겐 낭만이란 없었지. 40명에 가까운 콩나물 교실에서 수학여행도, 체험학습도 없었던 시절, 다달이 치르는 9과목 학력 평가의 성적을 올리는 게 지상 과제였던 우리들이었으니까. 모든 지향점이 오로지 성적 향상의 정점을 향했으니 교실에서 이루어지는 대부분의 일들도 시험 성적 향상이 주를 이루어서 너희들과 즐겁게 살거나 행복했던 추억은 별반 없구나.

생각나는 게 있다면 우리 반이 연구수업을 할 때였어. 나는 음악 수업을 좋아해서 수업 공개도 음악으로 했었지. 너희들에게 음악 시간마다 배운 노래를 계명 창으로 외우게 했고 한 대뿐인 교실 오르간을 가지고 외운 계이름으로 수행평가를 하곤 했지. 다른 아이들보다 음악적 감각이 뛰어난 너는 왼손 반주 법까지 내게 배워서 배운 노래는 오르간 연주가 가능할 만큼 열심히 하는 제자였어.

그 덕분에 음악수업을 공개하면서 네가 오르간 반주를 하고 친구들은 노래를 불렀지. 나는 지휘를 했을 것이고. 초등학교만 졸업하여도 간단한 피아노 연주는 할 수 있다며 부지런히 오르간을 치게 했던 것이 생각나는구나.

그것뿐이 아니지. 너와 나의 인연은 퇴근 후가 더 즐거웠어. 학교 뒷마을 백년 부락 자취방에 생쥐처럼 드나들던 네 친구들 말이다. 이뻐라 불렸던 창근이을 비롯해서 영철이, 병우, 연우, 병대에 이르기까지 하나도 잊히지 않고 생각나는구나.

철없던 우리들은 한 이불 속에 발을 넣고 책을 읽고 이야기를 나누며 놀았었지. 그러다가 배가 고프면 부침개를 해먹고 라면을 끓여 먹으며 겨울밤을 보냈지. 지금 생각해도 행복해서 다시 돌아가고 싶구나. 나중에는 며칠씩 머무는 영철이 때문에 영철이 어머니께서 김치와 쌀까지 보냈던 것을 기억하니? 영철이는 병우를 따돌리려고 집에 가는 척 하다가 다시 내게로 오곤 했으니 말이다.

참 즐거운 추억이구나. 28년이 넘은 이야기가 어제 일처럼 또렷한 것을 보니 우리들이 나눈 사랑은 결코 작은 것이 아니었어. 한솥밥을 먹은 시간만큼 정이 들었고 어떤 문젯거리도 대화로 다 해결할 수 있었던 시간이었어.

우리들의 만남은 그 뒤로도 이어졌지. 네 선배들과 친구들의 주례를 맡게 되면서 고흥까지 가서 재회하던 기쁨도 눈앞에 생생하구나. 너의 모교는 사라졌지만 우리 가슴 속에는 여전히 남아 있는 고흥남초등학교의 그 교실과 그 시절 풍경들은 아직도 선명하기만 하니 말이다.

그뿐이 아니지. 겨울방학이면 나와 떨어져 지내는 동안에도 몇 통씩이나 긴 편지를 보내던 너의 사랑스럽고 고운 필체를 기억한단다. 고등학교에 가서도 어김없이 편지를 보내던 네 정성을 나는 결코 잊은 적이 없어.

사랑하는 경숙아!

이제는 너도 여수시청의 어엿한 중견 간부이면서 두 자녀의 어머니로서 인생의 중반을 향해 열정을 불사르며 열심히 사는 모습이 참으로 자랑스럽다. 정말 이제는 내 제자라기보다는 인생의 도반이 되어 내 곁에 자리하고 있는 네 모습을 본다. 내 의식 깊숙이 찾아와서 함께 살고 있으니 너와 나는 결코 멀리 있지 않은 거지.

G. 아궤예스는 『생명을 주는 사랑』이라는 책을 통해 참 아름다운 말을 전해주는데 바로 너를 두고 한 말이라고 생각해서 여기에 옮겨본다.

"함께 있는 두 사람 사이를 가장 멀리 느끼게 하는 것은 사랑의 결핍이다. 떨어져 있는 두 사람 사이를 가장 가깝게 느끼게 하는 것은 사랑의 유대다."

교직 30년 동안 길러낸 제자들이 천 명을 넘었지만 내 열 손가락 중에서 엄지손가락 자리를 차지하고 있는 제자는 바로 그대, 나경숙 씨라는 걸 이번만은 꼭 말해주고 싶었단다. 할 수만 있다면, 정말 신이 허락하신다면, 그리고 네가 허락한다면 너와 함께 여행을 다니며 좋아하는 음악을 듣고 시를 나눠 읽으며 인생의 도반으로 마음이 통하는 친구로 살 수 있기를 바란단다.

제발 금년이 다 가기 전에, 겨울방학 때라도 너를 만나 그간의 고마움에 보답하는 시간을 계획 중이니 아무런 부담 없이 진심으로 받아주기를 바란다. 내리사랑은 있어도 치사랑은 없다고들 하지만 네가 보여준 사랑은 치사랑의 증거가 아니고 무엇이랴!

너는 아마 나 아닌 다른 사람들에게도, 직장에서도 그리 할 거라 믿으니 더워지는 마음에 감사함이 들어차는구나. 공부도 잘했으면서도 하나뿐인 동생의 진로를 위해 대학 진학을 포기하고 직업 전선으로 뛰어들어 열심히 살아온 너에게 보답하듯 동생도 훌륭하게 성장하여 좋은 대학에 연구 교수로 합격했다니 참 잘된 일이구나.

사랑하는 제자, 경숙아!

따스한 마음으로 가정과 직장을 지키고 다른 사람을 배려하는 공직자의 자세를 간직하면서도 늘 겸손하고 단아한 네 모습이 참으로 자랑스럽고 장하다. 그야말로 너를 보며 청출어람의 기쁨을 누린단다. 나는 하나밖에 가르치지 않았는데 너는 열을 실천하며 사는 모습을 보며 내가 서 있는 자리를 다시금 들여다보게 되니, 이젠 네가 나를 가르치는구나.

아무쪼록 힘든 업무와 어머니 역할에 가정주부의 일까지 즐거운 마음으로 수행하고 건강도 챙기렴. 무엇보다 네가 좋아하던 글쓰기도 살려서 좋은 책의 저자로 만나고 싶은 내 희망사항도 새겨주렴.

네 얼굴을 보며 눈 맞춤하며 이야기하고 싶었는데 이렇게 먼저 글로나마 내 마음을 전하니 부디 건강하고 행복하기를 빈다. 사랑스런 아들과 너의 남편, 그리고 친정어머님, 그리고 훌륭하게 자라 유명대학 대학 교수가 된 자랑스러운 동생 경수에게도 마음으로부터 안부를 전한다.

2011년 6월 7일
강진에서 변함없는 너의 사랑에 감사하는 옛 선생, 장옥순 씀

태양도 자석인가요?

어제, 초등학교 2학년 우리 반 아이들과 〈슬기로운 생활〉 공부를 할 때였다. 우리 마을을 그림지도로 그리는 공부를 하려고 동서남북을 제대로 알고 있는지 물었다. 요즈음 아이들은 해가 뜨는 방향을 제대로 알까 궁금했다.

"동쪽이 어딘지 손으로 한번 가리켜볼까요?"

그러자 모두들 손을 들어 자기가 생각한 방향을 가리켰지만 제대로 자신 있게 가리키는 아이는 드물었다.

"그럼, 해가 뜨는 모습을 본 적 있나요?"

"예, 선생님. 저는 아버지랑 운동하러 갈 때 보았어요."

그것도 딱 한 사람만 보았다고 했다.

아침밥도 늦잠을 자느라 먹지 못하는 아이들조차 있는 현실이다. 〈슬기로운 생활〉은 3학년의 과학 교과로 이어지는 전 단계임을 생각하면, 관찰하는 능력이나 호기심은 매우 중요하다.

잠시 내 어린 시절이 생각나서 칠판에 산을 그려놓고 이야기를 해주었다. 초등학교에도 다니기 전, 어린 나는 아침 일찍 일하러 가시는 아버지와 반드시 아침 식사를 해야 했다. 그 시각이 언제나 해 뜨기 전이라서 해를 보는 것은 하루의 시작이었던 시절이다.

이른 잠을 깨는 어머니 목소리에 억지로 일어나면 방 걸레를 세숫대야에 담아서 동네 앞 시냇가로 가는 일은 즐거운 일이 아니었다. 집에는 물이 없으니 걸레 하나만 빨 일이 있어도 시냇가로 가야 했다. 추운 겨울 아침이면 그게 싫어서 시린 손을 호호 불며 차가운 냇물에 걸레를 빨 때 떠오르던 해는 참 반가웠다.

어느 날부턴가 그 해가 뜨는 위치가 같은 곳이 아니라는 것을 알고 호기심이 발동했다. 그뿐만 아니라 나중에는 해가 지는 방향도 늘 다르다는 것까지 관찰로 알게 된 것이다. 그리고 더 재미있는 것은 해는 날마다 생겨서 저녁이면 날마다 땅속으로 들어가서 죽는 줄 알았던 것이다. 그것이 공부의 시작이 되어서 늘 생각하는 버릇이 들었다.

인간은 죽는 날까지 누구나 학생으로 산다

그 생각은 늘 죽음에 대한 생각으로 끝이 났다. 왜냐하면 어릴 적 고향 마을에서는 사람이 죽으면 늘 꽃상여가 나가는 것을 구경할 수 있었고, 결정적으로 우리 집 강아지의 죽음을 본 충격이 컸다. 사람이나 동물이나 다 죽는데 죽은 다음 어디로 가는지 궁금했다. 잠을 자다가도 그 생각만 하면 무서워서 잠이 오지 않았던 기억이 생생하다.

'죽으면 무덤 속으로 들어가고 그 다음은 썩고, 그 다음은 어떻게 되지?'

그 다음은 그대로 모든 것이 정지한다고 생각하면 너무나 무서웠던 기억은 지금도 계속되어서 배움을 향한 갈망으로 이어지게 하는 원동력이 되어주고 있다. 종교나 철학, 심리학, 과학 등 배워야 할 것들이 너무 많으니 인간은 죽는 날까지 학생으로 살다간다는 당위성에 공감한다. 무지로부터 해방되는 꿈을 꾸면서.

방위를 정확하게 알려 주기 위해서 과학실에서 나침반을 가져왔다.

"선생님이 퀴즈를 낼게요. 맞춘 사람은 칭찬 포인트를 줍니다. 이것은 세 글자랍니다. 이것은 일정한 방향을 가리킨답니다. 아마 1학년 때 배웠을 것 같은데 무엇일까요?"

"선생님, 나침반입니다."

우리 반 '호기심 박사'인 신류재가 대답했습니다.

"잘했어요. 그런데 나침반은 왜 항상 같은 방향을 가리킬까요? 힌트를 주겠습니다. 우리가 사는 지구가 ○○이기 때문입니다. 두 글자인데 뭘까요?"

아이들이 생각하는 사이, 역시 호기심 박사가 말했습니다.

"선생님, 지구는 자석입니다. 그런데 태양도 자석입니까?"

"네 맞아요. 지구가 자석이라 나침반이 항상 같은 방향을 가리킵니다."

그런데 나는 태양이 자석이냐고 묻는 질문에 얼른 답을 하지 못했고 마침 점심시간이라서 어정쩡하게 수업을 끝내고 말았다. 집에 가는 동안 호기심 박사의 질문이 귀엽기도 하고 엉뚱해서 웃음이 나오면서도 즐거웠다. 정말 단 한 번도 태양이 자석인지 생각해보지 않았는데 꼬마 박사는 거기까지 생각해냈으니까.

초등학교 2학년 제자 덕분에 우주물리학 공부를

집에 가자마자 태양에 관한 자료를 뒤져보았다. 새삼스럽게 접하는 우주물리학의 어려운 과학적 사실 속에서 태양은 거대한 자석임을 알았고 주변지식까지 얻어서 행복했다. 선생이라는 자리는 늘 배우는 자리라서 더욱 감사했다. 날마다 새로운 것을 배우는 것을 좋아하는 제자 덕분에 우주물리학 냄새도 맡았다.

요즈음 '교실이 무너진다'는 기사를 접하며 우울하고 어두웠는데 우리 반 아이 덕분에 마알간 샘물을 마신 것처럼 기분이 좋아졌다. 설 자리가 좁아진 교단, 억세진 학생들, 작은 일도 확대 재생산되어 오해와 불신의 늪은 갈수록 깊어진 학교 현장의 슬픈 모습. 비록 내가 가르치는 반 아이들이 그런 것은 아니지만 전해져 오는 절망감의 여파는 오래 갈 것 같아 답답하다.

그럼에도 불구하고 힘을 내서 다시 처음부터 시작해야 함을 생각했다. 남의 동네 이야기로 치부하거나 나와는 상관없는 현실로 받아들여서는 변화를 가져오기 힘들기 때문이다. 타산지석으로 삼아 앞으로 나아가는 지혜를 모을 때라고 생각한다.

위기를 기회로 삼는 노력이 학교와 학부모, 학생을 비롯한 모든 사회가 마음을 모아서 함께 고민하여 원칙을 세우고 지키는 노력을 하면 된다고 생각한다. 언론이나 인터넷을 보면 모든 학교가 그런 것처럼 보일지 모르지만 대부분의 학교나 교실, 학생들은 오늘도 바람직한 방향으로 교육이 이루어지고 있기 때문이다.

오마에 겐이치는 『지식의 쇠퇴』에서 "교사가 학생을 가르친다는 것 자체가 시대착오다. 'teach'의 개념은 교육에 맞지 않다. 'Teach'란 답이 있다는 것을 전제하기 때문이다. 북유럽은 오히려 학생이 'Learn'하게 돕는 것을 교사의 역할로 보는 추세다."라고 말했다. 나도 공감한다. 폭발적인 지식을 선택적으로 공부하며 공부하는 방법을 알고 자신의 인생을 설계하도록 돕는 역할이 바로 선생님의 몫이라고 생각하기 때문이다.

그래서 오늘은 특별한 숙제를 주었다. 일주일에 적어도 3번 이상은 해가 뜨는 모습을 보면서 살자고 말이다. 내일 아침 숙제 검사 시간이 기대된다. 과연 몇 아이가 그 숙제를 하기 위해서 아침 일찍 일어나 해가 뜨는 방향을 보고 해 뜨는 시각을 적어올 것인지. 그 태양 때문에 우리의 삶이 기적적으로 가능한 것까지도 알고 떠오르는 태양을 향해 감사기도까지 드렸으면 얼마나 좋을까 하는 바람까지 얹어본다.

- 출처 : 「오마이뉴스」 "태양은 자석인가요?" 똑똑한 제자 덕분에 행복해요

1처럼 살까, 0처럼 살까

수학 시간에 깨닫는 인생의 미학

요즈음 우리 2학년 아이들이 배우는 수학 공부는 곱셈구구이다. 1학기 수학에서 곱셈구구의 원리를 배웠고 여름방학 동안 미리 외워 오기를 과제로 냈었다. 그런데 제대로 다 외운 아이는 9명 중에서 1명뿐이다. 곱셈구구의 원리는 다 알면서도 외우기는 매우 힘들어하는 아이들이다. 구구단 게임도 하고 다양한 놀이를 시도하지만 그래도 빨리 외우는 아이들의 수학 실력이 좋다. 바로 다음 3학년 수학 과정에서 곱셈활동으로 연결되어서 모든 수학 공부의 기초가 곱셈구구의 중요성을 간과하는 부모님들이 의외로 많다. 집에서 수시로 외울 수 있도록 도와주는 부모님이 많지 않다는 뜻이다. 외우는 공부는 지속적인 연습이 필요하고 노래 부르듯이 즐겁게 반복되어야 한다. 그런데 요즘 아이들은 외우기를 싫어하니 곱셈구구를 정확하게 빨리 외우게 하려면 담임인 나도 특별한 노력을 해야만 한다. 틈만 나면 구구단 게임하기, 거꾸로 2분 안에 외우기, 모둠별로 시합하기를 날마다 하지 않으면 금세 잊어버리는 아이들이다.

1의 단 곱셈구구, 0의 단 곱셈구구에 담긴 지혜

그런데 오늘은 1의 단 곱셈구구와 0의 곱을 배우며 원리를 알고 일반화시키는 과정까지 배웠다. 1은 어떤 수와 곱하든지 어떤 수가 되고 0은 어떤 수와 곱해지던지 0이 되고 만다는 것을 배우며 신기해했다. 개

넘 정리를 확실히 도와주기 위해서 생각하는 질문을 던졌다.

"여러분, 읽기 시간에 배운 동화 중에서 〈퐁퐁이와 툴툴이〉가 있지요? 퐁퐁이는 다른 사람을 생각하며 즐거운 마음으로 자기의 물을 동물들에게 나눠 주는 옹달샘이고, 툴툴이는 자기 것을 한 방울도 주지 않고 만날 툴툴대는 욕심 많은 옹달샘이었지요? 우리 친구들은 모두 퐁퐁이처럼 살고 싶다고 했지요?

그런데 오늘 선생님은 1의 단 곱셈구구와 0의 단 곱셈구구를 공부하면서 퐁퐁이와 툴툴이 생각이 났어요. 1은 어떤 수와 곱해지면 언제나 친구처럼 어떤 수가 되지만, 0은 어떤 수가 곱해지던지 모두 0으로 만들어 버리는 블랙홀이니 툴툴이 같다고 생각했어요. 자기에게 오는 모든 수를 아무것도 없는 0으로 만들어 버리니까요. 우리 반 친구들은 0처럼 살고 싶나요, 아니면 자기 옆에 오는 친구를 닮아 그 친구가 되어 주는 1과 같은 친구처럼 살고 싶나요?"

"예, 선생님. 친구들을 받아주는 1처럼 살고 싶어요."

"선생님도 그래요. 내가 가르치는 제자들이 한 사람도 0처럼 되지 않기를 바라면서 숫자 1처럼 제자들을 받아주고 이해해 주는 선생님이되고 싶답니다."

"그럼, 오늘 수학 공부를 마무리 하겠습니다. 1은 자기와 곱해지는 숫자를 닮아 금방 그 친구 모습으로 변하는 수이고, 0은 자기를 찾아오는 친구의 모습을 없애버리고 자기 모습만 남기는 0 이 된다는 것을 잊지맙시다. 1 곱하기 어떤 수는 어떤 수이고, 0 곱하기 어떤 수는 0입니다."

1과 0을 조화시키며 지혜롭게 살기를!

어떻게 보면 1의 단 곱셈구구는 긍정의 힘이고 0의 단 곱셈구구는 부정의 힘을 대변하는 모습인지도 모른다는 생각이 든다. 좀 더 확장하면

1은 배려의 숫자이고 0은 독선적이고 우울한 숫자라는 생각이 든다. 그럼에도 불구하고 현실에서는 0의 숫자가 늘어날수록 부자가 되고 능력 있는 사람이 된다. 그것은 바로 1과 0이 함께 조합하여 곱해지는 숫자의 미학이다.

힘들 때는 모든 것을 새로 시작하는 숫자 0의 철학을, 다른 사람들과 어울려 살아가는 사회에서는 따뜻한 숫자 1이 되어 살아가는 지혜로운 아이들이 되었으면 좋겠다는 생각을 한다. 자신이 처한 상황에 긍정적이고 낙천적으로 대처하여 0의 상황에서도 지혜롭게 1을 가져다 자신 앞에 놓고 쓸 수 있는 제자들이 되기를 바라며 교실 일기를 남긴다.

우화에서 배우는
가르침의 지혜

나는 지휘관일까, 부지휘관일까

동물세계에 전쟁이 났다. 사자가 총지휘관이 되어 병사들을 인솔했다. 산 속 깊은 곳에서 많은 동물이 자원해서 전쟁에 참여했다. 그런데 부지휘관인 여우가 동물들을 둘러보고는 이렇게 말했다.

"코끼리는 덩치가 커서 적에게 들키기 쉬우니 그냥 돌아가는 게 낫겠어. 당나귀는 멍청해서 전쟁을 수행할 수 없으니 돌아가고, 음~ 토끼는 겁이 많아서 데리고 나가봐야 짐만 될 거야. 돌아가. 개미도 왔군. 네가 무슨 힘이 있다고 전쟁을 해? 돌아가."

여우의 이야기를 듣던 사자가 여우에게 버럭 화를 내며 말했습니다.

"무슨 소리를 하는 거야? 당나귀는 입이 길어서 나팔수로 쓰면 되고, 토끼는 발이 빠르니 전령으로 쓸 것이고, 코끼리는 힘이 세니 전쟁 물자를 나르는 데 쓸 것이고 개미는 눈에 잘 띄지 않으니 게릴라 작전에 투입하면 된다."

위의 이야기는 오늘 아침 우리 반 아이들과 독서를 하다 어느 신문 한 귀퉁이에서 우연히 발견한 우화이다. 부모나 선생님은 부지휘관의 안목보다 지휘관의 눈으로 자식을 바라보고 그가 가진 장점을 찾아야 한다는 깨달음을 얻게 했다.

학교 교육에서는 흔히 학력이나 지식이라는 작은 틀에 아이들을 가두고 그 틀 안에 맞지 않는 아이들을 부진아로 몰아세워 그가 가진 또 다른 장점까지 덮어버리고 있지는 않은지 반성케 하는 이야기라서 마음이 뜨끔했다. 아이들이 가진 얼굴이 다 다르듯 그가 가진 장점도 다 다른데 오로지 학력이라는 잣대 하나에 모든 포커스를 맞춘 채 한 줄로 세우는 교육을 하고 있지는 않은지 스스로를 반성했다.

우리 반 아이들 중에서도 국어, 수학 공부는 못해도 유난히 잘 웃기고 능청스러워서 배꼽을 잡게 하는 아이가 있는 가하면, 자로 잰 것처럼 도무지 일탈 행동이 없어서 답답할 정도인 모범생도 있다. 난독증은 있어도 수학적 사고력이 뛰어나서 수학 시간이면 눈빛을 반짝이는 아이가 있는가 하면 툭하면 해찰을 하다가 엉뚱발랄한 질문으로 웃음보를 터뜨리게 하는 악동도 있어서 유쾌한 교실.

틈만 나면 내 휴대폰을 가져다가 귀여운 스티커를 잔뜩 붙여놓고 사랑스런 표정을 지으며 애교를 떠는 덩치 큰 소녀가 있는가 하면, 우수한 두뇌로 금방 드러날 거짓말로 숙제 안한 사실을 감쪽같이 숨기려다 들통이 나서 매번 꾸지람을 들으면서도 같은 행동을 반복하는 잔꾀를 부리는 아이까지, 아홉 명뿐인 작은 교실에서도 아이들의 재능과 소질은 그야말로 각양각색이다.

바야흐로 도 학력평가가 코앞이다. 다달이 치르는 학교 시험도 모자라서 방학을 눈앞에도 두고도 다시 시험공부에 내몰리는 아이들이 안쓰럽다. 학과 공부에 뒤진 아이들에게는 괴로운 시간의 연속인 12월이다. 아무리 노력해도 따라오지 못하는 성적에 교실에서도 집에서도 스트레스를 받는 아이들이다.

그 아이들이 안고 있는 분노의 감정을 들여다보면 걱정이 앞선다. 어쩌면 교실에서 일탈 행동을 보이고 선생님이나 부모님께 대드는 아이들은 그들도 살고 싶고 대접받고 싶다는 또 다른 표현 방법이라고 생각해 본다.

학교라는 틀 안에서 학과 성적 외에는 자신의 재능과 자랑을 드러내고 끼를 발휘할 무대가 거의 없으니 지적인 공부가 아닌 다른 재주를 가진 아이들은 늘 소외되고 자존감에 상처를 받아서 자신감조차 없다. 그렇게 누적된 불안과 두려움은 친구들에게 폭력으로 나타나고 분출시킬 방법조차 모르니 반항이라는 형식으로 나타난다고 생각한다.

지금 이 나라의 아이들과 학생들은 분노와 좌절감으로 어른 못지않은 상처를 안고 있다고 생각한다. 아무리 달려도 결코 순위에 들 수 없음을 뻔히 알고 달리는 학력사회의 병폐를 알면서도 선생님도 부모님도 무조건 달리라고 성화이다.

아이들의 장점을 찾아 학급 자랑 준비해요

나는 위의 우화를 읽으며 내 반 아이들이 지닌 장점을 찾아 기록해 보기로 했다. 웃음이 예쁜 아이, 말씨가 고운 아이, 친구를 잘 돕는 아이, 아이디어가 좋은 아이, 남을 잘 웃기는 아이, 춤을 잘 추는 아이, 개그를 잘하는 아이 등등.

보이지 않는 것이 보이는 것보다 얼마나 더 중요한데 우리는 늘 보이는 것에 집착하고 의미를 부여하고 있지는 않았는지 되돌아본다. 보이는 것은 일시적이요, 보이지 않는 것은 영원하며 진리에 가깝다는 나름대로의 깨달음의 언덕에 우리 아이들 하나하나 앉혀 놓고 거울처럼 들여다보며 마무리를 하고 싶어진다.

날마다 받아쓰기 못한다고, 숙제를 덜 했다고, 글씨가 예쁘지 않다고 칭찬 받을 일이 거의 없었던 아이들이 이제야 보이니 한심스럽다. 헤어짐이 코앞에 다가와서야 재미있는 교실로 만들지 못했다는 반성을 하는 습관도 여전하니 이것도 병이라면 병이다. 마음 편하게 놀아주지 못한 미안함, 하루라도 숙제를 주지 않으면 큰일이 날 것처럼 몰고 온 1년이었다. 이제라도 우리 반 아이들에게서 코끼리의 장점과 토끼의 발 빠름, 개미의 부지런함을 갖춘 아이들의 숨겨진 장점을 드러내어 칭찬할 수 있는 도수 높은 안경을 껴야겠다.

그리하여 방학 전에 우리 반 자랑에는 자기가 가장 잘하는 재주를 한 가지씩 준비해서 전교생 앞에서 자랑하게 하고 싶다. 만날 동화 외우기만 시킨 내 욕심을 내려놓고 아이들을 힘껏 믿어주고 도와주는 시간을 만들 생각을 하니 벌써부터 기대가 된다.

가수가 꿈인 재리에게는 춤과 노래를, 면장님이 꿈인 준태에게는 연설을, 선생님이 꿈인 선화랑 은영이에게는 일일 선생님 역할을 시켜보고 싶다. 태권도 선수가 꿈인 류재는 태권도 시범 동작을 펼치게 하면 될 것 같다. 담임선생님이 주도하는 학급 자랑이 아니라 아이들이 주인이 되어 스스로 준비하는 학급 자랑이 무척 기대가 된다.

선생님이 쓴 교실 일기

우리 반은 구구단의 달인

우리 반의 아침 풍경

"아침독서 시간이 끝났어요. 숙제를 내놓으면서 구구단을 처음부터 빨리, 목소리를 맞춰 외웁니다. 그 다음엔 거꾸로 외웁니다. 읽기 숙제로 낸 동화를 외울 친구는 나와서 외울 준비를 합니다. 그 다음엔 받아쓰기 준비합니다."

"예, 선생님!"

날마다 거의 똑같은 교실 언어로 시작되는 우리 교실의 일상이다. 위의 어느 것 하나 소홀히 할 수 없는 중요한 것들이다. 초등학교 저학년은 학력 향상의 측면에서 기초기본 학력 정착이 매우 중요한 과제이기 때문이다.

정규 교육과정 운영계획의 틀에서 본다면 하루도 거르지 않고 받아쓰기나 구구단 외우기, 교과서 동화 외우기, 아침독서 40분을 실천한다는 것은 담임으로서 용기도 필요하고 교육과정 이수에 부담을 느끼는 것도 사실이다.

그럼에도 불구하고 하루를 시작하는 기본 매뉴얼로 정착시켜 운영할 수 있으려면 담임으로서 시간을 짜임새 있게 운영하고 자투리 시간을 늘 확보해 두지 않으면 힘들다. 200일 가까이 하다 보면 거의 자동화되어서 오히려 아이들이 더 챙기게 된다.

성과 면에서 본다면 매우 고무적이다. 아침독서와 구구단, 문장 받아쓰기 동화 외우기, 점심식사 잔반 없이 먹기까지 이어지는 우리 교실의 기본 매뉴얼로 인해서 상급 학년으로 올라가서도 좋은 습관을 보인다는 선생님들의 한결 같은 말씀을 들으며 보람을 느낀다.

특히 구구단 외우기는 배우는 순간만 지나면 자칫 소홀해지기 쉽다. 3학년으로 이어지는 곱셈 과정에서 구구단을 제대로 빨리, 외우지 못하는 아동들은 이후의 수학에 대한 흥미까지 잃게 되어 부진아로 전락하는 경우까지 생긴다.

2학년 단계에서 완전학습을 보인 아동들도 예외가 아니다. 구구단을 처음부터 외워야만 답을 찾을 수 있는 아동, 7단이나 8단 9단에서 틀리기 쉬운 곳에서는 꼭 틀리는 버릇이 있는 아동들이 꼭 있기 마련이다.

구구단 거꾸로 외우기, 32초

구구단은 그 자체가 무의미한 철자의 나열이기 때문에 구구단의 원리를 알고 있다 하더라도 완벽하게 빨리 외우는 데는 시간이 많이 걸린다. 연습과 노력이 중요하다. 나눗셈이나 곱셈, 분수 계산, 방정식에 이르기까지 계산의 원리나 과정을 잘 알고 있으면서도 답이 틀리는 아동의 답안지를 들여다보면 구구단에서 오류를 범하는 모습이 발견되곤 한다. 그런 실수를 하지 않게 하려고 우리 2학년 아이들은 9월에 배운 구구단을 지금도 거꾸로 외워서 1분 이내 외우기를 날마다 실시한다. 잘하는 아이들은 구구단 거꾸로 외우기가 32초 밖에 걸리지 않는다. 9명의 아동 중에서 거꾸로 1분 내에 외우는 아동이 7명에 이른다. 처음에는 바르게 외워도 3분을 넘던 아이들이 두 달 가까이 하다 보니 놀랄 정도가 되어서 나도 놀라는 중이다.

숙제 검사를 하는 동안 내 휴대폰의 스톱워치 기능을 사용하여 검사해 주면서 구구단의 달인을 만들고 있다. 목표는 30초이다. 그게 가능한 아이들은 어떤 문제를 내어도 구구단 답을 알아맞히는 능력이 탁월하다. 상급 학년과 시합을 하여도 결코 지지 않게 된 것이다. 마치 마라톤 선수가 자기 기록을 깨기 위해 달리기를 멈추지 않듯이, 우리 2학년 아이들은 아침마다 기록 갱신을 향한 노력을 열심히 하고 있다. 그러다보니 자신감까지 생기고 서로 경쟁하여 점점 더 빨라지고 있다.

이제는 구구단의 달인이 되어 아무 때나 쫑알쫑알 외우며 친구들끼리 구구단 게임을 즐기곤 한다. 기록이 전날보다 처진 아동은 게으름의 대가로 구구단 쓰기 한 번을 내준다. 아이들이 제일 싫어하는 것이 쓰기 숙제다.

아무리 잘하는 아이들도 하루만 연습하지 않고 오면 기록이 처지니 연습과 노력이 얼마나 중요한지 스스로 깨닫게 되었다. 눈을 감고 몰입하며 무의미 철자를 달달 외우지만 지금의 이 노력이 초석이 되어서 수학을 사랑하고 수학의 달인이 되어 학문을 즐기는 제자들이 되었으면 하는 마음으로 종업식을 하는 날까지 지속할 것이다.

나도 수업의 달인이 되고 싶어요

먼 후일, 내 이름은 잊혀도 구구단의 달인이 되도록 열심히 노력한 2학년 때의 추억을 나누며 행복한 제자들이 되기를 바라는 마음 간절하다. 나도 우리 아이들처럼 수업의 달인이 되고 싶은 욕심이 생기는 요즈음이다.

세상은 아는 것만큼 보이고 알면 사랑하게 되나니 그때야 비로소 교육이 시작된다고 믿는다. 2학년 시기는 구구단의 달인이 되는 결정적 시기임을 선생님도 어버이도 가슴 깊이 새겼으면 한다. 모든 것은 때가 있으니까.

오래된 편지

졸업하는 제자에게

사랑하는 문화야, 진호야!

꽃샘추위 속에 정든 교정을 기어이 떠나는 날이 오고야 말았구나. 선생님과 제자로 너희 둘을 만날 수 있었던 그 아름다운 인연에 감사하며 지난 2년 동안 한 교실에서 눈을 맞추고 때로는 볼을 비비며, 한 식구처럼 살아온 탓이라서 너희 둘을 졸업시키는 일이, 내게는 참 힘들구나. 마치 우리 아들을 멀리 군대로 보내던 날처럼……

순진하면서도 고집스런 문화의 성격을 파악하고 너에게 길들여지는 데 참 오랜 시간이 걸렸지. 맘에 맞지 않으면 책상을 파고 주먹질을 해 대면서도 시험지를 풀 때는 끝날 시간이 되어도 덜 풀었다며 시험지를 내지 않아서 나를 당황하게 할 만큼 욕심도 많았던 문화. 이제는 네 눈빛만 보고도 무엇을 힘들어하는지 알 만큼 우린 서로에게 길들여졌는데, 이제 너희는 나만 두고 훨훨 너른 세상으로 가겠구나.

배가 고프면 고개를 숙인 채 아무 말도 안 하던 입이 무겁던 진호는 너무 의젓하고 속이 깊어 말없는 모습이 늘 걱정이었지. 2년 동안 쌍둥 밤처럼 붙어 지내며 서로를 끔찍이 위하던 그 아름다운 우정을 이제는 더 볼 수 없다고 생각하니 가슴이 미어지는구나.

졸업 전날도 오후 늦게까지 붙잡고서 겨울방학 동안 다 잊은 수학 공부를 시키느라 놀려주지 못해 참 미안했어. 수학 문제 하나를 더 풀어내고 영어 단어 하나를 더 외우는 것이 인생을 살아가는 데 그다지 중요하지 않다는 것을 너무나 잘 알지만, 시골에서 자라는 탓에 그 흔한 학원 공부도 개인과외도 없는 너희들이 중학교에 가서 공부 때문에 고생할까봐 걱정이 앞섰기 때문이라고 이해해주렴.

너무나 착해서 "선생님, 조금만 놀다 하면 안 되나요?"라고 투정부릴 줄도 모르는 너희 둘을 졸업시키는 게 마음이 놓이지 않는구나. 문화는 손재주나 운동, 문학을 좋아하지만 수학을 힘들어하고, 진호는 이해심 많고 공부도 잘 하지만 마음을 잘 표현하지 않고 혼자 끙끙대는 모습이 걸리는구나.

입안의 혀처럼 너희 곁에서 아픔과 어려움을 미리 알고 격려하고 도와주기 힘들게 되었지만, 마음만은 늘 너희 곁에 있음을 잊지 말거라. 힘들 때는 언제든지 의지할 수 있도록 너희 둘의 자리를 내 마음의 교실에 새겨둘 테니 언제든지 찾아오렴. 우리들이 함께 가르치고 묻고 답하며 서로를 가르치던 '보이는 교실'은 사라졌지만 마음속의 교실은 영원히 남아있다는 것을!

이제는 중학생이 되었으니 책임과 의무도 더 커졌고 자신의 인생을 누구에게 의지할 수도 없게 되었다는 것을 명심하리라 믿는다. 돌이켜 생각하니 못 해준 게 너무 많아서 미안할 뿐이구나. 최고로 잘 가르치지는 못했지만 내 마음을 다 했음을 받아주기 바란다.

책을 사랑하고 좋은 글을 쓸 때마다 나를 기억해주기를 바란다. 책을 만나는 일은 위대한 스승을 만나는 일이오, 좋은 글을 쓰는 일은 자기 자신을 돌아보며 자기를 닦게 해주는 최상의 길이기 때문이란다. 매천 백일장에서 금상을 타낸 진호와 호국문예 백일장으로 구례경찰서장상을 타낸 문화의 글 솜씨를 키워 졸업한 뒤에도 일기만큼은 지금처럼 써서 먼 후일, 나를 만날 때 너희들의 '자서전'을 선물로 받고 싶은 게 나의 소원이란다.

문화야, 진호야!

나는 지금 너희들이 남기고 간 교정에서 초아흐레의 달님을 친구삼아 내일이면 졸업할 너희 두 사람을 축복하는 기도를 달님에게 부탁하는 중이란다. 착하고 순해서 조금만 꾸중하면 눈물을 보이던 그 예쁘고 아름다운 심성을 지금 그대로 온전히 잘 가꾸어서 힘들고 어려운 일이 닥쳐올 때에도 진실하고 성실한 마음으로 견디노라면 좋은 일이 생기는 거란다.

아침밥은 절대 굶지 말고 찻길은 늘 조심하고 게임은 조금만 하고 책을 늘 친구 삼으며 효도하기를 즐겨하면 행복과 행운이 너희 둘을 따라다닐 거야. 힘든 공부는 연습과 노력으로 재미있어질 때까지 여러 번 반복하여 자신감을 얻을 것이며, 수업 중에는 시간마다 연습장에 빠르게 메모하였다가 집에 가면 공책에 옮겨 적으며 복습하기를 날마다 해야 한다. 더 공부를 잘 하려면 다음 날 배울 것을 한 번만이라도 읽어보고 가거라. 질문을 즐겨하고 모르는 것은 수치가 아니니 늘 묻도록 하며 사전은 취미삼아 날마다 보도록 해라. 해주고 싶은 말이 너무 많아서 다음에 또 해야겠구나.

인생은 심은 만큼 거두는 것이 진리이므로 좋은 씨앗을 많이 심어서 후일에 거둘 것이 풍성하도록 마음의 밭을 많이 일구어 선생님과 친구들, 좋은 책 속에서 지혜의 씨앗을 부지런히 심거라. 그리하여 자신과 가족, 이웃에게 좋은 영향력을 지닌 사람으로 기억되기를 진심으로 바란다.

2005년 2월 17일 달밤에
너희들의 영원한 모교 연곡분교장에서
손문화와 정진호를 사랑하며 그리워 할 선생님이

오래 전 글들을 정리하다 발견한 편지이다. 지금은 대학생이 된 아이들을 그리워하며 졸업식 날 보낸 편지를 보다 나도 모르게 그리움의 눈물을 흘리고 말았다. 사랑은 결코 잊혀지는 것이 아님을!

따르고 싶은 인생의 선배

학생 장학금으로 5억 원을 기부한 장재은 교장 선생님께!

(오늘 아침 신문을 보다가 오늘의 인물로 접한 장재은(81) 교장 선생님의 기사에 가슴이 먹먹하면서도 뭉클했다. 1997년 정년퇴직을 하신 분이니 가난한 시절, 우리들을 가르치신 노스승이다. 절약과 검소함이 일상이었던 궁핍한 시절을 교단에서 보내신 노스승이 아껴 모은 재산을 장학금으로 내놓으신 소식! 인생의 선배로서 보여주는 아름다운 감동실화에 후배 교사로서 감사하다.)

교장 선생님, 당신은 진정한 교육자이시다. 진정한 교육은 이론을 넘어 지식을 지나 행동하는, 실천적 지식일 때 빛을 발한다. 가난한 시절 우리들을 위해 교단에서 헌신하신 노고에 감사드린다. 마지막 나눔까지 실천하는 당신이 진정한 교육자이시다. 자식들에게도 몸으로 보여주시니 최고의 교육이자 가르침으로 자랑스러움으로 남을 것이다.

이제는 '어른십'이 필요한 때

카네기는 "부자로 죽는 것은 수치스러운 일"이라고 했다. 어르신의 모습을 보며 저도 그 결단을 서두르고 싶다. 장재은 교장선생님을 존경한다. 그리고 감사드린다. 조벽 교수님은 말씀하셨다. 오늘날은 리더십이 아니라 어른십이 필요하다고. 진정한 어른은 대접을 받으려 하지 않고 베풀고 나눈다고. 세상이 힘든 것은 바로 어른십이 부족하다는 뜻이다. 어른십은 정치 지도자, 관직의 수장, 교육의 관리자, 교실의 선생님, 재벌이건 어느 곳에나 해당되는 가치라고 생각된다. 지시하고 가르치는 리더의 시대는 지났고 모범을 보이고 가슴으로 감동시키며 발로 실천하는 어른들이 많아져야 한다던 조벽 교수님의 어른십의 모습을 보여주신 교장 선생님!

지구라는 아름다운 푸른 별에서 한 번 살다가는 일회용 인생이 얼마나 기적적인가를 생각하면 감사하고 벅차면서도 허무와 고뇌를 느끼는 양면성을 지닌 인간인 우리이다. 그러기에 어떻게 사는 것이 가치 있는지를 가르치는 것이 교육의 몫이다. 교사가 되기 위해 머리로 배워 온 수많은 교육론과 오랜 시간이 점철된 여정에도 불구하고 지금 우리 교단은 위기를 너머 붕괴 직전이다. 날마다 학교를 떠나는 아이들이 100명을 넘는 현실은 그것이 누구의 잘못인가를 따지기에 앞서 아픈 현실을 드러낸다.

국가 교육의 큰 틀을 짜는 '사회적 합의' 절실

교육은 국가의 근간이므로 정권이 바뀌거나 수장이 바뀐다고 해서 이리저리 뿌리째 뽑아서 심을 수 있는 나무가 아니다. 그럼에도 불구하고 우리의 현실은 뿌리 없는 나무처럼 휘둘려 온 게 사실이다. 가장 힘없는 조직이 교육계라는 슬픈 푸념을 해 온지 오래이다. 이제는 교육에 대한 사회적 합의가 절실한 시점이다. 국가를 걱정하는 사람들이 분야별로 함께 모여서 범국가적인 교육대책을 내놓아야 한다는 뜻이다. 마치 한 그루의 좋은 나무를 국가라는 정원에 심어서 자라는 동안 옮겨심지 않고 줄기만 가다듬으며 우람한 나무로 키우는 작업을 하자는 것이다. 어떤 정권이 들어서도, 어떤 수장이 들어서도 한 번 심은 나무는 절대 뽑지 않고 잘 자라도록 틀을 유지해야 그 나무에 열리는 학생이라는 이파리들이 수액이 마르지 않을 것이다.

성공적인 교육 모델로 등장하는 핀란드의 교육 책임자는 20년 동안 바뀌지 않았다는 놀라운 소식은 그들이 얼마나 교육을 소중히 하는지 알게 한다. 정권이 바뀌어도 교육 영역은 침범하거나 간섭하지 않는다는 약속이 지켜지고 있는 것이다. 교단 현장을 함부로 난도질하지 않으니 높은 자존감을 지닌 선생님들의 열정어린 가르침을 함부로 평가하지 않으며 시장 바닥에 내놓은 물건처럼 값을 매기지 않는다. 학생들도 최소한의 시험만으로 평가하지만 그것이 서열이나 경쟁의 수단이 아니라 자신의 위치를 알고 진로 선택의 도구라는 것을 안다. 그야말로 하고 싶은 공부를 즐기며 할 수 있는 연결 고리가 이어지니 긍정적인 시너지 효과를 거두는 것이다.

존경하는 교장 선생님! 국가는 바람직한 교육 모델(집)을 완벽에 가깝게 지어놓고 교사는 부당한 간섭과 평가에 얽매이지 않으며 소신과 열정을 지닌 높은 자존감으로 제자를 마음 놓고 기를 수 있는 교육 환경을 위해 고민을 해야 합니다. 그러나 우리는 공교육의 집을 틈만 나면 허물고 정권이 바뀌면 리모델링하느라 늘 집을 비우고 아이들을 길거리로 내모는 건축 현장 같습니다.

우리 교육의 현실이 노스승이 보시기에 얼마나 가슴 아프실지. 일제 강점기를 거치고 동족 전쟁을 온몸으로 부대끼면서도 제자들을 기르고 비싼 외식, 해외여행 한번 안 하시면서도 근검절약을 가르친 그대로 살아오신 표본도 부족해서 인생의 석양을 더 아름답게 장식하시면서도 오늘 우리 교단의 모습에 마음 아프실 것이다.

당신의 허연 머리칼이 4월의 벚꽃보다 더 아름답다. 슬프고 어두운 사람들이 넘쳐나지만 오늘 아침은 교장 선생님의 아름다운 기부 소식에 가슴 뜨거운 하루를 연다. 장재은 교장 선생님! 당신의 삶은 머리에서 가슴을 지나 발에 이르신 것 같아 신영복님의 시를 들려드리고 싶습니다. 여생 부디 행복하소서!

가장 먼 여행

- 신영복의 그림 〈사색〉 중에서

일생 동안의 여행 중에서 가장 먼 여행은 머리에서 가슴까지의 여행이
라고 합니다.
머리 좋은 사람과 마음 좋은 사람의 차이, 머리 아픈 사람과 마음 아픈
사람의 거리가 그만큼 멀기 때문입니다.

그러나 또 하나의 가장 먼 여행이 남아 있습니다. 가슴에서 발까지의 여
행이 그것입니다.
발은 여럿이 함께 만드는 삶의 현장입니다. 수많은 나무들이 공존하는
숲입니다.

머리에서 가슴으로, 그리고 가슴에서 다시 발까지의 여행이 우리의 삶
입니다.
머리 좋은 사람이 마음 좋은 사람만 못하고, 마음 좋은 사람이 발 좋은
사람만 못합니다.

우리 반의 꼬마 아인슈타인

멍 때리는 제자의 귀여운 답안지

"선생님, 질문 있어요. '앙증맞다'라는 말이 무슨 뜻이에요?"

"시험 보는 중이라 그런 질문에는 답해 주지 않아요. 그건 이미 국어 시간에 공부한 건데. 아이구, 우리 류재가 또 그 시각에 멍 때리고 있었는가 보네. 그것 봐요. 수업 시간에 헛생각 하면 중요한 걸 놓친다고 했지요?"

지난 달 성취도 평가를 할 때 우리 반 박사인 신류재 군이 한 건 했다. 국어 시험에서는 앙증맞다는 말을 몰라서 틀렸다. 다른 아이들은 다 맞은 문제를 틀린 것이다. 영리하고 상상력도 풍부하여 재기 넘치는 아이인데 수업 시간이건 식사 시간이건 혼자서 생각에 빠지는 버릇 때문에 애를 먹는다. 어떤 날은 아침에 일어나서 자기 집 화장실에서 멍 때리고 있다가 30분이나 지각을 하기도 한다.

그런데 더 재미있는 것은 수학 시험지를 채점할 때였다. 현재의 수학 교육과정은 생각하는 과정을 중시하는 탐구형이다. 그래서 수학 문제를 풀 때에도 자기의 생각을 반드시 식이나 글로 풀이 과정을 요구하는 문제를 출제한다.

문제의 내용은, "1주일은 7일입니다. 2주일은 며칠입니까? 그리고 3주일은 며칠인지 식을 쓰고 답을 쓰세요." 하는 문제였다. 그런데 녀석은 "7×2 = 14(칠), 7×3 = 21(칠)"이라고 써 놓았다. 평소에는 식도 쓰기 싫어하고 단위도 쓰지 않던 녀석이다.

그런데 시험 보기 전에 식과 답, 단위를 정확하게 쓰지 않으면 만점을 받을 수 없다고 강조하는 말을 염두에 두었던 모양이다. 지문에서 며칠이라고 물었으니 단위란 끝에 나오는 낱말이라고 스스로 생각해서 '칠'이라고 썼다는 것이다. 그 문제에는 단위를 쓰는 칸도 주어지지 않았는데 일부러 괄호까지 써서 단위를 표기한 놀라운 상상력이 얼마나 귀엽던지 채점을 하다 말고 한참을 웃었다.

우리 반의 명상가, 꼬마 아인슈타인

수업 시간이면 딴 짓을 하다가 늘 지적을 당하지만 예리한 질문과 순발력은 타의 추종을 불허한다. 그래서 이제는 신군의 유별난 버릇을 사랑하기로 했다. 내가 정해서 부른 '멍때리기'라는 부정적인 말 대신에 '명상 중'으로 바꿔서 불러주기로 했으니까.

"너는 명상 중에 뭘 보는 거니?"

"예, 선생님. 저는 멍 때리기 할 때 파란 불빛을 봅니다."

"우와! 그러니? 멍 때리기가 아니고 명상 중으로 하자. 파란 불빛을 보며 무슨 생각을 하지?"

"예, 나의 미래 모습을 상상합니다."

"그렇구나. 책을 읽어 보면 아인슈타인은 눈을 감고 상상만으로 우주여행을 했다고 하는데 우리 너도 아인슈타인처럼 훌륭한 과학자가 되려나 보다. 이제부터는 멍 때린다고 하지 말고 명상한다고 하자. 그 대신 아무 때나 하지 말고 잠들기 전이나 아침 일찍 일어나서 시간이 많을 때 하면 좋겠구나. 공부 시간이나 다른 사람과 어울리는 시각에는 하지 않으면 참 좋겠다. 그렇지?"

아홉 살 꼬마가 아무 때나 명상에 빠져서 상상의 날개를 펴는 모습이 신기하지만 공부 시간에 중요한 부분을 놓치는 실수를 하거나 수학 시험을 풀 시간을 놓치기도 하고 자기 물건이 어디 있는지 늘 뒤지는 모습을 보면 안타깝다. 그러니 수업 시간이면 가장 많이 부르는 이름인 아이다. 어찌 보면 꼬마 아인슈타인 같기도 하다. 아인슈타인은 명상에 빠지면 자기 집 주소도 몰랐다고 한다.

주의산만형 아이들이 많은 세상이다. 우리 반 꼬마 아인슈타인처럼 놀라운 집중력으로 자기 자신의 미래 모습까지 상상하는 아이는 흔치 않을 것이다. 질문 대장에다 호기심 박사인 명상가로 인해 웃는 일도 많고 화내는 일도 종종 있다. 궁금한 것은 참지 못하는 아홉 살 박사 덕분에 나는 늘 긴장한다.

시험을 볼 때마다, "선생님, 이건 진짜 시험이에요, 가짜 시험이에요?" 하고 묻는 엉뚱한 녀석이다. 단순한 형성평가나 받아쓰기는 100점을 받는 일이 거의 없으면서도 월말에 치르는 성취도평가는 꼼꼼히 풀어서 매우 높은 성취도를 보인다. 진짜 시험에는 강한 녀석이라 사회에 나가서도 진짜 인생을 살 때는 매우 진지하게 집중을 잘하리라 확신한다.

이제 가을이 깊어간다. 짧은 가을 해가 아이들과 헤어질 준비를 잘하라고 내게 이른다. 가을은 '갈' 준비를 잘하는 계절이라고 말이다. 내 인생의 가을이 가고 있다. 바스락대는 교문 앞의 오동나무 이파리들이 서로 비비는 소리가 유난히 크게 들린다. 이 학교에서 보내는 마지막 가을이라 나무들도 서운한 모양이다. 듬직한 월출산처럼 우람한 아이들이 되기를 빌며 오늘 일기를 마친다. 사랑스런 모습을 글로 남겨서 먼 후일 행복한 추억으로 안겨 주고 싶다.

희망의 현장을 가다

지난 3월 16일부터 18일까지 3일간, 일산 킨텍스 제2전시관 10홀에서 교육기부 공동체 선포식을 시작으로, '아이들의 꿈과 세상을 잇는 교육기부'를 주제로 개최된 '2012 대한민국 교육기부 박람회'를 다녀왔다. 교육기부란 21세기가 요구하는 창의적 미래 인재를 양성하기 위해 기업, 대학, 공공기관 개인 등이 보유한 물적, 인적자원을 유·초·중등 교육활동에서 활용할 수 있도록 대가 없이 제공하여 다양하고 수준 높은 교육 기회를 제공하는 것을 말한다.

새 학기부터는 주5일 수업제가 전면 실시되었다. 주5일 수업제 실시로 학교 밖 교육이나 체험활동 등 다양한 프로그램이 필요해졌다. 그렇기 때문에 학생지도의 일차적 책임을 갖고 있는 교사들의 교육기부가 이어져야 할 것이다. 교단에 서 있는 동안 갈고 닦은 노하우를 제자들을 위해 활용하는 것 자체가 이미 기부 활동이기 때문이다.

이번 박람회는 교육과학기술부와 한국방송공사가 주최하고, 한국과학창의재단이 주관하며, 한국교육학술정보원이 협력하는 행사로서, 교육과학기술부와 MOU를 체결한 기업들을 포함하여 50개 기업, 21개 대학 등 공공기관 21개, 기타 협회·단체 39개 등 총 131개 기관이 참여하는 행사였다. 교육기부 행사에 참여한 주체의 특색과 장점을 살린 다양한 전시·체험 프로그램과 다채로운 부대행사를 제공하여 축제 분위기를 즐기기 위해 인근 학교 학생들은 현장체험학습으로 견학하고 있었으며 각 시도 교육청과 각 급 학교 교육 담당자들도 단체로 견학하는 모습이 눈에 띄었다. 2012 대한민국 교육기부 박람회는 교육과학기술부가 지난해부터 창의성과 인성을 갖춘 인재 양성의 전략으로 적극 추진해온 교육기부 정책의 성과와 사례를 집약적으로 보여줌으로써, 교육기부를 범사회적으로 확산하기 위해 기획된 것이라서 부스마다 성실히 준비한 자세와 친절한 안내가 돋보였다.

학습연구년 특별연수 일정으로 참여하게 되어 교사로서 교육기부에 대한 자세를 가다듬게 하는 좋은 기회였다. 학습연구년 특별연수 자체가 교단에 돌아가서 특별히 봉사할 기회를 가져달라는 취지가 담겨 있기 때문이다. 전라남도를 대표단에 눈길이 먼저 갔다. 그동안 선상무지개학교를 위한 교육기부 활동에 참여한 목포해양대학교를 비롯하여 로봇교육을 주도하고 있는 전남대학교, '찾아가는 박물관' 운영으로 학생들의 지질·고생태 학습에 크게 도움을 주었던 목포자연사박물관, 학생들의 국악연수를 지원하였던 한국예총진도지회, 호남연정국악연수원 부스도 둘러보며 전남교육에 대한 자부심도 생겼다.

특히 이번 교육기부 행사의 모토라고 할 수 있는 '아이 한 명을 키우는 데는 마을 전체가 나서야 한다.'는 대형 포스터는 이 행사의 필요성을 각인시키는 감성언어로 마음에 꽂혔다. 이제는 마을이 아니라 온 나라가 나서야 하기 때문이다. 어른이라 직접 참여할 수 있는 프로그램이 많지 않고 연수 목적으로 참관하기 때문에 초등학교 어린이들에게 맞는 프로그램이 있는 곳을 중점적으로 살펴보았다. 나의 학습연구년 주제인 난독증 아동을 도울 수 있는 프로그램을 찾아 전체 부스를 한 바퀴 먼저 돌았다. 나의 주제와 관련된 부스가 없어서 아쉬웠지만 주제 해결을 위한 기본 틀이 잡혀지는 것 같아서 흐뭇했다. 세상을 바라보는 시각의 기본은 어디서나 통한다는 생각이 교육기부와도 맞물려 있다. 요즘 학교 폭력과 왕따 문제를 주제로 가지고 나온 '한빛언어심리발

달심리연구소(부스번호 C16)'에서 진행되는 프로그램은 학교 현장에 그대로 적용했으면 좋겠다는 생각이 들었다. 체험행사에 직접 참여할 자격이 학생이 아니라서 다른 학생이 하는 과정을 구경만 했지만 준비해온 단체의 열정이 따스하게 전해져 와서 좋았다.

'삼성꿈장학재단'이 운영한 '꿈을 키우는 나무' 부스는 학생들에게 직접적이고 실질적인 도움을 주는 코너였다. 미래의 꿈을 담은 명함을 만들고 타로로 적성을 발견한 다음 직업에 맞는 의상을 입고 꿈나무 카드에 '꿈 카드'를 작성해서 걸게 하는 과정을 보면서 우리 반 아이들이 생각났다. 얼마나 좋아할 텐데……. 교육과정과 연계하여 통합적으로 시간을 운영하면 교실에서도 충분히 운영할 수 있는 아이디어를 얻어서 참 좋았다.

우리 아이들이 좋아하는 장래의 직업을 체험해 볼 수 있는 부스가 많아서 인상적이었다. 과학자, 연예인, 음악가, 화가를 비롯하여 시각장애인을 돕는 도우미견까지 등장한 부스도 인상적이었다. 한 마리 강아지까지도 시각장애인의 삶을 위해 교육을 받고 교육기부 활동에 나왔다는 사실은 인간인 나의 모습을 돌아보게 하는 무언의 가르침과 깨달음을 예리한 죽비를 내리치고 있었다.

이렇듯 다양하고 방대한 교육기부 활동을 선도하고 있는 단체와 대학 공공기관을 보면서 나도 개인이나 동아리 활동으로 작은 실천에 참여하고 싶다는 생각이 들었다. 얇은 들음에서 나고 아는 만큼 보인다고 했다. '무언가를 완전하게 깨닫기 위해서는 스스로 경험하는 수밖에 없다.'고 말한 인도 철학자 오쇼 라즈니쉬의 명언을 떠오르게 한 박람회였다.

직접 체험만큼 위대한 교육은 없다는 오래 전 선각자의 살아있는 지혜가 숨쉬는 소형박람회장이 우리 고장이나 학교에서도 상설로 운영되어 아이들이 직접 체험하면 얼마나 좋을까 하는 희망도 품었다. 마치 영어체험 전용코너처럼, 아이들을 들뜨게 하는 청소년수련장처럼. 그런 생각을 하다 보니 학교 현장에서도 예산이 많이 들지 않는 상설 체험 코너가 많이 마련되어서 자신의 직업을 선택하고 꿈을 키우게 하는 정책이 필요하다는 생각까지 들었다. 특정한 몇 개의 직업 밖에 모르니 텔레비전에 나오는 연예인에 열광하거나 부모 세대에 익숙한 직업만을 선호하는 현실이 아닌가.

시간과 장소가 제한되니 아무 때나 접해 볼 수 없는 '2012 대한민국 교육기부 박람회'를 볼 수 있도록 구상하여 의미 있는 연수 활동으로 깊은 깨달음과 울림으로 학습연구년 특별연수에 임하는 자세를 다시금 가다듬게 되었다. 교육은 기부이고 희망이다! 교사는 봉사자이며 희망을 심는 자여야 함을 생각하니 보고 싶은 아이들 곁으로 돌아갈 날이 벌써부터 기다려진다.

지금은 함께 아파해야 할 때

숯이 될까, 다이아몬드가 될까

태초에 탄소 형제가 공중에 살고 있었다. 그런데 어느 날 그들에게 들려오는 소리가 있었다. "이제 너희의 공기 생활은 끝났다. 저 땅 밑으로 들어가 살아야 할 때가 되었다." 형은 침묵한 반면 아우는 반항했다. "싫어요. 땅 밑은 엄청난 고통일 텐데 어떻게 살아요? 저는 도망해서라도 지상에서 살겠어요."

이내 천둥이 쳤다. 벼락이 쳤다. 폭풍우가 몰려왔다. 세상이 바뀌었다. 순명한 형은 땅속 깊숙한 곳에 묻혔다. 거기서 어마어마한 압박과 뜨거운 열을 견뎌내며 살아야 했다. 지상을 원한 탄소네 아우가 눈을 떴다. 그는 그제야 자기가 시꺼먼 숯이 되어 있는 것을 발견했다. 어느 날 숯은 아무도 견줄 수 없는 무적의 보석이 나타났다고 사람들이 몰려가는 것을 보았다. 그것은 다이아몬드가 된 숯의 형제였다.

- 정채봉의 짧은 에세이 〈숯과 다이아몬드〉 중에서

마더 테레사 뒤에는 역경을 이겨낸 어머니가 있었다

120여 개 국에 자신의 영혼이 깃든 '사랑의 선교회'를 남기고 떠난 마더 테레사. 그녀는 평생 낮은 곳에서 사랑을 전하며 봉사할 수 있었던 것은 모두 부모님의 영향이라고 말한 적이 있다. 그녀의 부모님은 늘 어려운 이들에게 나눠주는 삶을 살았다고 한다. 특히 갑작스런 아버지의 죽음 이후 그녀의 어머니는 가정을 훌륭하게 이끌어갔을 뿐 아니라 깊은 신앙심으로 막내딸의 수녀 서원과 인도에서의 선교 활동을 지지해 주었다. 어머니의 깊은 사랑을 기억하는 테레사 수녀를 지탱해준 힘은 바로 어머니라는 큰 나무였다.

지금 우리에게 필요한 것은 역경지수 높이기

1997년 미국의 커뮤니케이션 이론가 폴스톨츠(Paul, G. stoltz) 박사는 IQ나 EQ보다 AQ(Adversity Quotient)가 높은 사람이 성공하는 시대가 될 것이라고 발표한 바 있다. 역경지수(AQ)란 역경에도 굴복하지 않고 냉철한 현실 인식과 합리적인 판단을 바탕으로 끝까지 도전하여 목표를 성취하는 노력과 능력을 말한다. 폴 스톨츠 박사는 자신의 저서 『장애물을 기회로 전환시켜라(Turning Obstacles into Opportunities)』에서 사람들이 역경에 대처하는 스타일을 등반에 비유하여 3가지 타입으로 분류하였다.

첫째, 힘든 문제나 역경이 다가오면 도망가거나 포기하는 사람을 쿼터형(Quitter). 둘째, 역경 앞에서 뚜렷한 대안을 마련하지 못하고 현상 유지 정도로 적당히 안주하는 사람을 캠프형(Camper). 셋째, 시련이 다가올 때 자신의 모든 능력과 지혜를 동원하여 기필코 역경을 정복하고 마는 사람을 클라이머형(Climber)이라고 분류했다. 이 클라이머형의 능력을 스톨츠 박사는 '역경지수'라 했다. 클라이머(등반자)의 주요한 특징은 자신만 역경을 넘어가는 것이 아니라 동료를 격려하고 북돋우면서 함께 산을 정복한다는 의미가 내포되어 있다. 이 세상은 혼자만 살아갈 수 없는 더불어 사는 공동체이기 때문에 '손에 손을 잡고' 벽을 기어오르는 담쟁이넝쿨처럼 삶을 함께 공유해야만 한다.

학자들은 필요에 따라서 삶의 가치를 측정하는 여러 가지 지표를 만들었다. 즉, EQ(감성지수), MQ(도덕지수), CQ(사회적응지수), NQ(공존지수) 등이다. 이 모든 지수를 수치화한다는 것은 불가능하며 살아가는데 참고가 될 뿐인데도 이들 중 오늘날 주목하고 있는 지수가 AQ(역경지수)이다. 스톨츠 박사는 미래의 인간성은 지능지수보다 역경지수가 인간의 능력을 가늠하는 잣대가 될 것이라 강조했다. 이순신 장군의 어록 "필생즉사(必生卽死) 사필즉생(死必卽生)" 즉, "싸움에 있어 죽고자 하면 반드시 살고 살고자 하면 죽는다."에서 말하는 것처럼 인생이란 결국 역경을 극복하기 위한 자신과의 고독한 싸움이라고 할 수 있다.

지금은 신뢰 위기 시대, 누구를 믿나

2008년 미국발 금융위기 이후 세계 각국에서 공통으로 겪고 있는 경제현상은 불확실성과 변동성의 확대다. 경제학자들은 "확실한 것은 미래가 불확실하다는 것뿐"이라고 말한다. 그러기에 소크라테스는 "나는 내가 모른다는 것을 안다."라고 했는지도 모른다. 이병철 회장은 내가 누구인지 알 때가 되면 죽는 날이라고 했다. 그는 죽기 얼마 전 죽음 이후의 세계를 고민하며 신부를 찾았다고 한다. 그러나 그 답을 듣지 못한 채 죽었다고 한다.

지금보다 더한 불확실성의 시대가 있었을까? 끝을 알 수 없는 국제적인 경제 불황, 전쟁의 위험 속에 긴장된 남북관계, 불확실한 미래와 학업 스트레스로 날마다 죽어가는 젊은이들. 일하고 싶어도 취업하지 못하는 사람들의 아픈 현실들. 좋은 소식, 행복한 소식보다는 아프고 힘든 소식들이 넘쳐나는 세상 속에서 그래도 희망이라면 아름다운 봄날을 장식하는 꽃들의 향연이다.

질기고 추운 겨울을 이겨내고 단 며칠 세상 구경을 하려고, 하늘을 향한 나팔을 불고 서 있는 꽃들만큼이라도 역경지수를 갖췄는지 나를 돌아보며 부끄러워지는 계절이다. 그래서 자연은 가장 위대한 스승이라고 했으리라. 말없이 몸으로 보여주는 스승이 최고이니 말이다. 나라를 꾸려갈 어른들을 뽑아놓고도 뒤끝이 개운하지 않아 연일 시끄러운 걸 보면 진정 사람이 만물의 영장인가 회의하게 된다. 가진 자들은 더 가지려고 온갖 추태를 부리며 힘들게 버티는 사람들의 소박한 희망마저 뭉개버리기 때문이다.

지금은 신뢰 위기의 시대다. 누구를 의지하고 믿을 것인가. 결국은 자기 자신을 소중히 여기고 사랑하며 지키고 이겨내게 하는 일이 급선무다. 세상에서 무엇보다 소중한 자기 자신을 바로 보게 하는 교육이 먼저다. 부모라는 울타리가 바람에 무너지고 학교라는 공동체가 나를 힘들게 할 때에도 자기 자신을 놓아버리지 않고 지켜낼 강한 인간을 길러내는 일이 급하다. 자존감을 키우고 역경지수를 높이는 일이 급선무다. 사회 구조를 바꾸고 제도를 개혁할 때까지 기다릴 시간이 없기 때문이다.

> " '할 수 있다, 잘 될 것이다.' 라고 결심하라!
>
> 그러고 나서 방법을 찾아라!"
>
> - 에이브러햄 링컨

지금 우리는 모두 아파해야 한다. 부모도 선생님도 함께 아파해야 한다. 정치가도 장관도 대통령도 모두 아파해야 한다. 불신의 시대, 공허한 정신으로 무한경쟁을 벌이며 우정이나 협동, 조화나 공감 대신 개미지옥 같은 현실의 벽 속에서 서로 짓밟고 할퀴며 모두가 가해자요, 피해자로 힘들어하지만 책임지는 사람조차 없다. 변죽만 울리는 정책, 그 정책을 수행하느라 더 바쁜 학교는 아파하는 학생들을 따뜻이 보듬어주기 위해 어디서부터 시작해야 하는지 난감한 현실이 아닌가. 학교 교육이 힘들다며 뛰쳐나간 학생들이 국가를 상대로 1인 시위를 벌이거나 단체 행동을 하기에 이르렀으니 누군가는 책임을 지고 나서야 한다. 살고 싶다고 울부짖는 소리를 외면한 채, 귀를 막고 늘 해오던 대로 할 수는 없지 않은가.

힐링캠프, 아이들의 상처를 듣고 공감하는 일부터 먼저

더디더라도 학생 한 사람 한 사람 손을 잡고 그 아이들의 아픈 이야기를 들어줘야 한다. 공부로 상처 받은 가슴 속 이야기를 들어줘야 한다. 힐링캠프는 텔레비전 속에서 나와서 오늘 우리 아이들의 교실로 들어와야 하고, 우리 아이들의 집으로 들어가서 어버이와 무릎을 맞대고 상처를 치유하며 함께 울고 다독여야 한다. 상처를 준 부모와 선생님, 그리고 정책 입안자들도 진솔하게 잘못을 빌어야 한다. 세상 무엇과도 바꿀 수 없는 소중한 우리 아이들이 세상을 버리기 전에, 더 늦기 전에 부둥켜안고 사랑을 전하며 함께 울어야 한다. 마음이 통하면 방법이 나온다. 우리의 아이들, 학생들은 모두 착하다. 누군가 단 한 사람의 위로가, 눈 맞춤이 절망 속에서 허덕이는 아이들을 잡아줄 지푸라기가 될 수 있다고 확신한다.

첫눈 온 날 생각나는 아이들

2008년 11월 19일. 오늘 아침 세상은 참 깨끗했다. 출근길에 올려다 본 월출산은 그야말로 비경이었다. 눈꽃을 피운 나무들, 하얀 망토를 쓴 집들도 모두 아름다운 풍경이었다. 한 순간에 저렇듯 아름다운 풍경을 그리는 자연의 풍경화를 보며 그저 감탄만 나왔다.

요즈음 인간 세상을 드리우고 있는 무거운 이야기나 소식들도 한 순간에 덮을 수 있는 붓이 있다면 얼마나 좋을까 하는 생각이 들었다. 좋고 아름다운 소식 앞에서도 색안경을 끼고 상처를 주며 서로를 할퀴는 세상의 눈들이 무서운 요즈음이니까 말이다.

크리스마스이브인 것처럼 온 세상이 깨끗한 오늘 아침만은 우리 아이들에게도 잠시 '자유'를 주고 싶었다. 교실에 들어서기가 무섭게 자동으로 독서에 몰입하는 우리 반 아이들의 눈도 오늘만은 창밖을 자주 내다보았다.

"얘들아, 아름다운 눈꽃을 많이 보았니?"

"예, 선생님. 참 예뻐요!"

"그럼, 오늘 아침 독서는 눈밭에서 할까? 조금 있으면 눈이 녹아버리니까 눈밭에 나가서 친구들이랑 놀 시간 줄까?"

"예, 선생님! 고맙습니다. 우와, 신난다!"

첫눈 오는 날, 출근길에 고생하던 기억이 먼저가 되어버린 마음이 서글퍼졌다. 저 아이들처럼 저렇게 단순하게 기뻐하고 싶었다. 첫눈 오는 날 가장 먼저 떠오르는 것은 오래 전 학교에서 있었던 풍경이다. 벌써

15년이나 지나버렸건만 어제 일처럼 또렷한 풍경이다.

눈이 많이 와서 늦었던 출근에 가슴을 졸였는데 학교에 들어가니 운동장 한가운데 대형 그림과 함께 써져 있던 글씨에 가슴이 먹먹했다. 그걸 기획한 아이들이 가장 내 속을 썩이고 공부하기 싫어하며 말썽을 부린 아이들이었다는 것에 더 감동했었다.

"선생님! 사랑해요!"라고 눈밭에 초대형으로 써져 있던 멘트를 3층의 우리 교실에서 내려다보면서 행복해 했던 기억. 덕분에 나는 가장 인기 있는 선생님 소리를 하루 종일 들었다. 부럽다는 인사와 함께.

참 많이도 나를 힘들게 했던 그 아이들. 아니 아이들이 힘들게 한 게 아니라 내 지도력이 부족했다고 고백해야 올바른 표현일 것이다. 6학년 35명이었던 우리 반 아이들은 유별났다. 학기 중에 가출을 결심한 아이 소식을 미리 알고 설득하여 막아내며 가슴을 쓸어내렸고 다른 친구들을 왕따시킨 여학생을 발견하여 몇 달간 지도하며 힘들었다.

아침 일찍 온 여자 아이가 전체 남학생 아이들을 나 몰래 때리고 힘들게 한 일을 찾아내 지도하며 보낸 시간. 상처받은 아이들이 다시 상처를 주는 악순환의 고리를 끊기 위해 '마니또'를 만들어 비밀리에 다른 친구를 돕게 하던 일, 한 달에 한 번씩 설문지를 주며 자신을 괴롭히거나 잘 해 준 친구를 지도하거나 칭찬해 주며 화목한 학급을 만드는 일이 학력 향상보다 더 시급했었다.

그때는 중학교 반 배치고사를 보고 학교별로 입학 성적을 공개하던 때였다. 6학년 담임선생님은 기타 잡무에서 최대한 배려하여 주며 오직 학업성취에 매달리게 하던 시절이었다. 다달이 학력 평가를 보고 매달 성적이 우수한 어린이에게는 상을 주던 시절이라 아이들도 선생님도 성적에 대한 스트레스가 참 많았다. 시험 성적이 상대적으로 좋지 않은 반이나, 아이들은 늘 상처를 받곤 했다. 그러다보니 시험 위주의 학교 풍토가 되어서 잠재적 교육과정에 문제가 생기곤 했다.

입시위주의 학교 문화에서는 즐겁고 행복한 기억보다 아프고 힘들었던 기억이 더 많았다. 이제 그 아이들은 벌써 살림을 꾸리고 직장 생활을 하는 어른들이 다 되었다. 그 아이들도 오늘처럼 첫눈이 온 날, 운동장에 나가서 마음고생 시킨 선생님께 미안해서 사랑한다고 고백했던 그 날의 추억을 떠올릴까?

첫눈이 온 오늘 아침 나는 내 속을 썩이면서도 나를 감동시켰던 그 아이들을 마음속에 그리고 있었다. 운동장에 나가 즐겁게 눈사람을 만드는 우리 반을 바라보며 어디서든 건강하게 아름답게 살아가기를 진심으로 빌고 있었다. 세상 살아가기가 아무리 힘들어도 저 눈처럼 깨끗한 마음으로 씻어버리고 다시 우뚝 서서 열심히 살아가길 빌어본다.

- 출처 : 「오마이뉴스」 첫눈 온 날 생각나는 아이들

보리수나무로 기르는 선생이기를!

"여기 씨앗이 두 개 있습니다. 하나는 콩 씨이고 다른 하나는 보리수 씨앗입니다. 겉만 보면 모양과 크기가 비슷합니다. 하지만 씨앗 속에 잠재되어 있는 본질은 매우 다릅니다. 콩 씨앗은 싹이 트고 자라 일 년도 못 가서 말라 죽지만, 보리수 씨앗은 점점 자라 오랜 세월 동안 사람들에게 쉴 곳을 마련해 주는 큰 나무가 됩니다. 우리가 하는 일 역시 이와 같습니다. 작은 이익을 욕심내며 살아간다면 우리는 금방 꽃 피고 열매 맺고 지고 마는 일년생 콩 넝쿨이 될 것입니다. 하지만 지금은 비록 보잘 것없어 보일지라도 그 원이 진실하고 굳건하다면 많은 사람에게 도움을 줄 수 있는 보리수나무가 될 것입니다."

- 법륜 지음 『깨달음』 중에서

같은 땅, 다른 나무가 준 깨달음 하나

▲ 북유럽 연수 중 노르웨이 고원에서 본 자작나무

2012년 5월 전남학습연구년 교원 북유럽 연수에서 인상 깊은 장면은 대자연의 모습이었다. 있는 그대로의 모습을 훼손하지 않고 거기에 적응하여 살아가는 사람들의 모습은 향수를 불러일으키기에 충분했다. 낮은 집들, 자전거를 일상적으로 이용하는 모습, 가족들끼리 소박하게 어울려 사는 것을 좋아하는 모습 등.

　그런데 아름다운 자작나무 숲이 어느 순간 북쪽으로 갈수록 검은 숲처럼, 산에 불이 난 것처럼 거무죽죽해서 놀랐다. 그 순간 떠 오른 생각은 바로 교실 풍경이었다. 같은 교실에 살아도 늘 어두운 아이, 힘들어하는 아이 모습. 그 아이가 살아온 토양이 춥고 살벌하면 그것이 풀리는 데 너무 오랜 시간이 걸릴 거라는 것. 마치 하당에르 설원에서 본 검은 자작나무처럼. 그들은 짧은 봄, 잠깐 동안만 푸르렀다가 이내 또 그렇게 검은 숲이 될 것이니.

▲ 북유럽 연수 중 노르웨이에서 본 짙푸른 자작나무 숲

설원의 자작나무와 대비되는 푸르른 자작나무 숲은 북유럽 연수에서 본 참 아름다운 풍경이었다. 마치 3월에 갓 입학한 1학년 꼬마 아이들처럼 푸르러서 눈을 시원하게 하며 탄성을 지르게 했다. 꾸밈없음의 아름다움을 보는 것은 자연이 준 최고의 선물이었다. 한 그루의 자작나무도 어떤 토양에 심어졌느냐에 따라 전혀 다른 모습을 보여주었다.

　그것은 곧 커다란 울림으로 다가왔다. '네가 가진 토양에는 어떤 자작나무가 자라고 있는지 돌아보라!'는 낯선 문장 앞에 섰다. 낯설고 새로운 풍경이 준 죽비소리였다. 한 해도 거르지 않고 이어짓기를 감행하며 30여 년간 거름기를 뽑아낸 나의 토양을 갈아엎으라는 소리를 들으며 깊은 숨을 들이마시게 했던 설원의 자작나무들! 울컥한 감동을 주던 그 검은 자작나무들은 마치 이 땅에서 힘들고 아파하는 아이들처럼 보여서 슬펐다. 아니, 그 모습은 나였는지도 모른다. 추위에 얼어 죽지 않으려고 몸부림치며 서 있는 자작나무는 바로 힘든 시간을 보내는 나의 모습이었고, 아파하는 아이들의 모습이었으며 또 다른 사람들의 모습이었음을! 필자는 지금 이어짓기를 멈추고 토양을 갈아엎는 중이다. 짙푸른 자작나무 숲을 꿈꾸며 농부처럼 빈들에 서 있다. 나의 원이 진실하고 굳세어져서 보리수나무 같은 아이들로 키울 수 있는 토양이 되려면 어떤 거름이 필요한지 우물을 파고 있는 중이다. 얼마나 깊이 파야 아이들 가슴을 뛰게 하는 마중물 한 바가지를 품어 올릴 수 있는지 긴 숨 몰아쉬며 새로운 하루를 연다.

(2012 학습연구년교원 북유럽연수 일기)

제 2 부
그리운 나의 아이들

포기할 수 없는 아이

우리 반 아이와 아웅다웅 살아가는 이야기를 블로그에 실었다가 마음고생을 참 많이 했다. 엄청난 댓글에 쏟아지던 비난과 격려, 누리꾼들끼리 갑론을박하는 모습을 보며 마음이 착잡했다. 오히려 더 성숙하는 계기로 삼을 수 있게 되었으니 전화위복의 계기가 되리라. 3월 첫날부터 지금까지 그 아이로 인해 겪었던 어려움으로 병원에 가기도 하고 두드러기까지 발병한 요즈음이다. 적지 않은 아이들을 가르치며 체벌을 범죄시 했던 나의 교육관을 송두리째 뿌리 뽑게 만든 그 아이와의 만남은 그야말로 '내 생애의 아이'임에 분명하다. 4권의 교단일기를 쓰며 아이들과 살아가는 내 일상을 참 감사하게 살아왔다. 다시 태어나도 이 길을 갈 거라는 자부심으로 아이들만을 보고 살아온 내 삶 속에서 교실을 빼놓으면 남는 게 별로 없을 만큼. 나를 거쳐 간 어떤 아이들에 비해 유별난 아이를 만나 날마다 홍역을 치르는 일상을 보낸 지 벌써 4개월째이다. 아직도 그 아이는 뛰고 달리고 친구를 때리며 소리 지르고 울며 안하무인이다. 칭찬 스티커를 사용하며 달래기도 하고 좋은 말로 꾸지람도 해보지만 순간에 그치고 다시 반복하는 아이. 일분만 교실을 비워도 금세 난리를 피워서 친구들과 싸우고 때리던 모습은 조금 나아진 요즈음이다.

아무리 1학년이라고 하지만 다른 아이들과 너무 달라 다른 아이들에게 피해를 주는 일이 다반사이니, 제대로 수업을 진행시키는 것조차 힘들다. 특히 그림을 그리라고 하면 몇 분도 그리지 못하고 색칠을 엉망으로 하거나 하기 싫어서 짜증을 부리며 옆 친구들을 괴롭히곤 한다. 모든 게 자기중심적이어서 점심을 먹는 시간까지도 속을 썩인다. 1시간이 다 되도록 식판을 비우지 못하고 물 컵만 괴롭히며 음식투정이다. 그렇다고 그 아이만 봐주면 다른 아이들에게 미치는 영향이 크니 날마다 신경이 곤두서서 점심시간마저도 밥맛을 잃을 정도이다. 하루도 거르지 않고 칭찬과 꾸중, 벌주기와 격려하기를 반복하던 일상이 바뀐 것은 녀석이 수학책을 밟으며 내게 반항하는 순간 나도 지지 않고 책을 찢어버린 일이 발생한 후부터다. 성질이 급하고 다혈질인 녀석은 깊이 생각하거나 문장을 차분히 읽지 않고 대충 흘린다. 늘 먼저 시작하고 틀려서 고치는 일이 비일비재하니, 틀리거나 고치는 일이 많다. 오죽하면 그 아이의 글자를 지도하기 위해 우리 반에서는 국어 받아쓰기를 할 때마다 글씨를 예쁘게 쓰면 200점을 주고 있다. 보너스로 100점을 더 주는 것이니 그 시간만이라도 글씨를 더 잘 써보려고 지우개를 자주 쓰는 걸 볼 수 있다.

그런데 책을 찢은 일이 생긴 후부터 녀석은 내 눈치를 살살 살피는 것 같다. 좋은 말로 타이르던 선생님이 아니란 걸 안 모양이다. 내게 친절하기도 하고 곁에 다가오려고 애쓰는 모습이 역력하다. 아침에 등교하고서도 아침독서를 하고 있으면 얼른 들어오지 않고 쭈뼛거리며 망설이던 오늘 아침의 모습. 다른 때 같으면 등교하면 온 교실을 시끄럽게 하는 아이라서 조용히 독서를 시키기까지는 시간이 걸렸다. 난폭한 행동이 줄어들고 선생님에게 대들어서는 안 된다는 것을 깨달은 걸까? 비 온 뒤에 땅이 굳듯, 그 아이와 나 사이에도 사랑과 평화가 공존하기를 빌어보는 밤이다. 나는 이제 그 아이를 반면교사로 삼아 나를 성숙시키려 한다. 그 아이도 포기할 수 없는 나의 제자이기 때문이다. 끝없이 인내하며 긴 호흡으로 한발 늦춰서 그에게 다가서리라.

첫 방학을 맞은
사랑스런 아이들에게

1학년 1반 19명, 개구쟁이들아! 너희들을 만난 지 벌써 109일째 되는 오늘은 여름방학 날이구나. 이제 겨우 너희들과 마음이 통하게 되어 즐거운 교실이 되었는데 방학으로 떨어져야 하는구나.

이제는 너희들의 입에서 튀어나오는 말들이 귀엽고 깜찍하고 사랑스럽게 들린다는 걸 알고 있니? 물음표를 '궁금표'라고 말하던 눈이 큰 승현이가 친구들과 어울리는 모습이 대견해. 우리 반에서 가장 목소리가 큰 승현이는 웅변 연습을 하면 참 좋겠다. 욕심 많은 승현이가 이제는 뭐든 지 잘 하니까 글씨 쓰는 자세만 고치면 되겠구나.

글씨 하나라도 알고 싶어서 열심히 공부하는 민혁이는 아직도 장난감을 좋아하는 귀여운 아이이지? 영찬이랑 노느라고 통학차를 안 타고 돌아다니는 버릇을 고쳐서 참 예쁘고 그림그릴 때는 아주 열심히 하는 모습도 자랑스러웠단다. 특히 민혁이는 밥을 잘 먹고 숙제를 잘 챙기니 글씨 공부만 더 하면 아주 잘할 거야.

울보였던 고은이가 이제는 잘 울지도 않고 글씨도 잘 써서 예쁘고 밥도 잘 먹어서 대견하구나. 날마다 거울보기를 좋아해서 선생님이 고은이에게 '거울공주'라고 불렀지? 방학 때에는 좋은 책을 많이 읽어서 더 예쁜 거울공주가 되길 바란다. 2학기에는 우리 고은이가 친구들 앞에서 책을 읽어주는 '책 읽어주는 거울공주'가 되길 바란다.

그뿐이 아니란다. '이라고 저라고'를 제일 많이 쓰던 달음박질 대장 영민이가 우리 곁을 떠나 장흥으로 전학을 간다고 하니, 참 섭섭하구나. 그곳에 가서도 더 열심히 공부하여 마량초등학교를 빛내주면 참 좋겠구나. 교실에 남아서 심부름도 잘해 주던 미심이와 선영이는 늘 봉사하는 걸 좋아하는 착한 아이였어. 입학식날 엄마 품을 떠나지 않으려고 울고불고 힘들게 하던 선영이가 뭐든지 잘 하는 모습이 얼마나 자랑스러운지.

이해심이 많아서 잘 참아주는 미심이가 방학 때에는 언니, 오빠의 도움을 받아서 글씨를 더 잘 읽게 되었으면 참 좋겠구나. 예쁜 글씨를 뽑으라고 하면 항상 서경이가 으뜸이었지. 선생님이 희망이어서인지 서경이는 꼭 선생님처럼 친구들 일을 잘 알고 챙기는 모습이 인상적이었단다. 글씨는 잘 모르지만 세현이 도움을 받아 숙제도 잘 해 오는 성현이는 항상 웃는 얼굴로 씩씩해서 보기 좋았단다. 떠든다고 꾸지람을 하면 금방 선생님 말을 잘 따라주던 성현이도 방학 동안 글씨공부만 끝내면 공부를 아주 잘할 것 같구나.

아는 것도 많고 예의도 바른 정검사 세현이는 항상 자기 모둠 친구들을 잘 챙겨서 내 마음을 기쁘게 했지. 세현이가 친구들의 잘못을 이해해 주고 참아주는 모습을 보고 있으면 1학년 아이 같지 않아서 감탄을 하곤 했단다.

모둠장으로서 공부도 열심이고 숙제도 잘 하고 글씨도 잘 쓰는 해솔이는 바르게 살아가는 모습이 습관이 되어 규칙을 잘 지켰지. 소풍을 가서 할아버지를 따라가겠다고 울던 것만 빼면 우리 반의 '착실과장'이라고 할 수 있지?

아직도 유치원 아이처럼 연필 챙기기, 숙제 챙기기를 빠뜨리는 강이가 요즈음은 밥을 잘 먹고 아침 독서도 열심히 해서 예쁘단다. 강이는 특히 생각이 깊어서 마음씨 고운 표현을 잘 해서 깜짝 놀랄 때가 있단다. 강이는 아프지 않고 건강하게 방학을 지내야 부모님께 효도한다는 걸 잊지 말거라.

3월에는 쉬는 시간에 밖에만 나가면 공부가 시작하는 줄도 모르고 민혁이랑 잘 놀던 영찬이는 축구선수 김병지처럼 꽁지머리가 인상적이지. 받아쓰기를 할 때 모르는 것이 있으면 친구 것을 보고 하라고 해도 절대로 볼 생각조차 안 하는 영찬이가 방학 동안 형이랑 공부를 많이 해서 글씨만 깨우치면 정말로 공부를 잘 하게 될 거야. 자존심이 강한 아이니까 말이야.

유림이를 보고 있으면 선생님의 어렸을 때 모습처럼 까무잡잡한 모습이 귀여워서 '까망공주'라고 부르곤 했는데 유림이가 싫어하니 참아야 겠지? 유림이는 왼손잡이이면서도 어쩌면 그렇게 글씨를 잘 쓰고 그림도 잘 그리는 지 참 신기하단다. 왼손잡이 중에 예술가 들이 많다는 말이 맞는 것 같아. 유림이가 아침에 조금만 일찍 와서 우리들이랑 같이 아침 독서를 할 수 있도록 방학 동안 잠버릇을 고쳐 오면 참 좋겠다.

또렷한 목소리로 웅변을 잘 하는 하늘이는 아침이면 독서를 참 잘 해서 선생님이 부르는 소리조차 못 듣고 책 속에 빠지거나 우유를 오래 먹어서 자주 엎질러서 불안하지만, 책을 좋아해서 아름다운 표현을 참 잘하지? 욕심도 많아서 뭐든 시작했다하면 꼼꼼하게 하는 좋은 버릇을 잘 키우렴. 하늘아, 친구들과 놀 때는 너무 따지지 않고 양보하면 더 많은 친구가 생기는 거란다.

우리 반의 점잖은 양반, 이동우! 점심시간에 느긋하게 너무 천천히 밥을 먹는 버릇만 빼면 뭐든지 성실하게, 꼼꼼하게 잘 해오는 동우는 누나들에게도 인기가 많지? 친구들을 괴롭힐 줄도 모르고 공부도 열심히 하는 동우를 보고 있으면 얼마나 자랑스러운지 모른단다. 친구들과 씩씩하게 잘 노는 방법, 운동하는 것도 배우면 더 좋겠구나.

큰 목소리에 놀기에 좋아하는 원빈아, 처음 만난 친구들과 자주 싸우고 따지기 잘하던 네가 이제는 잘 참는 방법을 보여주어서 고맙단다. 싸우지 못하게 하니 성질이 급해서 눈물부터 보이고 삐지는 네 모습이 귀여운 막내의 모습을 그대로 보여주지. 덩치는 크지만 개구쟁이인 것은 여전하지만 거짓말을 하지 않고 솔직한 것은 참 좋은 거란다. 2학기에는 남자 아이들이 제발 싸우지 않고 사이좋게 지냈으면 좋겠다. 특히 원빈이는 권영이를 자기 짝으로 챙겨주는 모습이 참 보기 좋았단다. 다른 친구를 돌보는 마음이 공부를 잘 하는 것보다 더 어렵기 때문이야.

벌써부터 일기를 쓰면서 띄어쓰기까지 잘 하는 나리. 숙제며 공부하는 일, 그림 그리는 일, 좋은 말을 쓰며 친절해서 친구가 많은 나리도 밥을 먹을 때 해찰하는 버릇, 음식을 골라내어 느리게 먹는 것만 고치면 참 좋겠구나. 개구쟁이 영민이와 한 달 동안 짝을 하느라 고생했지? 그래도 친구니까 영민이를 잊으면 안 되겠지?

내 마음을 가장 아프게 하는 권영아, 요즈음은 몸이 아파서 자주 병원에 다녀서 걱정이구나. 공부는 잘 따라오지 못하지만 씩씩하게 돌아다니는 모습이 대견했는데, 내 곁에 남아서 선생님을 잘 도와주던 착한 권영이가 방학 동안에 더 건강했으면 참 좋겠구나.

야무지고 씩씩한 명범이는 그림을 잘 그리지. 마음만 먹으면 글씨도 잘 쓰고 밥도 참 잘 먹었지? 목소리가 커서 웅변을 하면 참 좋겠다는 생각을 했단다. 늘 달리는 명범이는 방학 동안에 학원에 다니면서 차 조심을 많이 하면 참 좋겠구나. 글을 잘 읽으니 방학에는 동화책을 많이 보며 지내거라.

사랑하는 우리 1학년 19명의 이름을 다 불렀구나. 더 열심히 가르치고 사랑해주고 싶었는데 이렇게 빨리 109일이 지나버렸구나. 마음만 먹고 못 해준 것이 참 많아서 마음이 바빴던 방학날, 너희들에게 꾸지람을 덜 하려고, 준비물을 잘 챙기는 버릇을 들이려고 포인트를 모으게 했는데 선물을 기다리는 모습이 참 귀여웠단다. 아무리 바빠도 영찬이 생일까지 챙겨준 정이 많은 우리 반이 얼마나 대견한지 모른다. 선생님도 2학기를 준비하기 위해 멀리 공부하러 가게 되었단다. 좋은 책도 보고 훌륭한 교수님들의 강의를 듣고 더 많이 사랑하고 가르치기 위해 열심히 살 거란다.

여름방학이 싫다며 몇 번이나 내 팔을 잡아끌던 영찬이, 2학기에 선생님이 바뀌는 것이 아니냐며 걱정하던 순진한 모습, 보고 싶으면 전화하겠다던 유림이까지 금방 보고 싶어질 것 같구나. 부디 건강한 몸으로 부모님 사랑, 할머니 사랑도 많이 받고 마음도 쑥쑥 키워서 만나자. 아이들아, 사랑해! 부디 건강하고 행복하렴.

2006년 7월 26일
나의 귀여운 아이들에게 선생님이

참 힘들게 보낸 1학기였지만 힘들었던 만큼 보람도 컸던 109일이었다.
우리 아이들이, 세상의 모든 아이들이 건강하고 사고 없이 행복한 방학이 되기를 빈다.

내 생애의 어린 왕자 20명

"자기 일생의 끝이 처음 생각과 같을 수 있는 사람은

가장 행복한 사람이다. "

- 괴테 『젊은 베르테르의 슬픔』 중에서

이 글을 쓰는 오늘은 공교롭게도 교직에 첫발을 디딘 날로부터 꼭 26년이 되는 날이다. 첫 부임지도 바닷가 학교였는데 올해 찾아온 이 학교도 운동장 너머로 출렁이는 바다를 배경으로 앉아 있다. 이제 보니 저 바다가 거기에 있었다는 것을 편안하게 바라본 적이 없었던 150일이었다. 마량 항에서 완도 고금도를 향해 건너가는 여객선을 2층의 우리 반 교실에서 바라볼 수 있을 만큼 마음의 여유를 가질 수 있으리라고 기대할 수 없었던 시간들이었다.

우리 반 20명 개구쟁이들이 남기고 간 이야기 부스러기들을 하나씩 주워 담아 청소를 하며 혼자서 실실 웃는 시간이 늘어나는 오후 시간의 즐거움. 며칠 전, 알림장을 제 때에 쓰지 않고 영찬이와 쫑알대며 장난치는 승현이에게,

"그렇게 늦게까지 알림장을 안 쓰면 선생님이 뽀뽀를 해버릴 거야! 선생님이 볼에 뽀뽀를 하면 장가도 못 가요."

했더니, 승현이가 얼른 대꾸를 하였다.

"그럼, 선생님한테 장가가면 되지요."

"뭐라고? 선생님은 이미 시집을 갔고 너무 늙었는데?"

그러자, 이번에는 영찬이가 말대꾸를 했다.

"아니에요. 선생님은 하나도 안 늙었어요."

그것뿐이 아니다. 밥을 늦게 먹는 강이와 아영이의 식사 지도를 하고 교실에 들어오니 유림이와 고은이는 "선생님, 사랑해요."를 써 넣은 쪽지 그림과 편지를 몰래 넣어두고 갔다. 아직도 나는 첫사랑을 잊지 못하는 연인처럼 아이들이 던지는 사랑의 밀어에 코끝이 찡해지는 철없는 선생이다.

나는 이 선생의 자리를 참 오래도록 아끼고 사랑하고 감사하며 살아 왔다. 그 사랑이 잠시 흔들렸던 2006년의 아픈 기억을 이제는 담담히 반추해 낼 수 있게 되었다. 고학년 담임교사로 익숙했던 20여 년의 경험이 무색할 만큼 1학년 아이들에게 적응하지 못해서 아프고 좌절하고 힘들어서 무릎을 꿇으며 다시 '교육학' 공부를 하기 위해 퇴근 후 도서관에 출근하며 이론과 현장을 접목시키는 노력을 하고 있다.

주위산만형 아이들(ADHD증후군)과 특수교육 대상 아동이 함께 사는 교실에서 제대로 공부할 수 있는 분위기마저 느낄 수 없었던 1학기를 보내면서 몇 번이나 포기를 생각했던 아픈 상처들이 이제는 진주가 되어 20개의 보석을 만들어가고 있으니, 이제는 마음 놓고 2학년으로 올려 보낼 수 있을 것 같아서 참 다행이다.

이른 아침이면 교실에 들어오자마자 발소리 줄여가며 책을 보는 귀여운 모습, 별점을 많이 올려서 더 좋은 선물을 받으려고, 모둠장이 되려고 자신을 통제하고 바람직한 생활태도를 습관들이는 모습, 이제는 글쓰기 공부를 할 수 있을 만큼 의젓해진 모습, 〈읽기〉책 속에 나오는 동화들을 까만 눈 반짝이며 줄줄 외우며 드러낸 앞니 빠진 모습들은 한 볼때기 깨물어 주고 싶을 만큼 예쁘기만 하다. 싸우고 소리 지르고 다쳐서 단 1분도 교실을 비울 수 없어 전전긍긍 했던 지난 일들을 추억으로 떠올릴 수 있게 된 것이다.

학교라는 울타리에 처음 들어온 나의 꼬마 고객들에게서 학교에 오는 것이 즐겁고 행복하다는 소리를 듣는 요즈음, 나도 행복한 교단일기를 써서 종업식 날 아이들 품에 안겨 줄 숙제를 하고 있다. 1학기에 펴낸 다섯 번째 교단일기(『너에게 가는 길』)와 여섯 번째 교단일기를 20명의 어린왕자들이 읽고 즐거워 할 것을 상상하니 나도 행복하다. 아직도 나에게 아이들을 향한 처음 사랑을 타오르게 하는 우리 반 아이들은 나의 스승이다.

"세상에서 가장 행복한 자는 자신만의 노래를 부르는 사람이다."라고 한 아미엘의 말처럼 아이들의 아름다운 변모를 글로 노래할 수 있었던 2006년의 한복판에는 아이들이 있었다. 그들은 모두 내 생애의 어린 왕자들이니 그들이 남긴 사랑의 언어를 기록으로 남겨 2006년을 가득 채우리라.

- 출처 : 「새교육」 12월호 특집 〈나에게 2006년은?〉

봄 소풍 가는 날

"선생님! 이제 한 밤만 자면 소풍 가요?"

"내일 비가 오면 어떻게 해요?"

"내일 비 안 오니까 걱정 마세요."

"그래도 비가 오면요?"

"그럼 교실에서 도시락 먹고 놀까?"

1학년 우리 반 아이들은 요즈음 며칠 동안 소풍 이야기뿐이다. 1학년 아이들은 시간 개념이나 날짜 관념이 약해서 같은 질문을 반복한다. 손에 꼭 쥐어 주어야만 알아듣는다. 소풍을 간다고 옷을 사 입는다며 자랑하는 아이, 과자를 몇 개 사 올 건지 손으로 세는 아이 등, 날마다 소풍 이야기이다.

그런데 우리 반에는 부모님이 안 계신 아이도 있고 할머니랑 사는 아이도 있으며 부모님이 계신다고 해도 일터에 가시는 분이 대부분이다. 그래서 소풍날에 지킬 약속을 말하면서 조건을 붙였다. 부모님이 따라 오지 않으시면 자기 칭찬 스티커를 많이 주겠다고 말이다. 다 같이 따라 오지 않으시면 상처 받는 아이들이 없을 것 같아서 생각해 낸 것이지만 자꾸 걱정이 된다. 1학년에 처음 보낸 부모님들이 자녀가 노는 모습을 보고 싶어 하는 분도 계실 것 같아서이다. 차마 오시지 말라고는 못 하고 혼자 용감하게 온 친구에게는 칭찬 점수를 많이 주겠다고 했다.

어른들이 볼 때는 아무 것도 아닌 것 같은 칭찬 사탕 하나에도 글씨를 예쁘게 쓰기도 하고 먹기 싫은 밥도 잘 먹는 아이들이다. 1학년 단계의 아이들에게는 칭찬 요법이나 행동수정의 기법들이 잘 통한다. 꾸지람보다는 칭찬이 훨씬 효과적이므로 적절하게 잘 활용하면 벌을 주지 않고도 좋은 습관을 갖게 하거나 매를 없애는 방법으로도 쓸 수 있다. 내일 소풍을 가는데 나도 모르게 창밖을 내다본다. 행여 비가 올 날씨는 아닌지, 하늘은 맑은지.

그러고 보니 별과 달이 뜨고 지는지 별로 관심을 두지 않고 살고 있는 내 모습이 보였다. 아이들과 함께 할 게임 준비를 하다가 어린 시절 생각이 났다.

소풍날이면 김밥 대신 계란말이 반찬과 시금치에 멸치 볶음을 넣어 주시던 어머니였다. 계란은 아버지만이 드시는 것이었고 시금치와 멸치도 평소에는 별로 먹지 못할 만큼 귀한 것이었으니까. 거기다가 계란을 두 개쯤 삶아서 가져갔고 아버지께서 담임선생님께 드리라며 꼭 챙겨 주시던 아리랑 담배 한 갑에 사탕 몇 개면 소풍 준비가 끝났다. 학급 반장이었지만 가난했던 나는 소풍 때만 아버지가 피우시던 담배 한 갑을 선생님께 드릴 수 있어서 참 좋았다. 다른 친구들처럼 선생님 도시락을 한 번도 해 드리지 못 했던 가난한 반장이었기 때문이다. 그것도 없을 때는 내 몫의 찐 계란 하나에도 기분 좋게 받아 주시던 선생님이 좋았다.

가난해도 열심히 공부하면 성공할 수 있다고 용기를 주시던 선생님 덕분에, 발표를 한 번도 하지 못 해도 내 일기장을 읽으시고 내 생활과 우리 집을 이해해주신 선생님 덕분에 초등학교 졸업을 겨우 마칠 수 있었던 내 삶 속에서 선생님은 늘 희망을 주시는 분이었다. 어쩌면 그런 이유 때문에 교직을 선택하여 소신껏 살 수 있었는지도 모른다. 그 때의 그 선생님들보다 나는 훨씬 못한 선생이지만. 찐 계란을 먹을 수 있었던 소풍을 몇 번, 운동회 몇 번 만이 가장 즐거운 시간으로 기억되는 유년.

어쩌다 소풍에 입을 새 옷을 사주시면 더욱 행복했던 유년의 기억을 떠올리며 나도 덩달아 행복해진다. 어쩌다 엄마가 소풍에 따라 오시면 무작정 든든하고 기뻤던 생각이 나니, 우리 반 아이들에게 엄마가 따라 오지 않으시면 더 기특하다고 한 게 마음에 걸린다. 상처 받을 아이들이 생기지 않도록 하고 싶어서 그렇게 말했지만 괜히 미안해진다. 부모님과 함께 밥도 먹고 사진도 함께 남길 좋은 기회인데.

교실에서 경험하지 못한 자연의 모습을 관찰하고 친구들과 즐거운 시간을 보내며 맛있는 간식과 김밥도 먹을 수 있는 즐거운 소풍이 되었으면 참 좋겠다. 지금쯤 모두 다 곤한 잠에 들었을 것이다. 진달래가 활짝 핀 산길에서, 청개구리가 폴짝폴짝 뛰노는 들녘에서 예쁜 꽃들과 눈 맞춤을 하며 자연의 소리에 귀를 기울이며 살아 있는 것들이 주는 경이로운 발견에 눈동자가 커지는 순간이 많았으면 참 좋겠다.

우리 반 꼬마들이 세상에서 만나는 모든 사물로부터 그들의 인생을 풍요롭게 받아들일 수 있는 감미로운 자극을 많이 만나는 소풍이기를 바란다. 땀을 뻘뻘 흘리며 산길을 오르고 돌부리에 채이면서도 의젓하게 울지 않고 목적지에 도착하여 사랑하는 친구들과 잘 놀다 왔으면 좋겠다. 한 아이도 다치지 않고 눈물 흘리는 소풍날이 되지 않기를 바라며 나도 잠을 청한다.

귀여운 아이, 은지 이야기

오늘이 여름 방학을 한 지 겨우 5일째이다. 시계를 보니 2교시 중간 쯤이다. 우리 반 꼬맹이들이 제일 좋아하는 시간이 기다리는 2교시 끝 시간이 가까워 온다.

"선생님, 오늘 놀이 시간 주지요?"

"오늘은 몇 모둠이 그네 탈 차례지요? "

"그렇게도 그네 타기가 좋아요?"

"네. 우리 1모둠은 만날 그네를 못 타는데……."

"아하! 1모둠이 타는 날은 월요일이라 애국주회 시간 때문에 못 타는 구나. 그럼 내일 점심시간에 타면 되겠다."

"에이, 점심시간에는 2학년 오빠들이 탄단 말이에요."

이렇게 날마다 말놀이 하던 아이들 목소리가 매미 소리 저편에서 재 잘거린다.

아이들은 2교시 후에 20분쯤 주어지는 중간 놀이 시간을 제일 좋아 한다. 그것도 학교 행사가 있어서 전체 모임이 있거나 체조 연습을 하 며 보낸 중간 놀이 시간은 심드렁하게 생각한다. 그러고는 교실에 들어 와서는 내게 투덜거린다.

"선생님, 왜 놀이 시간 안 주세요?"

"어? 금방 체조한 시간이 그건데."

그것뿐이 아니다. 비라도 오면 아이들은 연신 운동장을 내다보며 궁 시렁거린다.

"에이, 비가 오잖아. 이따가 나가서 못 놀겠네. 선생님, 비 오니까 오늘은 소꿉놀이 시간 주면 안 돼요?"

"알았어요. 오늘 아침 독서를 잘한 모둠이나 발표를 다 한 모둠은 놀이 시간 줄게 열심히 공부부터 하자."

아이들의 관심은 노는 것과 먹는 것에 관한 질문이 대부분이다. 언제 밥 먹는 시간이냐, 놀이 시간을 더 달라 등. 그러면서도 막상 놀이 시간을 주면 밖에 나가 놀지 않고 교실에 남아서 그림을 그리거나 소꿉놀이를 하려고 내 눈치를 본다. 배고프다고 해놓고선 막상 식판 앞에서는 음식 투정을 부리며 1시간씩 씨름을 하는 것이다.

이 여름 방학이 끝나면 아이들은 까맣게 그을린 건강한 피부에 키도 훌쩍 커서 돌아오리라. 방학을 보내고 2학기가 되면 다시 100일 쯤 달리다 보면 언제나처럼 우리는 또 다른 만남 앞에 서 있으리라. 1학년 아이들이 주는 기쁨은 하루가 다르게 커 가는 모습이 보인다는 점이다. 늘 새로운 글자를 배우느라 내게 다가와 글자를 써 달라는 모습은 점점 사라지고 의젓하게 일기를 쓰고 편지까지 보내게 된다.

1학년 꼬마들이 기르는 기쁨을 선사한다면 6학년을 가르치는 보람은 수확의 기쁨을 선사한다. 중학교에 가기 전에 이것저것 챙겨주며 초등학교 교육의 마무리를 해주는 단계이며 사춘기를 지나는 시기라서 자잘한 말썽을 피우며 자아정체성을 확립해 가는 것을 도와주어야 한다. 몇 년이 흘러서 다시 찾아주는 아이들은 단연 6학년 제자들이 더 많다. 그럼에도 불구하고 요즈음은 고학년을 가르치기가 어렵다고들 한다.

너무 머리가 굵어진 아이들이 많아서 선생님에게 도전(?)하는 아이들이 너무 많아서 힘들다는 것이다. 어른들을 향한 반항의 표적 대상이 된 선생님, 특히 초임 여선생님에게 대드는 경우가 많다고 한다. 키나 몸으로 보아 선생님보다 더 큰 아이들도 많은 교실에서 인생의 선배 구실, 부모의 대리자, 지혜로운 선생님의 역할까지 모범을 보여야 머리 숙이고 들어오는 게 요즘 아이들이다.

젊어서는 거의 6학년만을 고집했는데 1학년 아이들이 더 예쁜 걸 보면 나도 이제 자식들을 결혼시킬 때가 가까워지는 모양이다. 꼬마들이 예쁘기 시작하면 손자 볼 때가 가까워진 증거라던 선배님들 말씀이 생각난다. 꼬마 녀석들의 커다란 동공을 들여다보며 그 눈 속에 비친 내 얼굴은 나이가 들어가지만 내 마음은 다시 어려지고 있음을 확인시켜 주던 우리 반 예쁜이들의 귀여운 입술이 지금 무척 보고 싶다. 토해내는 언어들이 시어라서 늘 기록하지 않으면 놓쳐버리니 반복을 즐긴다.

국어 시간에 싫어하는 동물을 말하고 그 이유를 쓰는 시간이 있었는데 우리 반에서 글씨를 잘 쓰고 노래도 잘 하는 유진이가 들고 나온 책에는,

'싫어하는 동물 - 닭, 이유 - 똥을 드럽게 싸니까'라고 써서 한참을 웃었다.

"유진아, '더럽게'가 아니고 왜 '드럽게'라고 썼어?"

"드럽잖아요."

"유진이도 똥을 드럽게 싸지 않니?"

"닭은 목욕을 하지 않으니까요."

"아니야, 닭도 목욕을 해요. 유진이가 본 적이 없나보다. 닭은 목욕을 할 때 흙이나 모래를 자기 털 속에 집어넣어서 목욕을 해요. 사람하고 다르게 하지만 닭도 목욕을 해요. 그리고 유진이는 통닭이랑 계란 먹지 않아요?

"네, 잘 먹어요."

"그래도 드러워요? 그리고 병아리 싫어해요?"

잠깐 망설이던 유진이는

"아니오, 병아리는 참 예뻐요. 닭도 좋아요."
하며 내 얼굴을 보고 웃었다.

그 날 나는 유진이를 볼 때마다 '드럽게'를 연발했다. 더럽게 보다 더 더러운 느낌이 나는 유진이의 말이 재미있었으니 나도 한심한 선생이 아닐까? 아이들과 말장난을 즐기던 교실이 그립다. 처음에는 뭐든지 이유를 물으면 '그냥'이라던 아이들을 기어이 이유를 생각하게 해서 말하게 하니 기상천외한 답들을 말하는 1학년 박사님들! 선생님은 지금 그대들이 참 보고 싶어요. '닭'이라는 글자를 '다'자 밑에 ㄱㄹ 받침을 바꿔 쓰던 너희들이 무척 보고 싶다.

그리운 나의 아이들

　오늘은 즐거운 소풍날이다. 우리 반 꼬마들이 알록달록 예쁜 옷을 입고 모자를 쓰고 거북이 등딱지처럼 자기 등보다 더 큰 가방까지 메고 왔다. 교문 앞에서는 언제 왔는지 장난감 장수 아저씨가 아이들에게 둘러 싸여 있는 풍경. 군것질이 금지되어 있지만 오늘만은 선생님들도 모른 척 해준다.

　모둠끼리 자리에 앉을 수 있도록 작은 깔개를 가져오기로 약속을 한 은지의 손에는 짐 가방이 하나 더 있었다. 할머니와 사는 은지는 약속도 잘 지키고 준비물도 잘 챙긴다. 할머니가 글을 모르시니 알림장도 혼자 다 챙기는 은지.

　소풍날 공부할 준비물인 수첩까지 챙겨온 은지를 위해 나는 산에서 본 것들의 이름을 하나하나 적어 주었다. 사철나무, 철쭉, 진달래, 뻘기, 완두콩꽃, 감나무, 등나무꽃, 개미, 거미, 청개구리, 나비, 벌 등 20가지쯤. 그 은지가 보물찾기를 못 했다고 삐져서 얼마나 힘들었는지 모른다. 보물찾기는 다 찾을 수 있는 게 아니고 몇 사람만 찾는다고 해도, 그래서 보물이라고 해도 내 말을 듣지 않는 아이. 선생님이 가르쳐 준대로 아무리 뒤져 봐도 없다고 골을 내서 돌아오는 내내 나랑 말도 안 했다. 발을 톡톡 차고 땀을 뻘뻘 흘리면서 눈가에 눈물 자국을 남기고 앞서 가며 월요일에 선물 사다 준다고 해도 막무가내인 은지. 이제 보니 욕심이 많아서 뭐든 잘할 것이다.

　안심이 된다. 저런 욕심이라면 험한 세상을 잘 헤쳐 나가리란 확신이

들어서 대견함에 혼자 웃었다. 어쩌면 저 아이 모습 속에서 어린 나를 보았기 때문인지도 모른다. 그리고 일 하는 엄마 밑에서 혼자서 소풍을 다니고 운동회를 치른 우리 집 두 아이의 모습을 찾았는지도 모른다. 우리 집 두 아이 어린 날 중요한 행사 사진 속에 한 번도 등장하지 않는 엄마 얼굴이 나의 아픔이기 때문이다. 소풍날에도 운동회 날에도 입학식에도 심지어 대학교 졸업식 사진에도 없는 내 얼굴. 우리 은지도 그렇게 홀로 서기 연습을 하며 인생의 길을 묵묵히 걸어서 키워주신 할머니에게 속울음을 안겨 주면서도 당당하게 자신의 길을 소풍 가듯이 즐겁게 걸으리라 믿어본다.

집에 와서 전화를 하고서야 그래도 삐짐이 남아 있던 아이가 겨우 달래졌다. 교실에서만 보는 아이들과 나가서 보는 아이들 모습이 참 다르다는 걸 알았다. 늘 가여운 은지를 생각하며 마음이 아팠는데 이젠 다른 아이들처럼 편하게 봐 줄 수 있을 것 같아 나도 행복한 소풍 날이 되었다.

선생님은 원숭이?

"선생님, 제 수학 책 좀 봐주세요."

"응, 잠깐만 기다려 봐. 다른 친구들 것 봐주고 시원이 것 볼게."

몇 십 몇을 공부하는 수학 시간. 자기가 공부한 것을 확인 받으러 나와서 줄을 서서 기다리는 아이들 틈새로 나를 불러내는 목소리는 1학기 반장이었던 김시원이다. 다른 아이들 책을 일일이 들여다보며 틀린 글씨, 비뚤게 쓴 글씨를 바로 잡아 주느라 바쁠 때는 내 몸이 서너 개쯤 되었으면 참 좋겠다. 아이들은 일대일 개인지도로 가르쳐 주는 게 최고이기 때문이다.

1학년 아이들은 다른 친구들이 줄을 서서 기다리는 것에는 관심도 없고 우선 자기 것만 봐달라고 하는 게 보통이다. 때로는 기다리다 못해 삐지고 우는 아이도 있고 새치기 하는 아이들까지 나타나곤 한다.

"아이, 선생님! 제 것 좀 봐주세요. 아무리 세어 봐도 1개가 틀려요. 선생님!"

"알았어요. 다시 봐줄 테니 조금만 기다려봐. 미안해, 시원아."

"이상하다. 난 아무리 세어 봐도 58개 인데 1개가 어디서 틀렸지?"

중얼거리던 시원이가 다시 곁으로 와서 이번에는 소리를 지른다.

"선생님! 제발 한 번만 봐주세요. 제 것이 왜 틀렸는지요."

줄을 선 다른 아이들 공부를 봐주고 그제야 시원이 차례가 되어서 같이 세어 보기로 했다.

"어디 보자. 선생님이랑 같이 세어 보자."

그림으로 제시된 빨대를 하나하나 체크해 가며 10개씩 묶어서 세어 놓은 시원이의 답을 확인해 갔다.

"어? 시원이 답이 맞는데? 58개가 분명해. 재윤이가 제일 먼저 해 온 57개라는 답이 맞다고 했는데 그게 아니네? 그렇다면 선생님도 틀렸네. 아이고, 원숭이도 나무에서 떨어진다더니, 선생님이 틀렸네!"

"예? 원숭이요? 어디서 들어본 말인 것 같은데요?"

아는 것이 많은 은혜가 얼른 알아들었다.

"그래, 나무타기를 잘 하는 원숭이도 실수로 나무에서 떨어진다는 말인데, 정답을 잘 알아야 할 선생님도 실수로 틀릴 때가 있다는 뜻이란다."

"애들아, 아까 수학 답은 57개가 아니라 58개가 맞구나. 질문을 잘한 시원이 덕분에 틀린 답을 고치게 되었다. 끝까지 질문을 잘 하고 답을 찾아낸 시원이에게 힘찬 박수를 보내자."

다른 공부 시간에는 딴 짓을 잘 하는 재윤이가 오늘따라 수학 시간에 제일 먼저 57개라는 답을 가져 왔기에 얼른 세어 보고 맞다고 동그라미를 해 주고 사탕까지 주면서 아이들에게 자기 답을 공개하지 말라고 했는데 그 답이 금방 전해지고 말았던 것이다. 수학 시간만 되면 눈빛을 반짝이는 재윤이를 칭찬해 줘서 공부에 대한 흥미를 높여 주고자 했던 나의 욕심이 실수를 불러온 것이다.

찬찬히 세어 보고 확인해 줬어야 했는데 오답을 맞다고 했더니 아이들도 자기 답을 58개로 쓴 아이들은 57개로 고쳤으니 얼른 수정해 주고 나의 실수도 인정해야 했다. 그런데도 대부분의 아이들은 시원이처럼 다시 세어 보거나 질문을 하지 않고 그냥 넘어갔는데 그 아이만 기어이 자기 생각을 표현했으니 얼마나 기특하던지.

"우리 시원이는 지난 번 개학식 때 교장 선생님께서 공부를 잘 하려면 질문을 많이 해야 한다고 하셨는데 그것을 잘 실천했으니 사탕도 더 줘야겠다."

그러자 아이들이 여기저기서,

"나도 58개라고 썼는데. 아깝다! 나도 질문할 걸!"

아무리 세어 봐도 58개인 것을 선생님이 57개라고 했으니 얼마나 답답했을까? 그래도 설마 선생님이 틀렸을 거라고는 생각하지 않고 계속해서 자기 것만 손가락을 꼽아가며 열심히 세었을 꼬마의 모습이 얼마나 귀여운지 그 모습을 상상하며 퇴근 길 내내 행복했다.

개학하는 첫날, 반가워서 한 번씩 안아 줄 생각으로 출근을 했는데 1학기에 하던 대로 조용히 매우 진지하게 아침독서를 하는 1학년답지 않은 모습에 행복한 포옹도 못하면서도 얼마나 행복했는지 모른다. 아침독서 시간이 끝나고서야 겨우 재회의 기쁨으로 한 아이씩 껴안아 주었다. 긴 방학 동안 건강한 모습으로 와주어서 정말 예쁘다고.

아이들은 세상의 희망이다. 하루가 다르게 학교생활에 잘 적응하고 자신을 절제하며 새로운 것을 배우는 행복함에 젖어 즐거워하는 아이들을 만나는 것은 세상에서 가장 행복한 일이라고 생각한다.

이제는 집중력도 높아져서 화장실도 정해진 시간에만 갈만큼 의젓해진 아이들 얼굴을 들여다보며 혼자 웃곤 한다.

"선생님, 왜 제 얼굴을 보고 웃으세요?"

"아주 귀여워서 그래."

"우리 건범이가 나중에 커서 선생님 얼굴을 알아볼까 몰라."

"아마, 모를 것 같아요."

"뭐라고? 에잇, 그럼 건범이 얼굴에 뽀뽀를 해버릴 테다."

"아니에요. 잊지 않을 거예요."

어떤 대답을 해도 귀엽고 사랑스러운 아이들의 멘트를 기록하는 날은 내가 지상에 살아 있음을 실감하는 날이라 참 행복하다. 우리 아이들도 자신이 1학년 때 했던 말을 먼 후일까지 기억하지 못하겠지만 이렇게 순간순간 짧게나마 남긴 교단일기로 인해 오늘의 풍경을 사진처럼 떠올릴 수 있을 것이다. 하마터면 원숭이 선생님이 될 뻔 했는데, 우리 아이들이 어물쩍 넘어가 주었으니 다시는 실수하면 안 되겠지?

귀 밝은 농부가 되고 싶다

출근길 아침을 반겨주는 까치 소리, 날마다 만나는 1학년 우리 반 아이들, 2층 교실 밖으로 멀리 보이는 바다 풍경 뒤로 드러누운 산들. 가을 날씨답지 않게 추적추적 내리는 가을비. 여름 방학 동안 웃자란 풀밭이 깨끗하게 이발을 했는데 깎여 나가지 않고 살아남은 나팔꽃은 생존의 기쁨을 노래하며 하늘을 향해 웃고 있다.

그러고 보니 1학기 내내 교실 밖 창가에 서 있는 시계탑 위에서 아침마다 노래를 부르던 참새 한 마리가 보이지 않는다. 우리 반 아이들이 아침 독서를 할 때마다 저도 같이 공부를 하는 지 참견을 하곤 했던 참새 한 마리였는데 보이지 않으니 새삼 녀석의 소식이 궁금하다.

날마다 볼 것 같은 익숙한 풍경들을 아무런 대가 없이 볼 수 있다는 것은 얼마나 큰 축복일까? 귀여운 이 아이들을 곁에서 볼 수 있는 시간도 한정되어 있다. 아이들은 자라서 내 곁을 떠나간다. 내 자식들이 그랬던 것처럼. 입이 닳아지게 참새처럼 선생님을 부르는 저 목소리들은 나이테가 굵어질수록 잦아들 것이다. 그 목소리는 점점 안으로 들어가 자신을 향한 부르짖음으로 변해 가리라.

까만 눈을 맞추고 가까이 다가와서 내 팔을 잡아 흔들던 손길은 점점 줄어들어 더 넓은 세상으로 더 큰 원을 그리며 반경을 넓혀 가리라. 특별할 것이 하나도 없는 것 같은 일상의 작은 행복이 얼마나 소중한가를 되돌아보니 그것들이 쌓여서 내 시간의 지층을 만들고 든든한 바위처럼 내 삶의 언덕을 받쳐 준다고 생각하니 순간의 행복을 소중히 하고 싶은 마음이 간절해진다.

밥 한 톨, 반찬 하나까지 꼼꼼히 반듯하게 다 먹고 나가는 의젓한 꼬마들. 이를 닦고 가방을 메고 인사까지 예쁘게 하고 집으로 돌아가는 모습을 보며 무럭무럭 자라고 있는 아이들의 모습에서 추수를 앞둔 농부처럼 먹지 않아도 배가 부를 것만 같다.

날마다 볼 수 있을 것 같은 이 작은 일상의 행복을 기록하지 않으면 오늘을 잃어버릴 것만 같아 점심시간을 이용하여 자판 앞에 앉았다.

문득 오늘 아침 수업 시작 전에 아침 독서 시간에는 다른 친구가 독서하는 것을 방해 하지 않도록 조용히 해 주며 다른 사람을 생각해 주는 마음을 두 글자로 말해 보라고 했더니, 한 번 들은 내용을 잊지 않고 잘 기억해내는 은혜가 "선생님, '배려'입니다."라고 대답해서 얼마나 기쁘던지 군자의 삼락을 느끼기도 했었다.

"아니, 어떻게 생각해냈지?"

"예, 선생님. 1학기에 선생님께서 말씀해 주셨잖아요."

"그래요. 여러분들이 학교에 와서 공부를 열심히 하고 좋은 책을 많이 보는 것은 다른 사람들과 잘 어울려 살며 상대방을 위할 줄 아는 배려를 배우기 위한 것이기도 해요. 복도를 다닐 때 발소리를 내지 않는 것이나, 급식실에서 얌전히 밥을 잘 먹는 것, 아침 독서 시간에 책을 뒤적이고 시끄럽게 하지 않는 것, 다른 친구들을 괴롭히지 않는 것도 모두 다른 사람을 배려하는 거랍니다. 선생님은 여러분이 배려하는 마음을 가진 어린이가 되기를 바랍니다.

혼자만 잘 살고 공부만 잘 하는 사람보다는 다른 친구들하고 잘 어울리고 위해 주는 배려하는 어린이가 훨씬 예쁘답니다. 우리 반 모두 그런 어린이가 될 수 있지요?"

"예! 선생님."

여덟 살짜리 아이들에게 '배려'를 가르치고 실천하기를 바라는 것은 너무 무리한 요구일까? 그런데 아이들은 어른들보다 더 감수성이 예민해서 더 잘 받아들인다. 사소한 일로 친구가 울 때 사과하라고 하면 사과도 하기 전에 울어버린다. 우는 그 아이의 심정이 되어버린 것이다. 왜 같이 우느냐고 물으면, 그냥 슬퍼서 운다고 한다. 배려의 차원을 넘어서 감정이입의 상태까지 이르는 아이들을 보고 있으면 우는 아이 앞에서 웃지도 못하고 마냥 부럽다. 나도 그들처럼 순수해지고 싶어서다.

여덟 살짜리 마음으로 세상을 본다면, 우리 어른들도 그렇게 아이들처럼 단순해진다면 세상이 더 아름다워지지 않을까? 작은 개구리 한 마리, 개미 한 마리에게도 깊은 애정을 느끼고 소중히 하는 아이들처럼 사물을 바라볼 수 있는 안경을 끼고 싶다. 아니, 인간에게 필요한 감정들은 여덟 살 이상으로 발전하지 않았으면 좋겠다.

너무 정직하고 착해서 도무지 이기적인 계산에는 서툰 아이들처럼 세상이 그런 어른들로 채워진다면 얼마나 행복할까 하고 엉뚱한 상상에 사로잡히게 하는 우리 반 아이들이 있어서 나는 날마다 행복한 일기를 쓴다. 그리고 나의 무디어진 감정들, 닳아빠진 이성도 퇴화해서 아이들처럼 살고 싶다.

1학년 아이들은 천사이다. 나는 그 천사들이 쏟아내는 천상의 언어들을 메모하기 위해 수업 시간마다 귀를 씻어둔다. 그리고 이렇게 천사들이 남겨둔 씨앗을 내 가슴에 심는 이 시간을 한없이 사랑한다.

이제 우리 아이들은 '배려'를 덕목으로 가르쳐도 따라올 만큼 의젓해진 것이다. 아니, 그 아이들의 마음 밭에는 이미 그 씨앗이 심겨져 있었으리라. 나는 그 씨앗이 싹을 틔울 수 있도록 거름을 주고 때에 맞춰 적당히 물을 주는 귀 밝은 농부가 되어야 함을 깨닫는다. 벼논의 벼들이 농부의 발길만큼 자라듯, 아이들도 나의 손길과 눈길만큼 자랄 것이기 때문이다.

1학년 선생님이 쓰는 교실 일기

젊어지는 샘물

사랑하는 우리 아빠

- 마량초등학교 1학년 박예빛나

우리 집에도 못 오시고
일만 하는 우리 아빠
힘들지 않으실까?

할머니가 빨리 나으셔야
아빠도 좋으실 거야
할머니도 아빠도
우리 가족 모두 소중해요

일만 하는 우리 아빠
정말 사랑해요

　글눈을 뜬 우리 반 1학년 소녀가 쓴 시이다. 나는 이 시 앞에서 한참 동안 마음이 아팠다. 아빠와 멀리 떨어져서 할머니와 살아가는 우리 반의 천사. 자칫하면 어둡게 살아갈 수밖에 없는 환경임에도 불구하고 어느 아이들에게 뒤지지 않을 만큼 예쁘고 착하게 잘 자라는 모습이 늘 대견스런 아이이다.

　할머니 슬하에서 자라는 아이들이 보여주는 전형적인 모습은 전혀 찾아 볼 수 없을 만큼 가정교육에 세심한 주의를 기울이시는 할머니의 모습에 감동을 받곤 한다. 그나마 방과 후 보육교실 덕분에 학교에서 4시까지 돌봐주니 학원에 다니는 친구들을 부러워하지도 않을 만큼 열심히, 밝게 생활하고 있어서 참 좋다.

1학년 아이들을 가르치며 느끼는 보람은 늘 놀라움과 감동의 연속이다. 1학기만 잘 버텨(?)내면 눈에 보이게 자라는 모습이 얼마나 옹골진지 모른다. 나는 늘 생각한다. 정신 연령은 8살에 머무른다면 이 세상에 범죄자는 없을 거라고 말이다.

오늘 아침의 등굣길에 만난 작년 제자인 2학년 서경이와 미심이에게 또 한 수를 배웠다.

"선생님, 안녕하세요?"

"응, 사랑스런 우리 아가씨들도 안녕?"

"선생님은 늙으셨는데도 왜 주름살이 없어요?"

"그러니? 너희들처럼 예쁜 아이들을 가르치니 그러나 보다." 했더니

"아, 선생님은 좋은 책을 많이 보시니까 그렇지." 합니다.

장래 희망이 선생님인 서경이는 지난 1학년 때에도 내 입장이 된 것처럼, 마치 자기가 선생님이 된 것처럼 내 편을 들어주던 아이였다. 먼 후일 저 꼬마 아가씨가 선생님이 될 날을 상상하며 나는 늘 그 아이 앞에서 더 조심하곤 한다.

좋은 책을 읽으면 얼굴조차 늙지 않는다고 생각하니 아이들에게 배운다. 더 좋은 책을 많이 읽어야겠다고 다짐하게 했으니까. 1학년 아이들을 가르치다 보면 힘든 일도 있지만 웃는 일도 참 많으니까. 아이들은 젊어지는 샘물 주머니이다. 요 녀석들이 지금처럼 예쁜 마음 그대로 어른이 되었으면 참 좋겠다.

방과 후 학교, 참 즐거워요

▲ 강진 방과 후 학교 발표회에 출연 중인 마랑초등학교 부채춤 공연팀

"선생님, 오늘은 창작 무용을 하실 거예요?"

"어제 모둠끼리 창작 무용 하는 게 참 좋았어요."

"그랬니? 선생님도 여러분들의 실력에 날마다 놀라는 중이랍니다. 자, 오 늘은 학예회 출연 연습을 위해 잠깐 복습을 한 다음에 자기 짝과 모둠, 여섯 명 모둠으로 2분 창작 시간을 갖겠습니다."

"선생님, 또 다른 대회에 출연할 계획 없으세요?"

매주 화, 목, 금 3시 20분이 되면 1학년 우리 교실로 찾아오는 12명의 아가씨들과 나누는 대화다. 지난 9월 초부터 시작한 방과 후 학교 시간에 한국무용 중에서 부채춤을 배우기 위해 3학년부터 5학년 여학생 12명과 함께 시간을 나눈 지 벌써 3개월이다.

학교에서 새로 사준 부채를 들고 귀에 익숙하지 않은 우리 가락의 장단을 익히며 기본 동작 하나하나 배우며 동작을 익히다보면 40분도 짧았다. 부채가 잘 펴지지 않는다며 칭얼대는 3학년 아가씨들, 눈병이 돌아서 조퇴를 한 짝꿍 때문에 꽃 모양을 만들 수 없어 낙담도 하면서 그렇게 한 달 동안 열심히 부채춤을 배워서 기본 동작을 거의 익혔을 무렵, 교육청에서 방과 후 학교 발표대회를 하니 출연 종목을 정하느라 고심할 때였다.

우리들이 연습하고 있던 부채춤은 한복을 비롯한 소품에 신경을 많이 써야 하는 종목이라서 선뜻 나서지 못하고 망설이고 있었다. 아이들이 가진 한복의 색깔과 모양이 다 다르고 한복이 없는 학생까지 있었기 때문이다. 단체 무용의 특성 상 출연 학생이 모두 같은 복장을 해야 통일성이 있어야 무용하는 모습이 분산되지 않아서 그 아름다움도 돋보인다. 의상과 소품이 무용을 배우는 마음을 능가할 수는 없지만 준비성을 간과하지 않을 수 없었다.

이러한 고민을 말끔히 해결해 주신 분은 바로 우리 학교 이성범 교장 선생님이었다. 12명이 입어야 할 한복을 모두 학교 경비로 맞춰 줄 테니 열심히 공연 준비를 하라고 하신 것이다. 똑같은 한복을 예쁘게 맞춰 입고 무대에 오를 수 있다는 기쁨에 아이들과 나는 한층 용기백배하여 열심히 가르치고 익히기를 거듭했다. 적지 않은 비용을 들여 고급스런 한복을 준비하여 학부모의 부담을 덜어주니 한복 걱정으로 힘들어하던 아이들의 얼굴에도 생기가 돌았음은 물론이다.

둘이서 꽃을 만드는 동작, 여섯 명이 물결치는 동작을 할 때는 옆 사람의 부채에 찔리기도 하고 여섯 명이 꽃을 만드는 동작은 모두 한 마음이 되어 꽃을 피우는 장면을 표현해야 한다. 국악 장단을 들으며 다른 사람과 협동하는 마음이 우선되어야 하는 부채춤은 배우는 아이들을 한 마음으로 묶어주는 구실도 하게 된다.

조심하지 않으면 다른 사람의 한복 자락을 밟아 넘어지게 하거나 이어지는 다른 동작에 지장을 주기도 하고 부채를 떨어뜨리면 꽃 모양이 부서져서 전체적인 모습이 흐트러지기도 한다. 한 순간도 한 동작도 마음을 놓기 어렵다. 거기다 족두리를 꽂아야 하는 머리를 단단히 고정시켜서 동작을 할 때에도 떨어뜨리지 않아야 한다. 신발까지 같은 색으로 꽃신을 신거나 구두로 분홍색으로 맞춰 신게 했다.

두 달 동안 배우고 익힌 부채춤을 공연하는 군 대회 날을 앞두고 전교생 앞에서 공연을 하고 난 아이들과 나는, 뻣뻣한 동작으로 세련되지 못한 모습에 실망하고 장단을 잊어버려서 순서를 놓치기도 해서 마음이 다급했다. 급기야 우리들은 방과 후 학교 수업이 없는 수요일 오후에도 남아서 2시간씩 연습을 해야 했다.

드디어 11월 1일, 잔뜩 부푼 마음을 안고 강진군교육청에서 주최한 방과 후 학교 발표대회에 참가한 아이들은 아침밥도 대강 먹은 데다 점심마저 이른 시각에 먹는 바람에 공연이 시작되기 전부터 배가 고프다고 졸라댔다. 관중석에 얌전히 앉아서 다른 학교 학생들의 공연을 보는 것도 학습의 연장으로 참 좋았다.

우리 학교 부채춤이 15번째 프로그램으로 무대 위에 올라 공연을 하던 순간은 심장이 멈출 것 같은 긴장감이 나를 압도했다. 그 동안 열심히 잘 했으니 마지막으로 예쁘게 웃는 모습만 추가로 주문했던 나의 바람을 알기나 한 듯 아이들은 연신 고운 웃음을 날리며 4분 39초 동안 화사한 춤사위를 자랑하며 한 치의 오차도 없이 배울 때보다 더 잘해주어서 많은 박수를 받던 순간을 잊을 수 없다.

▲ 마량미항토요음악회 무대에 오른 마량초등학교 부채춤 공연팀

　해냈다는 보람과 자신감으로 아이들도 들떠 있었고 공연장에 나오셔서 끝까지 지켜본 학부모님들은 너무 감동을 한 나머지 눈물까지 보이시며 잘했다며 감사하다는 찬사를 아끼지 않으셨다. 배고프다는 아이들을 위해 간식을 사 오신 학부모님과 교장 선생님의 후원에 더욱 힘이 난 우리들은 다음 공연을 위해 다시 연습을 감행했다.

　마량토요음악회 무대에 출연 약속을 받고 보니 4분으로는 너무 짧다 하여 배로 늘여서 준비하는 바람에, 공연시간이 9분으로 늘었지만 몇 군데만 수정하여 다시 연습을 했다. 가장 아쉽고 속이 상했던 것은 출연 아동 중 한 명이 학교 체육 수업 시간 중에 달리다가 다리를 다쳐 함께 연습을 못하여 출연할 수 없었던 점이다.

　11월 10일, 쉬는 토요일이었던 그날은 바람이 심하게 불어서 몹시 걱정을 많이 하며 공연 준비를 했다. 공연 때문에 귀가 일정을 하루 늦춘 교장 선생님, 아이들의 분장을 위해 일부러 학교에 나와 준 정혜선 님까지 한마음이 되어, 댕기머리를 만들고 족두리에 한복까지 차려 입은 11명의 출연 아동은 두 번째 공연장인 마량토요음악회 무대에 섰다. 불어

오는 바람에 아랑곳하지 않고 화려한 춤사위를 펼친 자랑스러운 모습은 사진으로 남아 학교 홈페이지를 장식하고 있다.

이제 우리 아이들 12명은 선생님에게 배운 동작을 넘어서 자기 스스로 동작을 꾸미고 장단을 세며 다른 사람과 함께 새로운 무용을 창작하는 즐거움으로 방과 후 교육 프로그램을 기다리게 되었다. 배우는 단계를 넘어 스스로 즐기는 프로그램으로 발전하게 되었으니 가르치는 보람이 쏠쏠하다. 제법 한국무용의 부드럽고 우아한 동작을 장단에 맞춰 표현하는 모습을 보고 있으면 먼 후일 우리 고전 무용의 한 자리를 빛낼 예술가의 모습이 아이들의 얼굴위로 클로즈업 되어오는 행복함을 느끼기도 한다.

둔했던 몸이 부드러워졌다는 아이들, 빠른 장단에는 어떤 동작이 어울리고 음악에 몸을 맡기며 부채춤의 새로운 춤사위를 생각해내느라 모둠끼리 머리를 맞대고 궁리하며 부채를 펼치는 모습을 보며, 이제는 4분 39초짜리 공연 음악 테이프를 복사해 주고 한 사람씩 창작 독무를 하게 할 계획까지 세우게 되었다. 겨울방학 동안에 방과 후 학교 과제물로 부채춤 독무를 연습하게 한다고 하니 아이들은 즐거운 비명까지 지른다.

국가에서 막대한 경비를 들여 설계한 방과 후 학교 프로그램은 특기·적성 교육 프로그램을 보완하고 사교육비를 경감하면서도 학생들의 다양한 욕구를 흡수하여 소질을 계발하고 흥미로운 학교 교육활동으로 자리 잡았다. 그 모습은 학부모님들에게도 공교육과 학교 교육을 신뢰하는 바람직한 기회를 제공했다는 긍정적인 평가를 받고 있다.

아이들의 입에서 학년 교육과정에서 배우기 힘들었던 전통 무용을 배우는 방과 후 학교 프로그램이 즐거웠다는 말을 들었던 것이 가장 큰 보람이었으며 앞으로도 더 좋은 프로그램으로 아이들이 즐거워하는 방과 후 학교를 꿈꾸어 본다.

엄마 마음으로

새 아이들과 만난 지 5일째다. 키 크고 활달한 김인재, 이름처럼 영리하고 눈치 빠른 김현민, 차분하고 예의 바른 서준희, 누구한테나 무슨 일에나 안테나를 세우고 사는 탁은지, 언니처럼 의젓한 최은비까지 모두 다섯 명이다. 창밖으로 월출산이 턱 버티고 서서 오늘도 저 바위들처럼 진중하게 그 자리를 잘 지키는 선생이 되라고 큰 바위 얼굴을 하고서는 나를 지켜보고 있다. 아이들이 돌아간 빈 교실에서 걸레를 들고 먼지를 닦아내며 아이들의 보금자리를 다듬느라 바쁜 3월이다. 학생 수가 줄어들어서 겨우 명맥만 유지하고 있는 면 단위 학교이다. 학생 수가 적어서 아이들은 모두 일대일 개별학습으로 철저한 학습지도가 이루어져서 기본학습 능력이 매우 우수하다. 아쉬운 점은 단체 경기나 게임을 하기 어렵고 친교의 범위가 좁다는 점이다.

우리 반 아이들은 2학년이지만 일기 쓰기도 매우 잘 해온다. 1학년 때부터 철저한 받아쓰기와 독서 지도가 잘 되어서 받침 글자도 잘 틀리지 않고 글을 잘 쓴다. 특히 다양한 방과 후 프로그램이 준비되고 있어서 사교육을 받지 않으면서도 특기 신장에 큰 도움을 받고 있다. 다만 어려움이라면 단급학급이라 선생님들이 맡아야 하는 분장사무가 많다보니 공문에 시달린다는 점이다. 당장 새 정부의 '영어공교육'에 관한 공문들이 쌓이기 시작하고 있으니 기존 업무의 폴더가 추가되었다. 다행히 학교장의 교육 의지가 확고하서서 행사 위주나 실적 위주보다 학생들에게 최대한 이득이 되는 사업이 아니라면 과감히 축소하고 교실 수업 내실을 최우선 목표로 하고 있어서 안심이 된다. 기한 내 보고 공문은 정규 수업 시간 후로 모두 미루고 아이들과 만나는 교실을 가장 소중히 하고 선생님과 아이들이 행복한 학교를 만들기 위해 손수 기획서를 만들고 업무를 추진하는 관리자 덕분에 새로운 학교에 잘 적응하고 있다. 새 학년이 되면 아이들도 새 선생님과 환경에 적응하기 힘들어서 스트레스를 받고 등교거부증을 보인다고 한다. 그런데 그러한 현상은 어른인 선생님도 결코 예외가 아니다. 새 학교의 풍토나 분위기를 파악하는 일에서부터 교실에서 사용하는 기기에 이르기까지 낯설음에서 오는 부담감과 새로 배정 받은 업무로 인한 스트레스로 힘든 선생님들이다. 그럴 때마다 사랑하는 자식을 버리고 나간 어미처럼 두고 온 제자들 얼굴이 그렇게 다가선다. 지난 해 가르쳤던 1학년 21명의 아이들이 지금쯤 새 학년 담임선생님을 만나 행복하기를 비는 마음이다. 그 아이들도 자기들이 자라는 모습을 봐주지 못하고 떠난 나를 보고 싶어 하고 그리워하기를 바라는 욕심을 부려본다. '있을 때 잘해'라는 어느 가요 제목처럼 곁에 있을 때 아이들에게 더 잘 해주지 못한 게 마음에 걸린다.

그럼에도 불구하고 늘 희망을 이야기하고 행복을 선사해야 하는 선생의 자리를 감사하며 다시 오는 새 봄처럼 고운 꽃을 피울 희망으로 설렌다. 그래도 3일 동안 일기장이 없다며 핑계를 대고 숙제를 안 해오고 크레파스도 스케치북도 없다며 떼를 쓰던 아이에게 학용품을 사주며 진심으로 격려했더니 누구보다 그림을 잘 그려서 내고 가는 아이를 보며 오늘은 나도 쓸거리가 생겼다. 할머니와 사는 아이에게 이제부터 엄마 노릇을 하며 아이가 커 가는 모습을 지켜보며 아이랑 함께 행복하련다. 엄마 마음으로 살 생각을 하니 벌써부터 마음 한편에 등불이 켜지는 것처럼 밝아진다.

마량 8남매의 어머니에게 박수를

"여보! 곽성복 씨 합격했네!"

대리점 대표 연수마저 포기하고 곽성복 씨를 태우고 해남으로 출장을 다녀온 남편에게 걸려온 전화 목소리는 흥분하다 못해 떨리고 있었다.

"지성이면 감천이라더니! 잘 했네요. 축하한다고 전해 주세요."

전화가 끊긴 뒤로도 한참 동안 나도 마음이 따스해졌다. 겨울 찬바람을 이겨낸 민들레처럼, 삶의 의지를 불태우며 하늘을 향해 두 손 벌린 그의 도전 인생에 하늘도 무심치 않았음에 나도 모르게 감사의 기도가 나왔던 지난 금요일.

전임지인 마량초등학교 8남매 어머니인 곽성복 씨. 그는 금년 2월 25일 새 대통령이 취임하던 날 병마에게 남편 김일남 씨를 잃었다. 나는 그의 막내인 미심이를 1학년 때 담임하면서 가정형편을 알게 되어 지역 신문과 인터넷 신문에 알리면서 방송 매체까지 연결되어 도움을 요청하는 기사를 쓴 바 있다. 나의 졸필이 메마른 땅을 적시는 작은 샘물이 되어 세상의 누군가에게 희망의 등불을 켤 수 있다면, 그 보다 행복한 일은 없다는 마음가짐으로 자판 앞에 앉았었다.

기초생활수급자인 그가 국가의 보조금과 비정규직으로 벌어들이는 약간의 소득만으로 남편의 병간호와 8남매를 건사하기에는 역부족이었다. 그의 남편이 병마에 시달리는 동안 강진군과 지역민, 타 지역에서도 온정을 보태어주며 위로해주었다. 남편과 나는 그 가족이 지속적으로 안정된 일자리를 얻을 수 있기를 바라는 마음으로 가족을 설득하여 보험설계사 공부를 할 수 있도록 도왔다.

안정된 일자리를 바라는 간절한 마음에도 불구하고 여러 번 설계사 시험에 실패하고 말았다. 그럴 수밖에 없었으리라. 희미한 희망조차 없는 남편을 병간호하랴, 자식들 뒷바라지 하면서 공부를 하며 머릿속에 새로운 지식을 쌓기를 바라는 것이 무리였다.

하늘을 향해 마음껏 울며 슬픔을 토해낼 겨를도 없이 우리는 다시 그를 불러내어 공부를 시켰다. 어떻게든 살아야 한다는 간절한 모성애와 주위의 격려를 받으며 여섯 번째 시험을 보러가던 4월 11일 아침, 나는 남편의 차안에서 만난 곽성복 씨의 화장기 없는 얼굴에서 희망을 보았다.

"미심 엄마, 장한 어머니로 우뚝 서서 8남매의 희망으로, 인간승리자의 모습을 보여 주시라 믿습니다. 틀림없이 합격하실 것이니 의심하지 말고 믿으십시오. 우리 하이파이브 할까요?"

"고맙습니다. 선생님! 저도 열심히 살아서 우리 자식들을 훌륭히 키워서 도와주신 분들께 보답하며 힘든 사람들을 도우며 살고 싶습니다."

곽성복 씨가 흘린 눈물과 설움의 깊이를 나의 짧은 필력으로 옮길 수 없음이 안타깝다. 새벽에 일어나서 자식들 뒷바라지를 하고 버스를 타고 강진읍으로 다니며 설계사 공부를 하면서 반신반의 하면서도 그에게 주어진 운명의 지팡이를 한 순간도 놓지 않고 그처럼 굳건히 잡고 일어선 그의 의지에 감동할 따름이다.

이 세상에 신이 계신다면, 하느님이 계신다면 부처님이 돌보신다면 , 대자연에 숨겨진 '선'의 이름으로 그는 칭찬받아 마땅한 이 땅의 어머니이며 의지의 사람임에 분명하다. 나는 분명 그렇게 믿고 있다. 이 세상에 선의지는 살아 있으며 신의 존재도 분명하기에 그처럼 가혹한 운명의 시련 앞에서도 다시 일어서서 전문 서적을 읽고 외우며 새로운 삶의 지평을 여는 마중물을 남겨 두신 거라고.

매사에 긍정적이고 적극적인 곽성복 씨는 영리한 사람이다. 영리한 그가 시험에서 간발의 차로 떨어질 때마다 남편도 많이 힘들어했다. 그러나 그의 힘든 삶의 여정에 뇌세포마저 잠식당하여 혼란스러워서 그러는 거라고 위로했었다.

이제 그는 해냈다. 연둣빛 새 순을 내며 봄을 노래하는 저 나무들처럼 새롭게 싹을 틔우고 있다.

그의 발길 위에 신의 축복이 함께 하시길 두 손 모아 기원한다. 남편이 그의 합격을 기뻐하며 추운 들판에서 몇 시간씩 쑥을 캐서 떡을 해 가는 마음을 나는 잘 안다. 값싼 동정이 아닌, 진정으로 멋지고 당당한 설계사가 되어 8남매를 잘 키우는 장한 어머니임을 온 세상에 보여주기를 비는 마음이란 것을!

상처를 품은 진주조개처럼 2008년 봄, 곽성복 씨의 가슴팍에는 사랑하는 남편을 보낸 상처의 자리에 희망의 흑진주 알이 소생하였다. 우리 모두 곽성복 씨가 키워갈 흑진주를 위해 아낌없는 박수를 보내며 격려해주자. 한 아이도 키우기 힘든 세상에서 자식들을 대학에 보내고 못 입고 못 먹어도 교육시키며 웃음으로 키우는 그의 가슴에 노란 손수건을 달아주자. 미심이 엄마, 곽성복 씨와 나는 아직도 끝나지 않은 인연으로 소중히 가꾸고 싶다. 나는 앞으로도 그의 눈물겨운 도전 인생을 기록해 줄 것을 나 자신에게 다짐한다.

내 품안의 다섯 아이들

아이들을 하교시킨 후, 교실 뒤에 붙일 독서감상화를 손질하고 있었다. 그런데 집에 간 줄만 알고 있었던 인재가 교실로 찾아왔다. 왼손을 움켜 쥔 채 나를 찾아온 것이다. 깜짝 놀라 살펴보니 손가락이 퉁퉁 부었다. 다행히 작은 부상이라서 마음이 놓였다.

"어쩌다 그랬니?"

"학교 놀이터에서 놀다가 그랬어요."

이리저리 손가락을 움직여 보게 하고 물에 담가서 부은 것을 가라앉혀서 교무실로 데리고 갔다. 분무형 파스를 뿌려 주고 다독거려 주었다.

"운동장에서 조금만 놀다가 들어와서 독서하자고 했는데 너무 많이 논 것 같구나. 내일부턴 학교차가 가는 시간을 잘 보고 교실에서 책을 읽다 가면 참 좋겠다. 그렇게 하자. 응?"

"예, 선생님."

아이를 집에 보내고 집에 전화를 하니 아무도 받지 않았다. 아무래도 마음이 놓이지 않았다. 보기에는 뼈에 이상이 없어 보였는데 혹시 모르니 손가락을 엑스레이로 찍어보는 게 좋을 것 같아서였다. 우리 학교는 면 소재지에 있는 소규모 학교이다 보니 보건 담당 교사도 없다. 의학적인 전문 소양이 없는 나에게 학교에서 아이들이 다치는 일은 매우 불안하고 두려운 일이다. 무엇보다 소중한 것은 안전한 학교생활이기 때문이다.

10여 년 전 6학년을 가르치면서 보건 담당 교사까지 겸할 때였다. 학급에서 연 만들기 실습을 하면서 대나무를 잘게 만드는 작업을 하다가 손가락을 벤 아이가 생겼었다. 집게손가락을 다친 아이가 피를 흘린 채 나를 찾아 와서 가까스로 지혈을 시킨 다음 선배 선생님들께 보여드리니 괜찮을 것 같다고 했지만 아무래도 마음이 놓이지 않아서 응급 처방만 끝낸 아이를 데리고 읍내로 나갔다. 병원에 가서 엑스레이를 찍고 보니 손가락의 신경을 다쳐서 그대로 두었으면 손가락 한 마디를 제대로 쓸 수 없을 뻔 했다는 의사 선생님의 진단을 받고 손가락에 깁스를 한 채 여러 날을 지낸 후 무사히 치료한 적이 있었다.

아이들을 가르치는 일보다 더 어려운 일이 학교에서 다치는 아이가 생기는 일이었다. 장난을 치다가 다리를 다치는 아이, 운동회를 하다가 다치는 아이, 수업 시간에 칼에 베는 아이, 점심시간에 친구들끼리 놀다가 다치는 일 등. 그 때마다 마음을 졸이고 발을 동동거리며 애태우던 기억들이 새롭다. 왼손잡이인 인재가 왼손가락을 다쳐서 오른손으로 글씨를 쓰면서도 의젓하게 잘하는 모습이 참 대견하다. 새삼스럽게 왼손의 고마움을 느끼며 그 동안 잘 쓰지 않던 오른손을 쓰면서 자기 몸의 소중함을 잘 깨달았으리라 믿는다. 아이들은 그렇게 커 간다. 아프면서 크는 것이 자연의 이치라고 생각하니 한결 마음이 편해진다. 늦게야 연락이 된 인재 엄마는 아들의 장난이 심해서 걱정이라며 병원에 갈 생각도 안 하신다. 그래도 안심이 안 되니 한 번 가보시라고 했더니 그러겠노라고 너무 걱정하지 마시라며 오히려 나를 안심시켰다. 다른 아이들보다 덩치도 커서 4학년 쯤 되어 보이는 아이지만 아직은 잘 다치는 나이이다.

이제 2학년이 된 지 겨우 6일째이다. 그러니 아직도 1학년 티를 다 벗지 못했다. 그러니 책을 보는 것보다는 친구들과 운동장에서 노는 것이 더 좋을 것이다. 학생 수가 적으니 동네에 가더라도 같이 놀아줄 동무가 없는 요즈음 아이들이다. 모름지기 어렸을 때는 많이 놀아야 한다고 생각한다. 적어도 내 생각은 그렇다. 최소한 초등학교 저학년 때는 잘 놀 줄 알아야 한다. 그러나 요즘 아이들은 같이 놀아줄 동무도 귀하고 놀 시간도 없다. 운동장에 있는 놀이 기구를 타다가 아래로 미끄러진 가벼운 실수에도 손가락이 부을 만큼 다친 걸 보면 노는 방법이 서툴거나 잘 놀아보지 못했다는 증거다. 운동량이 부족한 아이들은 다치기도 잘 한다. 잘 노는 아이가 더 창의적이고 밝으며 행복함을 느낀다고 한다. 모름지기 아이들은 행복해야 한다.

행복을 추구하는 것은 모든 사람들의 희망사항이다. 명예를 얻고 물질을 추구하는 것, 장수하고 건강하기를 바라는 것의 도착점은 결국 '행복'에 있다. 해인사 기둥에는 그 '행복'을 단적으로 표현한 글귀가 있다고 한다. 해인사에는 부처님이 설법한 모든 가르침을 고스란히 모아 목판에 새겨 놓은 팔만대장경을 봉안해 놓고 있다.

이미 세계문화유산으로 인정되어 국가적인 보물을 넘어 세계적인 문화재이다. 그 글자 수가 5천만 자를 넘고 권수로는 7천 권에 이른다고 한다. 2,500년 전에 부처님이 설법한 그 많은 가르침을 콕 집어내 단 열두 자로 요약해서 해인사 두 기둥에 새겨놓았다고 한다. 평생 읽어도 다 알지 못할 내용을 단 열두 자로 표현한 것이 바로 '행복(극락정토, 깨달음)은 어디에 있습니까?(원각도량하처, 員覺道場何處)'이며 그 대답은 바로 '현금생사즉시(現今生死卽是)' 즉 '행복은 당신이 딛고 서 있는, 삶과 죽음이 교차하는 바로 이 자리'라고 새겨 놓았다고 한다.

어른이건 아이들이건 사람이라면 누구나 행복을 추구한다. 특히 아이들은 놀면서 행복을 느낀다. 아이들을 가리켜 놀이의 천재라고 하지 않은가? 행복하게 같이 놀아줄 동무가 많지 않은 우리 반 아이들을 보면 측은한 생각이 든다. 아이들이 귀한 시골이니 집에 돌아가도 텔레비전이나 컴퓨터 게임과 동무하는 일이 더 많을 것이다. 어떻게 하면 제대로 노는 방법을 가르쳐 볼까? 학교 수업이 끝나기 바쁘게 학원 차를 기다리는 아이, 집에 까지 태워다 줄 통학차에 맞추느라 마음 편하게 놀지 못하는 아이들이다. 운동장에서 아이들이 떠들며 노는 모습을 보고 싶다. 어른들은 눈만 뜨면 '경제'에 몰입하고 아이들은 그저 '공부'하는 일에 몰입하지 않으면 큰 일 날 것 같은 숨 막힘으로 세상이 흐릿하다.

진정한 '몰입'은 즐거움을 동반해야 한다고 생각한다. 자신이 좋아하는 일에 열중할 때 자기 존재감과 성취감으로 행복을 느낄 수 있기 때문이다. 우리 반 아이들이 자신의 잠재력을 찾아 좋아하는 일에 몰입할 수 있는 사람으로 성장할 수 있도록 부지런히 탐색해야겠다.

벌써 봄기운이 월출산을 넘어 내려오는 모양이다. 우리 반 아이들이 지닌 모두 다른 품성과 소질의 싹들이 보이기 시작한 요즈음, 나는 아이들마다 깊이와 넓이가 다른 밭이랑이 필요하다는 것과 칭찬의 강도와 격려 수준도 달라야 함을 깨닫는다.

예민한 준희에게는 조심스런 접근을, 조용한 은비에게는 봄비처럼 조용한 속삭임이 효과적이다. 아직은 거칠고 메마른 현민이에게는 엄마 같은 손길과 눈빛이 더 필요하고 의젓하고 듬직한 인재에게는 경쟁심과 적극적인 칭찬으로 확실하게 표현해 주는 것을 더 좋아함을 알았기 때문이다. 시샘이 많고 매사에 관심의 안테나가 주렁주렁 열린 은지에게는 뚜렷한 목적지를 제공해 주어야 한다.

5명의 아이들이지만 그들이 원하는 행복의 조건은 동일하지 않은 것이다. 교실이라는 획일적인 공간, 똑 같은 선생님이라는 물리적 조건에서 같은 공부를 하더라도 받아들임이 각기 다르니 세심한 주의를 하지 않으면 일상성에 매몰되어 '깨달음'과 '몰입'의 시간이 줄어든다.

오늘부터 통학차를 기다리는 동안 숙제를 다 마치고 할머니 대신 나의 확인을 받아들고 즐거운 마음으로 집으로 돌아가는 현민이의 밝은 표정이 나를 행복하게 한다. 집에 가서는 영암도서관에서 빌린 책을 열심히 읽고 오면 된다고 했더니 대답도 크게 잘한다.

이제야 그 아이가 왜 그렇게 다른 아이들보다 습관적으로 밥을 많이 먹고 음식을 탐하는지 알게 되었다. 아이는 부모로부터 받지 못하는 사랑을 음식으로나마 대리만족을 하고 있었던 것이다. 공부 시간에는 해찰하고 말장난을 하며 학습 분위기를 흐려놓으면서도 음식 먹는 시간에는 몰라보게 음식에 집착하는 모습이 걱정인 아이. 부모의 사랑 대신에 먹는 즐거움에 '몰입'하지 않도록, 모든 욕심의 근원이 '식탐'임을 가르치며 자제력을 길러 줄 '사랑'의 마술을 날마다 익혀야겠다.

그의 허전한 공간이 진정한 행복의 조건으로 채워져서 홀로서기에 성공하는 그 날까지 앞으로 달려갈 동력을 안겨줄 '몰입의 즐거움'이 공부하는 일이기를! 아직은 스펀지 같은 흡인력을 자랑하는 현민이의 밝은 미래를 꿈꾸며 그 아이를 있는 그대로 사랑할 수 있기를!

- 출처 : 「새교육」 2008년 5월호

표현하는 사랑이 아름다워요

오늘은 '스승의 날'이다. 내가 스승이라고 여겨본 적이 없으니, 다만 '스승'은 바라볼 '이상'으로 가슴에 새기고 살고자 할뿐이다. 스승은 너무 높아서 내 생각으로는 '선생님의 날'이었으면 참 좋겠다고 생각하곤 한다. 따지고 보면 이 세상에 스승인 것이 얼마나 많은가. 늘 그 자리에 서서 말없는 스승으로 온 세상을 지키며 빛나는 태양에서 시작해서 변함없이 그 자리에서 5월의 향기를 더해주는 아카시아나무 아래에서 질긴 생명력을 자랑하며 꽃을 피운 민들레 한 포기에 이르기까지 깨달음을 얻게 하는 모든 생명체는 이미 스승이라고 생각한다.

언제부턴지 '스승의 날'은 매 맞는 날이 되어서 그날이 오기 전부터 조마조마한 세상이 되어버렸다. 가상공간에서는 최고의 선생님과 최악의 선생님을 드러내놓고 겨루며 격렬한 투쟁이 벌어지는 풍경이 며칠을 이어가기도 한다. 분노한 누리꾼이 있는가 하면 가슴 절절한 사연을 올려놓고 그리워하는 애틋한 사연도 있다. 뼈아픈 사연 앞에서는 옷매무새를 가다듬고 부끄러운 자성을 하고, 감동적인 글 앞에서는 나도 그렇게 해야 함을 다짐하곤 한다.

또 한구석에서는 이런저런 이유로 스승의 날에 단식투쟁을 하시는 동료선생님들의 사연을 접하며 동참하지 못하는 죄송함으로 마음이 무거워지기도 한다. 즐겁기보다는 마음이 가라앉는다고 해야 정확한 표현이다. 옛 스승에게 사람노릇을 제대로 하지 못하고 살아온 죄스런 마음이 더 깊은 스승의 날은 마치 어버이날처럼 가신 부모님을 그리듯 마음 아픈 날이다.

　나는 그런 우울함을 떨쳐내기 위해서 우리 2학년 다섯 아이들과 작은 이벤트를 벌였다. 다른 날보다 5분쯤 늦게 들어섰더니 우리 반 아이들이 쪼르르 달려와서 선물을 내밀었다. 얼른 보니 부모님들이 준비해 주신 것이었다. 미리 스승의 날을 말한 적도 없고 부담 갖지 마시라고 일부러 언급하는 것도 어색해서 편지를 보내지 않은 내 잘못을 반성하는 순간이었다.

　아이들은 뭐가 들어 있는지도 모른다며 하루도 빠뜨리지 않고 해온 아침독서마저 팽개치고 나를 졸랐다. 자기들이 가져온 것을 열어보라며 뭐가 들었는지 궁금해 하는 아이들 성화에 못 이겨 함께 열어보고 고마움과 감사함을 전했다. 선물들은 스타킹, 녹차, 비타민, 건강음료였다. 조손가정인 아이에게 상처를 줄까봐 조심하고 있는데, "선생님, ○○ 것은 없어요?" 한다.

　"쉿! ○○가 들으면 속상해요. 아니, ○○ 것은 어제 받았어요."

　"진짜요? ○○ 선물은 뭐예요. 선생님?"

　"어제 ○○는 수학을 100점 받았고 글씨도 얼마나 잘 쓰는데. 받아쓰기도 참 잘 했거든? 열심히 공부하고 착한 어린이가 되는 것은 선생님이 최고로 좋아하는 선물인데?"

　그러자 ○○의 얼굴이 환해졌다.

　"선생님은 책도 많고 옷도 많고 뭐든지 다 있어요. 선생님 건강을 걱정해주신 부모님께 감사하다고 말씀드리고 다음에는 이런 선물하려고 걱정하지 마세요. 여러분이 착하고 바르게 자라며 숙제를 잘 하는 것이 바로 최고의 선물이랍니다. 요즈음 ○○가 날마다 좋아지고 있다고 다른 선생님들이 칭찬하셔서 얼마나 행복한지 몰라요. 오늘은 작년 1학년 때 여러분을 가르치시느라 고생해 주신 선생님께 감사하는 날이랍니다. 그러니 지금부터 작년 선생님께 감사하는 편지도 쓰고 선생님 얼굴도 그리면 참 좋겠어요."

"야! 신난다. 선생님, 종이 주세요."

편지지는 컴퓨터로 만들고 모양 가위로 도화지를 오려서 작년 선생님 얼굴을 그리는 아이들은 아주 행복한 표정이었다. 예쁜 소녀로 그린 아이, 공주처럼 그린 아이, 뻐뻐머리를 그린 아이까지도 모두 사랑을 담았다. 5명의 아이들이 한 줄로 서서 선생님 교실로 가서 줄줄이 사랑의 편지를 드렸다. 그리고는 다시 그림을 들고 가서 "선생님 사랑해요"를 외치며 선생님을 안아드리라고 했는데 아이들이 악수만 하고 왔다. 안아드리지 못하면 교실에 못 들어온다고 엄포를 놓으며 다시 보내놓고 몰래 가 보았다.

그랬더니 아이들에게 안긴 선생님이 울고 계셨다. 표정은 웃으시는데 눈물이 흐르고 있었다. 너무나 고맙고 사랑스럽다고 말이다. 아이들에게 "표현하는 사랑이 아름답다."는 말을 반복하며 구경하는 나도 같이 행복했던 시간이었다. 참 아름다운 풍경, 행복한 눈물을 보았다. 물질이 아니어도 얼마든지 감동받고 행복해질 수 있음을 간과하고 사는 우리들이다. 마음만으로도 얼마든지 사랑을 전할 수 있는데 오해를 하고 산다. 4명의 부모님이 내 선물을 준비하려고 마음 쓰신 게 참 미안했다. 스승의 날을 맞아 더 열심히 아이들을 사랑하겠노라고 준비해 간 편지와 책을 우리 반 아이들에게 보내며 나도 마음을 전했다.

스승의 날이 물질로 얼룩져서 그 본래의 숭고한 뜻이 변질되지 않기를 비는 마음 간절하다. 제자를 더욱 사랑하고자 다짐하는 날이어야 하고 지난날의 선생님을 잊지 않고 그리는 마음을 반추해내는 날이어야 함을 생각한다. 내리사랑과 치사랑이 아름답게 만나는 날로 기억되기를 빌어본다. 곱게 주름진 얼굴 위로 행복한 눈물을 흘리시던 선배 선생님처럼 내년에는 나도 그렇게 행복하게 울고 싶어진다.

생각을 바꾸면 세상은 얼마든지 긍정적이고 바르게 아름답게 살 수 있다. 세상을 아름답게 보는 색안경을 낄 수 있다. 날마다 '어린이 날'이어야 하고 '스승의 날'이어야 한다. 그런 마음으로 살자고 만든 날이다. 한 어린이도 상처 받아서는 안 되고 어떤 선생님도 다치지 않아야 한다. 함께 사랑을 나누어야 한다. 표현하는 사랑이 아름답다. 수십 년이 지난 지금 누렇게 빛바랜 편지를 보며 지금도 그 아이들을 그리며 행복한 스승의 날이다. 편지보다 더 오래 가는 사랑, 위대한 표현을 발견하지 못했으니까.

선생님 감사합니다.
I LOVE YOU.

사랑스런 미래의 '꼬마 선생님'에게

사랑스런 제자, 서경이에게

깜찍하고 사랑스러운 서경아, 안녕? 지금쯤 마량초등학교 뒤뜰에도 아카시아 꽃향기가 넘치고 있겠지? 학교 앞 운동장까지 바다의 짠 냄새가 풍겨왔었지. 그 동안 부모님께서도 안녕하신지 안부를 전해드리렴. 떠나올 때 일일이 찾아뵙지 못하고 훌쩍 영암으로 발령을 받아 떠나와서 늘 미안했단다.

너의 사랑이 철철 넘치는 편지를 받은 지 벌써 여러 날이 되었구나. 스승의 날이 한참 지난 5월 21일 경에야 받은 너의 편지를 보며 추억에 잠겼단다. 1학년 21명이었던 너희를 만나던 3월 첫날부터 나는 낑낑댔었지. 입학식 내내 돌아다니던 권영이를 잡으러 다녀야했고, 엄마를 부르며 3시간 이상 울던 선영이를 달래며 땀을 뻘뻘 흘리던 그 날이 생각나는구나. 개구쟁이 남자 아이들 몇 명이 날마다 서로 말싸움을 하고 소리를 지르며 서로 지지 않으려고 따지는 통에 우리 교실은 늘 시끌시끌했었지.

지금 생각해 보니 마치 동네 고양이들처럼 설 영역 표시를 하며 자기 틀을 벗어나는 우정 싸움이었던 같구나. 특히 성질을 부리고 소리를 지르면 얼굴까지 빨개지던 영민이에게 한번도 지지 않으려고 대들던 목소리 큰 승현이, 성질이 급해서 울기부터 하던 원빈이 까지 합세하여 싸우면 우리 교실은 시장바닥처럼 떠들썩했었지. 그런 너희들이 행여나 싸우다 다칠까 봐 교실을 늘 지키느라 나는 화장실에 갈 틈조차 내지 못하곤 했었단다.

1학년은 밖에 나가 공부하는 기회가 많아야 하는데도 운동장에만 나가면 바닷가의 뻘게처럼 이리저리 달려버려서 함께 모으려면 참 힘들었 단다. 5월 어느 날은 즐거운 생활 공부 시간에 달리기를 하려고 청백으로 나누어 팀을 만들어서 시합을 했었지? 그런데 한참 달리고 와서 땀이 난다며 승현이랑, 영찬이, 원빈이, 영민이가 웃통을 벗고 맨살을 드러내는 바람에 서경이 너랑 나리랑 여자 아이들이 얼굴을 가리고 웃던 일이 기억나니?

그렇게 개구쟁이였던 너희들이 아침독서 시간이면 엉덩이를 의자에 딱 붙이고 소리 없이 책을 잘 읽어서 참 예뻤던 모습, 점심시간이면 21명 모두가 밥을 다 먹게 하는 일이 참 힘들었지만 그래도 열심히 선생님 말을 듣고 잘 따르던 모습들이 생각나는구나. 벌써 3학년이 되어서 스승의 날, 단체로 쓴 편지를 보내왔을 때, 하마터면 울 뻔 하였단다. 우리 서경이는 늘 내 편이 되어주곤 했었지.

장래 희망이 선생님이었던 너를 '꼬마 선생님'이라고 부를 때마다 참 좋아했지. 서경이는 착하고 예의 바른 세현이와 친척이면서 참 좋아하였지. 이 편지를 쓰다 보니 광주로 전학 간 세현이 생각이 많이 나는구나. 친구들 생일이면 앞에 나와서 눈을 감고 엉덩이를 씰룩거리며 춤을 추던 세현이 때문에 많이 웃었지? 편지를 쓰니 마량초등학교에서 지내던 생각이 나서 내 마음은 벌써 그곳에 가 있구나.

사랑스런 서경아! 학예회 때 1학년 꼬마 아가씨들이 부채춤을 추기 위해 참 고생했지? 공연하던 날 무대 위에서 한복 치마에 발이 걸려서 벌러덩 넘어진 하늘이를 생각하면 다시 웃음이 나오는구나. 그런데 그때는 참 황당했단다. 다행스럽게도 얼른 일어나서 다음 순서를 얼른 같이 하던 영리한 하늘이도 지금 쯤 무안에서 잘 지내고 있겠지? 그리고 우리 1학년 모두가 예쁜 한복을 차려 입고 '강아지 똥'을 외우던 일, 이달의 노래에 맞춰 율동을 하며 남자 여자 아이들이 서로 껴안던 모습도 눈에 선하구나.

선생님은 이 곳 영암 덕진에서 2학년을 가르치고 있단다. 너희들을 가르치던 때처럼 아침 독서, 날마다 일기 쓰기, 점심 골고루 잘 먹기 지도, 날마다 받아쓰기 지도를 하고 있단다. 이 곳 아이들은 숫자가 적어서 너희를 가르칠 때보다 힘은 덜 들지만 가난하거나 부모님이 안 계신 아이들이 힘들게 사는 모습이 마음이 아프단다. 선생님이 엄마 노릇을 해야 한다는 마음으로 살려고 노력하고 있단다. 아이들을 사랑하는 마음이 없다면, 부모와 같은 마음이 없다면 하기 힘든 일이 바로 '선생님'이란다. 서경이는 마음씨도 착하고 정직할 뿐만 아니라 책임감이 강하고 부지런하여 숙제도 잘 하고 학급 일도 잘 도와주어서 고마웠단다.

　우리 서경이가 얼마나 컸는지 궁금하구나. 지금도 그 때처럼 머리를 묶고 다니는지, 분홍색 실내화를 신고 다니는지, 궁금한 게 참 많단다. 가끔 너희 소식이 알고 싶어서 마량초등학교 홈페이지에 들어가 본단다. 소식을 들어보니, 학교 도서실이 예쁘게 만들어지고 있다던데 참 좋겠구나. 좋은 책을 더 많이 즐겨 읽을 수 있게 된 것을 축하한다. 네가 편지에 쓴 것처럼 먼 후일, 서경이가 꼭 선생님이 되어서 나를 찾아온다는 약속이 이루어지도록 선생님도 기도할게.

　사랑스런 서경아! 권영이랑 다른 아이들 모두에게 선생님이 열심히 공부하고 착하고 건강하게 잘 자라기를 바란다고 꼭 말해 주렴. 한 사람 한 사람 모두에게 편지를 다 하지 못해서 미안하다고 말해주겠니? 오늘 나는 이 답장을 쓰는 동안 2년 전 마량으로 다시 돌아가서 너와 함께 숨 쉬었던 교실 속으로 다시 가 볼 수 있어서 참 행복했단다. 우리 다시 만나는 날까지 서로 건강하고 행복하기를 빌어주자. 부모님께 효도하고 좋은 책 많이 보는 예쁜 서경이를 그리워하며. 안녕!

사랑스런 서경이를 그리워하며
1학년 때 담임 장옥순 보냄

아이들에게 희망을!

벌써 교직 경력이 27년을 넘었다. 그 사이에 나를 거쳐 간 제자들이 800명을 넘는다. 그 동안 나름대로 보람된 교직 생활의 추억도 많았고 가슴에 남은 후회와 회한의 기억도 있다. 오랜 세월 함께 한 제자들이 있는가 하면 소식조차 알 길 없는 제자들도 많다.

이제 와서 돌이켜 생각해보면 가장 아쉬운 점이 제자 한 사람 한 사람마다 따로 파일을 만들어 그 아이들의 성장 과정과 그들의 기록을 따로 남겨 두지 못한 점이다. 아이들이 보낸 편지나 학급 문집의 형태로 기록물이 남아 있는 경우도 있지만 단편적이고 체계적이지 못한 점이 많이 아쉽다. 살기 급급해서, 아니면 체계적으로 가르쳐 준 선배나 멘토를 두지 못했고 그런 충고를 해준 사람도 없었던 게 사실이다.

다행히 인터넷을 활용한 블로거 활동을 하면서 아이들의 기록물이나 교단일기를 모아 두기 시작하면서 좀 더 적극적인 기록 활동이 필요함을 절감하게 되었다. 교단에 서 있는 동안, 내가 가르치는 아이들의 학교생활을 아동 개인별로 기록하거나 사진과 에세이를 곁들여 남기고 싶은 욕심이 생긴 것이다. 비록 전문 작가는 아니지만 성실하게 기록하고 보존하여 아이들이 내 곁을 떠나가는 순간에 어떤 형식으로든지(학급 문집이나 개인문집 등) 기록물을 나누어 주고 싶다.

교실에서 자잘하게 일어나는 일상의 이야기를 기록하면서 선생으로서 좀 더 거듭날 수 있는 계기를 마련할 수 있었고 부단히 깨어 사는 한 인간으로서의 의지 훈련과 정신 성찰에 도움을 받았다. 학교는 글을 가르치고 지식과 지혜를 터득하는 곳이다. 그러기에 독서활동은 필수이며 깨달음이 없는 지식 전달을 피하기 위해서 담임교사인 나의 노력은 늘 충분해야 했다. 경력이 많을수록 나태해지고 무사 안일한 사고방식을 벗어나기 위해서도 기록하는 일은 많은 도움을 주었다고 생각한다. 기록하지 않은 날은 죽은 날이라는 신념으로 기록으로 남기는 일을 매우 소중히 하며 살고 싶다. 비록 띄엄띄엄 기록으로 남은 우리 아이들의 단편적인 학교생활이지만 자신의 이야기와 자라는 모습을 접하는 아이들의 변화는 생각보다 좋았다. 교육은 의도적인 활동이어야 하며 발전적인 변화를 모색해야 하는 부단한 노력의 산물임을 생각할 때, 현장교사의 교단일기의 중요성을 간과할 수 없다고 생각한다.

바야흐로 세상은 눈부시게 발전하고 있으며 그 어느 때보다 진취적이고 혁신적인 선생님을 원하고 있다. 변화를 두려워하고 가장 늦게 변한다는 교직사회의 구조적인 개선을 위해서도 제자들의 삶을 기록하고 교사 스스로의 자각과 삶의 모습을 기록하는 노력은 선택이 아닌 필수라고 생각한다. 자신이 가르치는 제자에게 일기쓰기를 지도하는 담임선생님이라면 아이들에게 가끔은 자신의 일기도 공개할 수 있어야 한다고 생각한다. 말로 가르치면 반항하는 아이들도 몸으로 가르치는 모습에는 수긍하고 잘 따라온다. 교직의 어려움은 곧 '본보기'로서 솔선수범하는 자세를 보여주어야 한다는 점이다. 독서를 가르치려면 담임 스스로 열심히 책을 읽어야 하고 일기쓰기를 가르치려면 교단일기 정도는 써야 한다고 생각한다.

진솔함만큼 설득력을 지닌 무기는 없다고 생각한다. 아이들이 자신의 일거수일투족에 관심을 가지고 염려하는 마음으로 잘 되기를 바라는 마음으로 기록해 주는 선생님의 말씀을 듣지 않을 리는 만무하다. 세상이 살기 힘들고 삭막할수록, 익명성이 판치는 가상공간에서 허우적대며 인간적인 만남과 따뜻한 눈짓에 목마른 사랑하는 제자들이 늘

어나는 현실을 타개하기 위해서라도 이 땅의 모든 선생님들이 어떤 형식으로든지 제자들의 삶을 기록해 두어야 한다고 생각한다. 그들이 힘들어 할 때, 따뜻한 관찰 일기를 넣은 격려의 편지나 메시지로 다독일 수 있는 마음의 여유를 선물해 주어야 한다고 생각한다. 현대 사회에서 지식은 넘친다. 앎은 도처에 흐르지만 정작 지혜를 얻고 깨달음에 이르게 하기 위해서는 '사랑'이라는 강을 건너야 한다. 그 사랑은 곧 관심이며 적극적인 몸짓이어야 함을 깨닫는다.

교단일기를 쓰면서 얻은 최상의 선물은 글 속에 등장하는 아이들은 한결 같이 활자화된 자신의 모습에 관심이 지대하다는 점이다. 그리고 되도록이면 아주 작은 변화일지라도 긍정적인 모습을 기록하려고 노력하고 있다. 누군가 자신의 일상을 관심 있게 봐 준다는 것만으로도 자기 암시가 되어 아이들은 어려움을 극복하려는 긍정적인 모습을 보여 주었다. 나는 나 자신의 바람직한 변화와 제자들의 긍정적인 변화를 바라고 믿는 마음으로 교단일기를 쓰고 교단의 변화를 추구하며 목소리를 내는 교단칼럼을 쓰려고 노력해왔다. 그리고 가족 간의 유대와 긴밀한 관계를 유지하기 위해서 삶이 단편을 기록하며 새로운 시야를 갖기 위해 기록하는 일을 멈추지 않을 것이다. 하루도 똑 같은 날은 없다. 날마다 만나는 아이들도 변화하며 진보하고 있다. 아이들의 소중한 순간을 기록하기 위해 부지런히 디지털카메라를 들이대고 순간을 기록하는 부지런한 선생이 되고 싶다.

기록하는 일은 살아있다는 증거를 남기는 일이다. 우리 반 아이들은 2학년이다. 그런데 그 아이들은 지금 일기를 매우 잘 쓴다. 내용도 풍부하다. 70일 동안 단 하루도 빠뜨리지 않고 받아쓰기와 독서학습지, 일기 쓰기를 병행해 온 결과라고 생각한다. 나는 그 글을 묶어 금년 말에는 아이들과 나의 글을 모아서 책으로 펼 생각을 한다. 세상의 긍정적인 변화를 추구하고 그 변화의 샘물이 파도가 되어 세상에 넘치면 그 것이 곧 선구자이며 개혁하는 길이다. 그 길은 곧 내가 서 있는 자리에서 바로 교실에서 시작되어야 하는 것이다. 이제 나는 지나온 시간보다 더 적극적이고 열심히 살아야 할 동력 하나를 손에 쥐었다. 앞으로 10년 쯤 남은 내 교직 생활에서 매년 1권씩 교단일기를 책으로 펴낼 것이다. 200일 이상 아이들과 부대끼는 이야기를 우리 반 아이들처럼 교단일기로 쓰면 된다. 당장 오늘부터 우리 아이들을 만나는 새로운 여행길을 더욱 세밀하게 기록하리라. 그 동안 좀 더 많이 기록해 두지 못한 게으름을 탓하며 교실 이야기를 더 많이 기록하리라. 그리고 자녀들의 학교생활을 궁금해 하는 학부모에게도 선물로 주리라. 선생님과 아이들, 그리고 학부모가 서로 소통하는 아름다운 세상을 꿈꾸며 현실로 보여주리라. 새로운 눈을 가지기 위해서 기록하는 일을 멈추지 않으리라. 이 길만이 혼탁하고 어두운 세상 속에서 아이들과 함께 부대끼면서도 그 아이들이 바른 길을 찾아갈 수 있는 희망의 등불임을 믿기 때문이다. 지금이야말로 힘들어하는 아이들에게 선생님의 마음을 담아 글을 써야 할 때이다. 편지의 위력은 열 마디 말보다 크기 때문이다. 거리로 나선 제자들, 학습에 바치는 시간에 비해 미래가 보장되지 못하는 현실 앞에서 좌절하는 제자에게 이 땅의 선생님은 버팀목으로 서서 사랑으로 가득한 메시지를 손가락이 아프도록 써야 할 때가 지금이다. 아이들의 마지막 보루이며 희망은 바로 '선생님'이기 때문이다.

진짜 공부는 언제 해요?

어제는 현민이의 생일이었다. 교실에 들어선 현민이의 눈치를 살피니 생일이지만 즐거운 표정이 아니었다. 미역국은 먹고 왔을까? 할머니랑 사니 그래도 미역국은 먹고 왔기를 바랐다. 묻고 싶었지만 아침 독서를 방해할까 봐 꾹 참았다. 독서 시간이 끝나고 숙제검사를 한 뒤 일기장을 미리 읽어 보았다. 생일에 대한 언급이 전혀 없는 걸로 보아 아이가 기대하는 일은 한 가지도 없어 보였다. 아무래도 작은 이벤트를 해야 할 것 같았다.

"얘들아, 오늘이 현민이 생일인데 친구들이 뭐 준비한 건 없니?"

"현민이도 내 생일에 아무 것도 안 주었는데요?"

"지난 번 바른생활 시간에 현민이에게 미리 축하 편지를 썼잖아요?"

상황을 보니 모두들 시큰둥했다. 현민이에게 선물을 줘 봐야 자기들 생일에 선물을 받지 못할 것을 미리 생각하는 아이, 미처 생각하지 못한 아이, 꼭 선물을 해야 하는가 의문을 가진 아이까지 있었다.

"얘들아, 꼭 돈을 주고 산 선물이 아니더라도 얼마든지 친구를 기쁘게 할 수 있는 선물이 있는데……"

"예, 선생님! 편지를 쓰는 겁니다."

"맞아요. 편지는 마음을 전하는 글이니까 없어지거나 닳아지지도 않고 오래도록 간직하면서 친구의 아름다운 마음을 느낄 수 있지요. 우리 조금 힘들더라도 국어 시간에 배운 것처럼 글을 써 볼까요? 그리고 거기에 다 예쁜 그림까지 곁들이면 더 좋겠지요? 선생님은 미리 써 왔는데."

"정말이에요, 선생님?"

"그럼. 두고두고 보라고 우리 반 홈페이지에까지 올려놓았지. 현민이가 힘들 때마다 들어가서 읽어보라고 말이야."

"자, 그럼 지금부터 친구에게 생일 축하 편지를 쓰기로 합시다. 그리고 현민이는 아버지와 할머니께 감사하는 편지를 쓰면 됩니다. 자기 생일에 하루 종일 물 한모금도 마시지 않으며 어머니의 고통을 생각하지는 못하더라도 세상에서 가장 소중한 생명을 주신 부모님께 감사하는 편지 정도는 써야겠지요? 그 다음에 축하받는 거랍니다."

그리하여 우리 반의 네 아이는 축하편지를 쓰고 현민이는 감사편지를 쓰기로 했다.

"선생님, 그럼 공부는 언제 해요?"

"이게 진짜 공부인데. 국어 공부 시간에 배운 글쓰기 공부, 바른생활 시간에 배운 친구 사랑하기, 즐거운 생활에 배운 예쁜 그림 그리기까지 다 들어가잖아요. 여러분이 학교에서 공부 시간에 배운 것들을 직접 실천하는 것이 진짜 공부랍니다."

아이들이 써낸 편지를 모아놓고 집에서 가져온 간식용 바나나와 우유를 내놓은 다음 내가 미리 준비해 온 티셔츠를 입혀놓고 우리들은 생일축하 노래를 불러주었다. 미역국마저 먹고 오지 못했다는 아이의 표정이 한결 밝아졌다. 그렇게 해서 우리 반은 현민이의 생일을 다 함께 기뻐하며 생일이 주는 의미를 공부하고 친구를 위하여 실천하는 글쓰기까지 했다. 아이들도 참 좋아했다. 편지 쓰기를 즐겁게 얼른 하기란 어른인 나도 쉽지 않은 일이다. 그래도 글을 깨우치고 하고 싶은 말을 글로 표현할 줄 아는 2학년 단계에서는 될 수 있으면 글 쓰는 기회를 많이 주어서 글 샘을 자극해야 한다.

편지지 한 장 정도는 얼른 써낼 만큼 글 힘이 커진 아이들이다. 그 동안 〈읽기〉책 한 쪽씩 날마다 외우고 받아쓰기와 하루 3권 이상 읽기와 독서학습지 기록으로 다져진 실력이다. 이미 〈읽기〉책은 너덜너덜해졌다. 아이들의 손때가 묻고 몇 번이나 찢어질 만큼 닳아졌다. 친구들이 준 편지를 받아들고 행복해 하는 아이 마음속에 자신을 염려하고 위하는 친구들이 있다는 사실만으로도 긴 인생길에서 외롭지 않으리라 믿고 싶다.

2학년짜리 아이에게 부모의 그늘은 절대적이다. 그 아이는 지금 강을 거슬러 오르는 삶을 살고 있다. 집에 돌아가면 자신의 공부를 봐 주거나 격려해 줄 사람이 없다. 연로하신 할머니가 겨우 의식주만 해결해 줄 정도이다. 그 아이기 겪는 좌절의 깊이를 헤아리며 다른 아이들보다 더 많이 충고하고 칭찬하며 다독임이 절실함을 깨닫는다.

그럼에도 불구하고 그 아이가 겪는 좌절의 시간이 인생을 통찰할 수 있는 지혜를 만나는 길이 되기를 빌어마지 않는다. 강을 거슬러 헤엄치기를 잘 했던 위대한 인물들처럼, 공자님이나, 오바마처럼 자신에게 주어진 선택하지 않은 어린 날의 아픔을 디딤돌로 삼아 자랑스럽게 커 가길 비는 마음 간절하다. 그 아이가 흐르는 물결 속에 몸을 내맡기고 그저 흘러가는 삶이 아니라 자신의 역경에 지지 않고 날마다 거슬러 오를 수 있도록 튼튼한 체력과 정신적 내공을 다져 주는 일이 내가 할 일이다. 오래도록 그 아이 마음속에 남아서 힘든 길을 오를 때 나의 편지 한 장이 힘이 되어주기를 빌어본다.

〈사랑하는 현민이에게〉

현민이의 생일을 진심으로 축하해! 현민아, 6월 4일 오늘이 현민이 생일이지? 너의 생일을 진심으로 축하해! 현민이는 참 좋은 계절에 태어났구나. 아카시아 꽃향기가 넘치고 초록으로 뒤덮인 아름다운 나무들이 우거진 계절에 태어났으니 말이야.

선생님은 우리 현민이가 참 자랑스럽단다. 부모님과 함께 살지 못하고 할머니랑 살면서도 씩씩하고 밝게 살아가는 모습이 아주 대견하단다. 요즈음은 글씨도 아주 잘 쓰고 아침마다 독서도 잘하여 예쁘지. 그리고 점심시간에도 밥 한 톨, 반찬 한 가지 남기지 않고 감사한 마음으로 잘 먹으며 더 먹고 싶어도 음식 욕심을 부리지 않으며 자기를 이기는 모습이 얼마나 기특한지! 선생님들께 날마다 자랑을 하지. 친구들과 싸우지 않고 다정하게 지내는 모습도 참 좋아.

현민아, 생일은 너를 있게 해주신 부모님께 감사하는 날이란다. 그런 다음 축하받는 날이야. 지금은 비록 함께 살지 못하는 아버지이지만 진심으로 감사드리고 너를 지금처럼 잘 키워 주시느라 고생하고 계신 할머니께는 감사하는 마음으로 큰 절을 올리기 바란다. 현민이가 열심히 공부하고 착하게 자라서 성공하여 사랑하는 아버지랑 함께 사는 날이 오기를 빌어줄게. 그러려면 이도 잘 닦아야 건강하겠지? 집에 가면 컴퓨터 게임을 너무 많이 하지 않아야겠지? 지금보다 숙제도 더 잘해야 공부도 잘하겠지?

현민아, 네가 잘 자라기를 바라며 작은 선물을 마련했단다. 현민이가 예쁘게 입었으면 좋겠구나. 선생님이 엄마 노릇을 대신할 수는 없지만 네가 훌륭하게 자라서 성공할 수 있도록 열심히 가르치고 착하게 살도록 잔소리도 많이 할 생각이니 서운하게 생각하지 말거라. 나무는 아름답게 자라기 위해 아픈 가위질도 싫어하지 않고 한 송이 국화꽃도 고운 꽃을 피우기 위해 잎이 잘리고 가지가 부러지는 고통을 참아낸단다. 사람도 마찬가지야. 훌륭하게 성공하려면 선생님이나 부모님, 할머니의 잔소리를 잘 새겨듣고 잘못을 고치도록 노력해야 한단다.

사랑하는 현민아, 네 이름처럼 현명한 사람으로 잘 자라서 행복하게 살기를 바라며 다시 한 번 너의 생일을 진심으로 축하해!

2008년 6월 4일 현민이를 아끼는 장옥순 씀

스승의 날,
나를 감동시킨 아이

　며칠 전, 스승의 날이었다. 오래 전에 가르친 제자들이 앞서거니 뒤서거니 시합을 하듯 선물을 보내고 꽃을 보내는 바람에 조용히 돌아보는 마음으로 지내려는 나를 흔들어 깨웠다. 스승의 날은 내가 교단에 처음 서던 날의 다짐과 열정에 나를 비추어보며 무디어진 자세를 가다듬고 여미는 날이라고 생각한다. 그래서 학부모님과 아이들에게는 더 많이, 더 열심히 사랑하고 가르치겠노라는 다짐의 편지를 보내며 아무것도 가져오지 말라고 신신당부를 했었다. 오히려 속옷 하나라도 챙겨주며 경제적으로 너무나 힘들게 살아가는 아이들 마음 곁에 가까이 가고 싶었다.

　20년이 지났건만 변함없이 나를 찾아주는 제자들은 모두 6학년이었고 학교가 끝난 밤이면 내 방에 찾아와서 라면을 끓여 먹거나 책을 읽다가 함께 내 자취방에서 이불을 덮고 잠을 자곤 했던 추억 속의 아이들이었다. 수학여행이나 체험학습조차 없었던 그때는 매달 학력평가를 보고 실과 시간이면 땀을 뻘뻘 흘리며 운동장의 잡초 제거 작업을 하던 시절이었다. 그 아이들이 결혼을 할 때면 청에 못 이겨 주례를 맡아주며 행복을 빌어주었다. 이제는 내 자식 못지않게 마음을 나누는 사이가 되어 그리운 이름으로 서로를 간직하고 살게 되었으니 교직이 내게 안겨준 선물이기도 하다. 옛 제자들의 선물은 이제 마음의 빚으로 남아 갚을 생각을 하는 스승의 날.

그런데 가장 행복한 선물은 바로 우리 교실에서 받았다. 아침독서를 마친 우리 반 아이들 12명과 나는 전날 지도한 편지를 가지고 작년에 우리 반 아이들을 가르쳐 주신 1학년 선생님께 가서 감사의 편지를 드리며 사랑한다고 안아드리게 했다.

행복해 하시는 선생님의 모습에 들뜬 마음으로 숙제검사를 하고 언제나처럼 받아쓰기를 했다. 〈읽기〉책 한 쪽에서 문장 중심으로 받아쓰기를 하면서 띄어쓰기, 바르게 쓰기, 예쁜 글씨까지 잘해야 300점을 준다. 300점을 받은 아이는 공책과 모둠 포인트, 월말에 내가 주는 동화책을 선물로 받는 후보가 되기 때문에 아이들의 관심이 매우 높다.

때로는 수학 문제나 책 이름을 맞춰야 하기도 한다. 그런데 우리 반에서 아직도 받아쓰기가 매우 서툰 ○○가 '사각형은 네 개의 선분으로 둘러싸인 도형'이라고 한 글자도 틀리지 않고 써서 깜짝 놀랐다. 그래서 다른 것도 알고 있는지 물어보았다.

"○○아, 원은?"

"예, 선생님. 동그란 모양의 도형입니다."

"그럼 선분은?"

"예, 선생님. 두 점을 곧게 이은 선입니다."

"우와! 기적이 일어났구나. 드디어 우리 ○○이가 공부를 잘하게 되었어요. 서당 개 3년이면 풍월을 읊는다더니!"

그러자, 듣고 있던 작가 지망생인 찬대가,

"선생님, 그럼 ○○이가 풍월개입니까?"

"하하하, 뭐라고? 우리가 날마다 중요한 것을 외우다보니 이젠 자동으로 잘하게 되었다는 뜻이지. 그리고 ○○이는 학교에서 먹는 점심밥도 아주 잘 먹어서 얼마나 예쁜지 몰라요. 얘들아, 우리 ○○이에게 칭찬의 박수를 힘차게!"

일취월장 좋아지는 ○○이나, 멋진 멘트를 날리는 찬대를 바라보며 나는 하마터면 감동의 눈물을 흘릴 뻔했다. 친구가 잘하는 모습을 보며 자기 일처럼 행복해하는 아이들도 보기 좋았다. 오래 전 제자들이 보내오는 선물이 주는 기쁨보다 더 가슴 뜨거운 보람을 느꼈기 때문이다.

 이제 ○○이는 다른 아이들 속에서 당당하게 자신감을 얻고 열심히 살아갈 힘을 얻었으니 가르치는 보람을 눈으로 확인하며 행복했다. 나는 그날 만나는 사람들에게 ○○이 자랑으로 즐거웠다. 자식 자랑은 팔불출이라지만 제자가 잘 되는 것은 내가 존재하는 이유이니까.

- 출처 : 「오마이뉴스」 스승의 날에 받은 최고의 선물

선생님, 책가방이 무거워요

아침밥을 혼자 먹는 아이

"○○ 아버님, 8시 40분이 지났는데 아직도 ○○가 학교에 오지 않았습니다. 학교차가 기다려도 안 나왔답니다. 집안에 무슨 일이 있으신가요?"

"그래요? 학교차를 놓쳤나봅니다. 집에 전화해 보고 연락드리겠습니다."

○○이는 아빠와 단 둘이 사는 아이다. 아빠가 아침밥을 지어놓고 일찍 일을 나가시기 때문에 중간에 깨워서 밥을 먹게 하고 학교차를 타야 한다. 아직은 어린 2학년 꼬마가 빈 집에서 혼자 일어나서 홀로 밥을 먹고 학교에 오는 풍경을 생각하면 가슴이 시린다. 가정불화로 집을 나간 엄마 이야기를 결코 하지 않는 아이의 마음속에 응어리진 아픔이 얼마나 클까. 그래서인지 그 아인 2학년이지만 몸무게도 키도 작아서 1학년보다 어리게 보인다. 제대로 밥을 못 먹고 다녀서인지 점심밥을 먹는 일도 힘겨워 한다. 곁에 앉아서 이것저것 챙겨 먹여야 겨우 식사를 끝내는 아이, 늘 토하는 게 습관이 된 아이의 모습을 보면 슬픈 생각마저 들곤 한다. 아이와 연락이 되었는지 아이 아빠의 전화는 포기 상태였다.

"선생, 오늘은 늦었으니 집에서 책을 보라고 했습니다."

"안 되지요. 저 혼자 얼마나 심심하겠습니까? 그리고 점심밥도 먹어야지요. 공부도 해야 하고요. 학교차를 놓칠 때마다 그렇게 하시면 소극적인 아이가 되지 않겠어요? 걸어서 10분이면 올 수 있는 거리이니 지금 오면 됩니다."

"걸어서 가라고 하니까 가방이 무겁다고 안 간다고 합니다."

"예? 가방이 무겁다고요? 제가 집으로 전화를 해서 설득할 테니 아빠는 걱정 마시고 일하십시오."

그렇게 해서 다시 집으로 전화를 하니 다행히 아이가 전화를 받았다.

"○○아, 아직도 출발하지 않았니? 어서 학교에 와야지."

"선생님, 가방이 무거워요."

"그래? 책가방에서 중요하지 않은 것은 집에 두고 어제 숙제만 가지고 오렴. 차 조심하고 얼른 오세요."

"예, 선생님."

그렇게 전화를 했는데 아이는 한 시간이 넘도록 학교에 오지 않았다. 걱정이 앞서서 수업을 진행하기가 힘들었다. 다시 전화를 하니 아직도 출발하지 않은 아이. 걸어서 10분 거리인데도 혼자서는 학교에 올 엄두를 못내는 모습이 걱정이 되었다. 또 혼자 걸어오다가 무슨 일이 생길까봐 걱정도 되었다. 수업하는 도중 내 눈은 계속 교문을 향하고 있었다.

어떻게든 스스로 일어서게 해야 한다는 생각에 다시 재촉을 했다. 차도 별로 다니지 않는 한적한 시골 길을 10분도 혼자 걸어올 수 없다면 앞으로 그 아이가 살아가면서 부딪치는 문제를 어찌 감당할까 생각하니 한숨이 나왔다.

학교 통학차를 매번 기다리게 하는 아이, 혼자서 제대로 밥도 못 먹는 아이, 10분도 걸어 다닐 수 없는 아이라면 분명히 따져봐야 했다. 다시 한 시간 뒤에야 도착한 아이를 반겨 맞으며 먼저 가방부터 들어보았다. 20kg의 몸무게를 가진 아이가 감당하기엔 무거운 책가방이었다. 그렇다고 하더라도 학교를 오지 못할 만큼 먼 거리도 아니니 지도를 해야 했다. 그래서

"○○아, 이제부터는 좀 더 일찍 일어나서 스스로 잘 챙기면 좋겠구나. 책가방도 잠자기 전에 미리 챙겨두고 필요 없는 물건을 정리하면 덜 무겁겠지? 그날 배운 책만 갖고 가서 복습하고 다른 책은 교실에 두고 다니세요. 앞으로는 학교 통학차를 놓치면 혼자서 씩씩하게 걸어오는 거야. 그럴 수 있지? 그래야 다리도 튼튼해져요. 앞으로는 혼자서도 씩씩하게 밥 먹고 학교차를 타는 거야. 약속!"

일하러 나가시는 아버지는 날마다 마음을 졸일 것이고, 홀로 남은 아이는 혼자서 아침밥을 먹는 둥 마는 둥 할 것이 분명하다. 그나마 다행인 것은 아이가 책을 좋아해서 이해력도 빠르고 마음 씀씀이도 의젓하다. 아픈 상처를 딛고 살아가기엔 너무 어린 아이지만 그래도 밝은 모습으로 동화책 속의 주인공처럼 귀엽고 깜찍한 말을 잘하는 아이의 커다란 눈망울 속에 담긴 깊은 슬픔을 보는 것 같아 마음이 아팠다.

외로움을 잘 견디는 사람이 정말 강한 사람

그래도 겉으로 예뻐하고 동정하면 그 아이가 약해질까 봐 강변하곤 한다.

"○○아, 아홉 살이면 옛날 사람들은 시집 장가도 갈 나이란다. 꼬마 신랑 이야기 못 들어 봤니? 그만큼 혼자서도 잘할 수 있는 나이라는 뜻이야. 다른 친구들처럼 집에서 너를 봐 주는 사람이 기다려 주진 않지만 스스로 할 수 있지? 씩씩하게 자랄 수 있지?"

일주일에 한 번씩 하는 독서발표 시간이면 어느 누구보다 또렷하고 야무지게 이야기를 하는 예쁜 아이, 어려운 독해력 문제나 상상하여 발표하기 시간이면 깜짝 놀랄 아이디어로 웃음을 주는 꼬마 아가씨가 지금처럼 자신을 사랑하며 살기를 빌어본다.

오늘도 ○○는 가족대신 저를 기다려주는 개와 고양이들 속에서 함박웃음을 날릴 것이다. 이제는 틈나는 대로 그 아이 가방을 열고 무게를 줄일 수 있도록 해주는 일, 가끔은 아빠 대신 아침잠을 깨워주는 일도 해야 할 것 같다.

어쩌면 이 세상의 모든 사람들은 다 외로운 존재임을 생각한다면 그 아이가 이렇게 일찍부터 겪는 외로움은 더 강한 나무가 되게 할 거라는 희망을 심어주고 싶다. 엄마 곁을 떠난 강아지도, 고양이도 다 혼자 사는 거란다. 저 산에 나무들도 다 혼자 서 있다고. 풀 한 포기도 혼자 뿌리를 내리고 스스로 살아간다고 말이다. 외로움을 잘 견디는 사람만이 강해지는 거라고 말이다.

- 출처 : 「오마이뉴스」 선생님, 책가방이 무거워요

가을소풍 가던 날

초가을 바람이 선선하게 불던 10월 중순, 전교생이 함께 가을철 체험 학습을 갔다. 조용하던 시골 학교 운동장에 아침 안개가 걷히며 통학 차에서 내려 신나게 달려오던 아이들. 산뜻한 모자에 분홍색 옷차림, 청바지에 소풍 가방을 들고 내린 아이들의 표정은 해맑은 가을 하늘 같았다. 보통 때보다 발랄한 아이들 모습에 나도 들떴다.

"선생님, 오늘은 소풍가는 날이지요?"

"아니야, 체험학습 가는 날이야."

"두 사람 다 맞아요."

전교생을 태운 버스는 영광을 향해 출발했다. 벌써 추수를 끝낸 벼 논엔 이른 봄처럼 파릇한 새순까지 돋았다. 가을 햇볕에 엉덩이를 익혀 붉게 익어가는 감들이 매달린 감나무들, 너울대는 억새들도 반갑다는 듯이 손을 흔들어 주었다.

앞좌석에서 연신 쫑알대는 1학년 꼬마들의 즐거운 목소리를 들으며 내 어린 날의 소풍을 떠올렸다. 소풍날이면 어김없이 아리랑 담배 두 갑을 사 주시던 아버지. 그 아버지만 잡수시던 귀한 달걀을 3개씩 싸 주시던 어머니. 시금치 무침과 멸치볶음이 든 네모난 도시락은 40년이 지났어도 신기할 정도로 또렷하게 생각났다. 가끔은 어머니가 소풍 간 곳까지 따라오셔서 즐거워했던 풍경이 그리워졌다.

교직에 몸담은 지 3년차 햇병아리 선생 때에는 우리 반 남자 아이들을 등에 업고 사진을 찍던 소풍날이 있었고 그 제자의 결혼식 주례를 맡기도 했으니 시간을 공유한 그날들이 그리움으로 차창 밖을 지나가고 있었다.

지난 9월 새로 전학 온 문경이는 내내 말이 없더니 눈동자마저 풀려 있었다.

"문경아, 어디 아프니?"

"아니요, 잠이 와서 그래요."

"어젯밤에 잠을 못 잤니? 소풍 간다고 좋아서?"

"예, 선생님!"

"선생님도 어렸을 때에 그랬단다. 소풍 가는 날에 비가 올까 봐 밤늦게까지 몇 번이나 밤하늘을 쳐다보곤 했지. 제발 비가 오지 않게 해달라고 빌면서 말이야."

세상은 이렇게 달려가도 동심은 그대로인가 보다. 아이들은 자연을 닮았으니 우리 반 아이들 모습 속에서 내 어린 날의 모습을 찾아내며 즐거웠다. 잠을 제대로 못 잤다는 문경이를 무릎에 눕히고 잠을 재우며 달리는 버스에서 이제는 다 커서 독립한 딸아이를 생각하니 미안함이 몰려왔다. 엄마가 선생이라는 이유로 운동회건 소풍이건 사진 한 장 남겨 주지 못한 아픔을 생각하며 잠자는 아이의 머리칼을 손을 빗어주면서 마음을 달랬다. 잠자는 아이도 나도 지구라는 초록별에 잠시 여행을 떠나온 나그네라는 생각이 들었다.

풀을 베는 농부들, 뒷거름을 뿌렸는지 구린내 풍기는 시골길도 아름답기만 했다. 나와 함께 소풍을 갔던 그 많은 친구들은 다 어디에 있는지, 지금쯤 일터로 달려가고 있는지, 한꺼번에 밀려오는 그리움을 묻혀 짧은 시를 스케치하며 타고 간 타이머신은 스치는 가로수보다 더 빨리 지나갔다.

소풍길

풀 이슬 바짓가랑이에 맺히던 논둑길 지나
친구 손잡고 재잘대며 나들이 가던 소풍 길
흰머리 희끗한 내 친구는
아직도 그리운 이름으로
소풍 가는 길에 서 있구나.
친구야! 생각나니?
바닷가 모래톱에 너의 이름 새기던
아프디 아픈 내 청춘의 그 날을.

20년 전 근무지였던 영광을 지나며 30대의 창창한 젊음을 자랑하며 씩씩하게 가르치던 6학년 제자들이 생각났다. 이제 그 아이들은 성년이 되어서 가정을 꾸리고 직장인이 되어 사회인으로 각자의 삶을 살고 있으리라 생각하니 어른이 된 제자들의 얼굴이 무척 보고 싶어졌다. 나의 안뜰에서 유년을 보낸 아이들이 추수를 끝낸 알곡처럼 튼실하게 익어서 톡톡 여문 삶을 살고 있기를 빌었다.

이 가을 나의 뜨락엔 어떤 알곡들이 여물어가고 있는지, 지난 1년 동안 내가 지은 농사는 어땠을까 생각하니 정신이 번쩍 들었다. 아이들을 올바른 길로 인도하며 가르치는 일, 좋은 책을 읽게 하는 일, 글쓰기 농사, 내 가정을 돌보는 일 등을 생각하니 아무래도 자신 있게 답할 수 있을 것 같지 않았다.

추수를 끝낸 벼논의 시원함과 누렇게 물든 채 주인을 기다리는 황금 들녘은 내게 묻고 있었다. 제 할 일을 끝내고 자신 있게 농부의 손길을 맞이한 벼논의 시원스러움이 한없이 부러워지는 가을 소풍 길. 내가 맡은 여섯 아이 한 사람 한 사람마다 튼실한 알곡으로 채워 쑥쑥 자라게 하는 시간이었는지 묻고 다그치다보니 어느덧 버스는 목적지에 도착했다.

원자력발전소 전시관을 구경하고 단풍이 들어가는 가을 동산에서 휴식을 취한 우리는 가마미 해수욕장의 모래톱을 달렸다. 철 지난 해수욕장의 시원스런 모래밭에서 성을 쌓는 아이들, 게를 쫓는 아이들, 공을 차는 아이들이 지금처럼 행복하기를 빌었다.

개펄을 달리며 짝끼리 껴안고 풍선을 터뜨리며 함박웃음을 지으며 행복해하던 현민이의 환한 웃음 속에는 함께 살지 못하는 아버지와 어머니를 그리워하는 아픔도 잠시 달아나 있었다. 황혼의 그림자가 일렁이는 할머니 그늘에서 꽃을 피우기 위해 안간힘을 쓰는 그 아이는 너무나 해맑아서 오히려 아팠다. 아홉 살짜리 2학년 아이가 짊어지고 일어서기에는 너무나 무겁고 버거운 삶의 무게에도 불구하고 우리 반에서 가장 밝고 잘 웃는 그 아이가 지금처럼 저렇게 좋아하는 짝꿍들과 함께 행복하게 풍선을 터뜨리며 살 수 있는 세상이었으면 좋겠다.

소풍은 떠남을 연습하는 시간이다. 언젠가는 이 초록별에서 다른 형태로 다음 생을 살아야 하는 연습이다. 썰물진 개펄에서 숨 막히게 달리는 아기게처럼 산골 아이들이 바다를 보고 더 너른 세상을 꿈꾸며 날아오르는 꿈을 꾸었으면 좋겠다.

나의 무릎에서 잠든 문경이, 내 손에 꼭 들어오던 준희와 은지의 작은 손이 주던 따스함, 쉴 틈 없이 과자를 입에 물고 좋아하던 인재와 현민이, 엉덩이가 의자에 붙어 있길 거부하던 1학년 꼬마들의 재잘거림이 행복한 자장가로 밀려오던 돌아오는 길은 떠날 때보다 더 빨리 지나갔다. 시골 아이들과 함께 떠난 가을 소풍 길은 일상의 탈출이었기에 더 아름다웠다. 가을은 '갈' 것을 생각하는 계절이어서 아이들보다 더 설레었나보다.

내 이름은 '나'예요

 지난해 9월 초의 일이다. 여름방학을 마치고 학교로 온 우리 2학년 아이들의 싱싱함으로 조용하던 교실은 생기를 찾았다. 개학과 더불어 2학기 반장 선거를 할 때의 일이다. 반장을 하고 싶어 하는 심리는 모든 아이들에게 발견되는 공통점이다.

 반장이라는 직함이 주는 명예와 자부심, 약간의 우쭐거림까지도 아이들에겐 매력적인지도 모른다. 그래서 그런지 반장 선거를 할 때면 12명 모두가 출마하는 바람에 주어진 시간 안에 선거를 치르지 못한다. 반장의 역할을 설명해 주어서인지 아이들이 서로 눈치만 보며 쭈뼛거리기를 몇 분. 표정들은 모두 하고 싶어 하는 눈치였다.

 그래서 한 사람씩 출마 의사를 타진했다. 1학기 반장을 제외한 11명의 아이들이 한결 같이 출마하고 싶다고 했다. 반장 선거에서 안 될까 봐 미리 부반장 선거에 나간다는 두 아이만 빼고 9명의 아이들 이름을 칠판에 써놓고 한 사람씩 출마의 변을 들었다. 과반수가 넘어야 당선이 가능한데 9명이 출마하였으니, 모두 자기 이름을 쓸 경우, 몇 번의 투표를 해야 하는 상황이었다.

 "여기 나온 8명의 친구들 가운데에서 우리 반을 위해 모범적으로 공부하고 친구들에게 잘 해줄 친구 이름을 한 명만 쓰도록 합니다. 절반을 넘기지 못하면 다시 선거를 할 거예요."

 8명의 아이들이 모두 소견발표를 하고 난 다음, 1차 투표를 한 결과 과반수에는 미치지 못했지만 후보는 2명으로 압축이 되었다. 그래서 두

사람의 출마 소견발표를 다시 들은 다음,

"이제 두 명의 친구 중에서 단 한 사람의 이름만 적어주세요. 비밀로 해야 합니다. 표를 받지 못한 친구가 마음이 아플지도 모르니까요. 그리고 후보로 나온 두 사람은 자기 이름을 써도 됩니다."

문제는 개표할 때 발생했다. 개표를 담당하고 칠판에 적던 아이들이,

"선생님, '나'라고 쓴 사람이 있어요. 어떻게 하지요?"

"엥? 우리 반에 '나'라는 사람도 있나요?"

그랬더니 아이들은 배꼽을 잡고 웃었다. 나는 직감적으로 누군지 알 수 있었지만 아이들의 의견을 존중하고 싶어서 물었다.

"여러분, '나'라고 쓴 사람이 누굴까요?"

그랬더니 대뜸, "예, 선생님. 찬대가 썼어요."

개구쟁이 준홍이가 얼른 대답했다.

"아니, 준홍이는 다른 사람이 쓰는 것을 보면 안 된다고 했는데 왜 보았어요?"

"지우개를 빌리다가 나도 모르게 보았어요."

"찬대야, 네가 '나'라고 썼니?"

머뭇거리던 찬대는 대답대신 고개만 끄덕였다. 이미 7대4로 지고 있던 찬대였다. 떨어지더라도 자기가 쓴 표를 인정해 주어서 마음의 상처가 덜하기를 바라는 마음이 들었다. 그래서 아이들의 의견을 물었다.

"찬대가 '나'라고 쓴 표를 무효로 할까요? 아니면 찬대에게 표를 줄까요?"

"찬대에게 표를 주면 좋겠어요."

"그러면 반장이 된 주아와 2표 차이로 떨어진 찬대는 앞으로 나와서 서로 축하하고 고마워하는 악수를 하면 좋겠어요."

축하의 악수와 위로의 포옹을 나누던 두 아이의 사랑스러운 모습과

함께 자기 이름을 '나'라고 쓴 찬대의 아이다운 천진스런 모습으로 우리 반 아이들과 함께 박장대소하며 즐거웠던 반장 선거 풍경은 지난 해 우리 반의 10대 뉴스다.

학교 문집을 만들다가 써 놓은 교단일기를 보니 다시금 그 날이 생각나서 혼자서 실실 웃음이 나온다. 귀여운 아이들이 참 보고 싶다.

* 이 글은 TV동화 「행복한 세상」에 원작으로 제공됨

걸림돌과 디딤돌

"길을 가다가 돌이 나타나면 약자는 그것을 걸림돌이라 하고 강자는 그것을 디딤돌이라고 말한다."

『프랑스 혁명사』를 쓴 영국의 역사가 토마스 카알라일(1795-1881)의 말이다. 그가 이런 말을 남긴 데에는 그럴만한 사건을 겪었기 때문이다. 처음 집필한 『프랑스 혁명사』 원고는 2년에 걸쳐 이미 완성했었다. 그런데 하루는 그가 외출한 틈에 난로를 피우려던 하녀가 불쏘시개를 찾다가 노랗게 퇴색된 원고뭉치를 휴지인 줄로 알고 기름을 부어 다 태워버렸다. 이 사실을 알게 된 그는 너무 기가 막혀 일주일 동안 식음을 전폐하고 실의에 빠진 채 지냈다. 2년 동안 쓴 원고가 하루아침에 사라진 것이었다. 도저히 다시 써야겠다는 의욕도 용기도 나지 않았다.

그러던 어느 날, 카알라일은 거리를 걷다가 미장이가 벽돌을 한 장씩 쌓아 벽을 만드는 것을 보고 매우 강한 인상을 받았다. 거기서 영감을 얻은 그는 "더 좋은 작품을 쓰라는 신의 뜻인지도 모른다, 나는 오늘부터라도 한 장씩이라도 다시 쓰기 시작해야겠다."며 곧 생각을 바꾸기로 했다. 그는 또 다시 집필에 착수, 7년이라는 긴 세월에 걸쳐 새로운 작품을 완성했다. 그것이 바로 세계적인 불후의 명작인 『프랑스 혁명사』이다. 그것은 처음에 쓴 것보다 훨씬 좋은 작품이었다.

"나는 지금 구덩이에 빠졌다. 하지만 평지려니 하고 지낸다. 이런 평상심이 가능한 것은 오로지 독서의 힘이다. 책을 읽으며 허물어지는 마음을 하루하루 다잡는다."

- 『한밤중에 잠깨어』, 정민 교수가 만난 정약용의 맨 얼굴 본문 중에서

내 인생의 디딤돌이 된 우리 반 한 아이

필자는 현재 전남학습연구년제 교사로서 '난독증 극복으로 행복한 학생 만들기'라는 주제로 자율연수 중이다. 난독증에 관심을 가지게 된 결정적 계기는 2학년짜리 우리 반 아이 때문이었다. 엄청난 학습 의욕을 가진 아이임에도 불구하고 글자를 인식하지 못하였으며 책을 읽고 싶어도 읽지 못하는 고통을 지켜보며 내 마음도 멍들어가던 2011년이었다. 나는 정말 무식한 방법으로 아이와 몸부림쳤다. 교과서 속의 동화를 날마다 읽어주고 따라 읽게 하며 나중에는 줄줄 외울 정도가 되자 비로소 책을 읽게 된 아이. 내용을 말로 물어보면 제대로 된 답변을 하게 됐다. 하지만 활자로 된 지문에는 답을 쓰지 못했다.

그 아이에게 매달리는 시간이 늘어날수록 다른 아이들에게는 수업결손이 늘 따라왔다. 책만 보면 땀을 흘리고 머리 아프다는 아이만큼, 나 역시 자괴감과 무능 앞에 교사로서 정체감에 시달렸다. 기존의 학습부진아를 위한 방과 후 프로그램 자료를 투입하는 양적인 축적에도 불구하고 질적인 변화를 기대하기 어려웠다. 나는 그 아이의 학습부진 요인이 기존의 학습도구로는 불가능하다는 판단을 스스로 내리기에 이르렀다. 다양한 경로와 책을 통해 그 아이의 증세가 바로 '난독증'임을 알게 되었다. 특수교육의 대상이 아닌 전형적인 난독증으로 괴로워한다는 사실을 알게 되었을 때 정말 미안하고 슬펐다.

난독증이란, 지능과 시력, 청력 등이 모두 정상임에도 불구하고 언어와 관계되는 신경학적 정보처리 과정의 문제로 인해 글을 원활하게 읽

는 능력에서 효율성이 떨어지는 증상을 말한다. 미국의 경우 학생의 약 15% 정도가 난독증 장애를 겪고 있다. 미국 정부는 난독증 검사 및 교정 프로그램을 활발하게 추진하고 있다. 난독증을 겪는 아이들은 부모와 선생님으로부터 너무 많은 상처를 받는다. 본인이 아무리 책을 읽고 싶어도 읽지 못하는 아이. 그로 인해 벌어지는 학습부진의 상처는 정서 장애, 인격 장애를 너머 자존감의 손상으로 연결되는 무서운 결과를 내재하고 있다. 부모와 선생님도 단순히 말이 늦게 터지는 아이로 기다리면 되는 줄로 알거나, 게을러서 그런 거라고 치부하는 현실이 비일비재하다. 보통의 학습부진아동에 비해 난독증을 지닌 아이들은 학습의욕과 호기심이 대단하다. 그런 만큼 절망감도 크다.

30여 년 가까이 교단에서 가르쳐 온 문자 미해득 아이들이 떠올랐다. 그 아이들은 지능이 따라오지 못한다거나 부모의 무관심 혹은 게으름 탓이라고 오해를 받으며, 가정과 학교에서 주변인으로 살면서 울고 힘들었을 것이다. 심지어 6학년 때 만난 학생은 1년 동안 막고 품는 식의 무식한 방법으로나마 책을 읽히고 졸업을 시키기도 했다. 초임교사 시절에 만난 4학년 아이들 10여 명도 문자 미해득아였다. 늦가을에 만난 그 아이들과 나는 해가 지도록 교실에서 책을 읽어주고 따라 읽기를 반복했다. 청각 훈련과 시각 훈련이었던 셈이다. 거기다 받아쓰기까지 시켰으니, 돌이켜보면 무식했던 그 방법이 바로 난독증을 해결하는 기본 방법이었던 셈이다.

비록 가르친 아이들 중에 문자 미해득아로 내보낸 아이들을 단 한 명도 없지만, 보다 전문지식을 알고 가르쳤다면 그 아이들의 오늘이 더 좋아졌을 거라 생각한다. 참으로 미안하고 죄스럽다. 특히 책을 읽는 기쁨을 주지 못해, 아이가 책과 멀어진 인생을 살지도 모른다는 생각을 하면, 무식한 선생은 그 자체만으로 죄인이 아닌가. 그런 아픔과 절망이, 난독증조차 모르고 난독증인 아이들을 가르치려고 교단에 섰다는 우울함과 자괴감이, 나를 공부하는 교사로 내보냈으니 제자는 내 인생의 디딤돌이 되고도 남는다.

'난독증 학생 구제'를 위한 국가적 프로그램 절실

내 반 아이가 난독증인 것도 모른 채 무조건 교재를 투입하고 가르친답시고 닦달해 온 30년이 미안하고 죄스러워 선택한 '난독증' 공부로 인해 새로운 세상에 살고 있다. 주제와 관련된 세미나나 워크숍을 찾아다니고 구하기 힘든 책들을 찾아내어 읽으며 정보의 바다를 뒤지는 생활이 일상이 되었다. 그럼에도 불구하고 아직도 현직교사를 위한 난독증 전문가 연수를 받을 수 있는 곳이 없다는 사실에 힘이 빠지기도 했다.

초등학교 다니는 동안에도 한글을 깨치지 못하며 문자 미해득아라는 오명을 둘러쓰고 상처받는 아이들. 국가에서는 '기초학력반 구제'라는 명칭으로 방과 후 학교 예산까지 편성해서 노력하고 있는 현실이다. 하지만 책을 읽지 못하는 아이들은 기초학력부진의 악순환에서 헤어날 수 없다. 뒤늦게 책을 읽는다 하더라도 독해 능력이 뒤처져서 다시 학습 곤란을 겪기 때문이다.

더 큰 문제는 그들이 가진 다른 재능에도 불구하고 국, 영, 수로 판별되는 성취도 평가의 그물망에 모두 걸러서 허우적거린다는 사실이다. 학교 교육이 대부분 문자 위주의 교육이니 그럴 수밖에 없다. 그들이 재능을 발휘할 수 있는 다양한 체험과 기회가 시급하다. 한줄서기 교육이 아니라 여러 줄 세우기 교육이 절실하다. 보다 더 시급한 것은 이제라도 유치원, 특히 초등학교 저학년 학생들을 대상으로 한 전문적인 난독증 치료 프로그램이 빨리 도입되어야 한다. 아니, 성인층에도 난독증이 있음을 생각하면 중·고등학교까지 조사해야 한다.

지난 5월 북유럽 4개국 해외연수를 통해 만난 모든 교육기관과 평생교육기관에서는 모든 교사가 '난독증' 아동을 다 파악하고 있었다. 단한 명의 난독증 학생을 위해 따로 인력을 배치하고 있었다. 1명의 난독증 학생을 파악하기 위해 그 학교 전체 학생 160명을 전문가 진단을 받게 했다는 답변을 들었을 때, 나는 이것이 바로 선진국이라고 감동했다. 정말 부러웠다. 단 한 아이도 포기하지 않는 모습, 그것은 바로 인간의 존엄성이 지켜지는 민주주의의 모습이라는 것을 현장에서 목도했으니 말이다. 책과 문헌 속에서는 만나기 어려운 가슴 치는 현장을 보며우리 교육의 현실을 생각했다.

그동안 내가 가르친 아이들 중에서 누가 난독증이었을까? 우리나라학생 중에서 난독증을 겪는 학생들의 통계라도 있는 것일까? 2011년 11월 전국 1,045개 초중등학교 기초학력 미달 학생 5만6천여 명을 대상으로 학습부진의 원인을 찾는 조사에서 1만1천여 명이 난독증, 정서불안등 정서행동 발달 문제를 갖고 있는 것으로 조사 보고된 바 있다.

그러나 이는 전수조사가 아니다. 후속조치도 매우 시급한 사항이다. 난독증을 겪는 학생들을 판별해 낼 전문적인 프로그램도 중요하고 바로 투입이 가능한 조치가 이어져야 한다. 서양에서는 이미 난독증에 대한 연구가 백년을 넘었다는데, 우리의 경우는 일부 대학 또는 전문 병원에서나 치료 중인 것으로 알고 있다. 2009년 대구교육청에서 지자체와 양해각서(MOU)를 맺어서 극히 일부 학교에서나마 난독증 판별을 하고 치료를 위한 연구학교를 운영하여 성과가 있었다. 그러나 대부분의경우 학부모가 직접 병원 상담을 통해 치료하는 실정이다.

아직 우리나라 학교 현장에서는 난독증 학생을 위한 전문적인 프로그램을 도입하여 전수 조사를 실시하지 못한 것으로 알고 있다. 왜냐하면 현장의 선생님들과 관리자들마저 생소해 하는 단어가 바로 '난독

중이다. 전문 프로그램을 개발하고 모든 학교에서 난독증 진단을 받게 하는 데는 막대한 예산이 들 것이다. 그러나 다른 어떤 교육사업보다고 시급하다는 게 필자의 생각이다. 난독증을 지닌 아이들은 질병이 아님에도 학습부진아 취급을 당하고 있다. 그들이 씻을 수 없는 상처를 받으며 울고 있음을 생각한다면, 국가는 그 눈물을 닦아줘야 한다. 방과 후 학교 기초학력보충반 예산의 일부만 가지고도 충분하리라는 게 필자의 생각이다.

다빈치, 아인슈타인, 에디슨도 겪은 난독증

난독증을 공부하면서 만나게 된 문헌과 책을 통해서 난독증은 결코 질병이 아니며 빠른 진단을 통해 6개월에서 1년 정도 지속적인 노력으로 많은 효과를 본다는 것을 알게 되었다. 다행히 우리나라는 한글의 뛰어난 체제 덕분에 영어를 쓰는 나라보다 난독증 비율이 낮은 편이다. 쉽게 읽고 쓸 수 있는 소리글자이기 때문이다.

다행히 국가에서도 난독증에 관심을 가지고 정책들을 진행 중인 것으로 안다. 늦었지만 이제라도 방향을 잡았으니 속도를 높였으면 하는 마음 간절하다. 난독증 학생들을 구하는 사업은 표 나는 사업이 아니다. 그 성과도 금방 나타나지 않는 장기사업이다. 보이지 않는 뇌의 문제를 다루는 정신적인 사업이다 보니 가시적인 성과에 집착하는 정책에 밀리면 언제 투입될지 모르는 사업이 될 수도 있다.

너무나도 유명한 다빈치나 아인슈타인, 에디슨도 모두 난독증을 이긴 사람들이다. 그러나 그들은 국가나 선생님이 아닌 그들 스스로를 이겨낸 사람들이다. 유명한 영화배우인 톰 크루즈 역시 난독증으로 대본을 제대로 읽지 못해 다른 사람이 읽어준 대본을 외워서 연기한 것으로 유명하다.

난독증 아이들은 뒤집어 말하면 천재가 될 아이들이다. 엄청난 노력의 대가들이기 때문이다. 천재란 노력의 산물이지 않나. 이제 얼마 남지 않은 선생으로서의 공부에 몰입하다보니 교실이 보이고 아이들이 더 잘 보인다. 아이들이 보고 싶다. 그리고 그립다. 난독증으로 힘들어하는 아이들의 상처를 보는 눈 하나를 더 가지게 되어서 감사하다. 난독증이라는 걸림돌을 디딤돌로 만들어 일어설 수 있게, 바르게 걸을 수 있도록 안내자가 될 확신의 나무를 키우고 있기 때문이다.

- 출처 : 「오마이뉴스」 글 잘 못 읽는 아이, 그냥 두지 마세요

초등학교 2학년이 사춘기라니

거짓말이 습관인 아이, 걱정입니다

요즈음 나의 고민은 우리 반 아이들의 거짓말과 싸우기이다. 숙제를 해오지 않고도 모른 척 앉아서 숙제를 찾는 시늉을 하는 모습에 마음이 상하곤 한다. 일부러 재촉을 하지 않고 다른 아이의 숙제를 검사한 후, 공부 시간에 그 숙제를 발표할 때 자기 차례가 되면 뭉그적거리며 시간을 끌면 그때서야,

"○○야, 네 차례인데 실물화상기 위에 올려놓고 발표를 해야지. 어서 나오세요. 뭘 그렇게 꾸물대고 있어요?"

하고 짐짓 모른 척하며 나도 딴전을 피운다.

그러면 다른 아이들이,

"선생님, ○○는 숙제를 하지 않았답니다."

"그러니? ○○야, 그런데 아침에 숙제 검사를 할 때는 왜 아무 말도 안 한 거지? 그때 미리 말했더라면 이해해 줄 수 있었는데. 지금 알게 되니 선생님 기분이 참 좋지 않구나. 이게 벌써 몇 번째인 줄 아니? 숙제를 못했을 때는 미리 말하고 다음에는 잘해 오겠다고 해야지."

그래도 아이는 아무런 대답도 없고 그냥 서 있다. 그것도 반에서 가장 똑똑하고 재주도 많고 영리한 아이가 잔머리를 굴리는 모습에는 정말 기가 질려버린다. 그런 아이들이 꼭 있다. 상위 10%에 드는 아이들이 그런 행동을 더 많이 한다는데 문제의 심각성이 있다. 공부만 잘하면 뭐든 용서가 된다는 분위기에서 자란 것은 아닌지 걱정하게 된다.

똑똑한 아이들이 다 그런 것은 아니지만 요령부터 배운 것 같아 마음이 씁쓸해진다. 그런 아이의 머릿속에 뭐가 들어있는지 가늠할 수도 없고 아홉 살 아이다운 순수함마저 결여된 증상이기 때문이다.

이제는 사춘기가 5년이나 빨라져서 3학년 아이들까지 삐딱하게 말대꾸를 하거나 이죽거린다는 말을 들으면 답답해진다. 심한 경우에는 2학년 아이에게도 사춘기의 부정적인 모습이 보인다고 하니 걱정이다.

귀차니즘에 물든 아이, 치료가 필요해요

이제 겨우 초등학교 2학년인 우리 반도 예외가 아니다. 예를 들면,

"애들아, 교실의 화장지는 생활부 담당입니다. 생활부는 행정실에 가서 화장지를 가져다가 교실에 걸어 주면 좋겠어요."

했을 때, 한 아이가

"와~ 나는 생활부 하지 않기를 참 잘했다."

라며 실망스런 말을 아주 자랑스럽게 하는 아이는 벌써부터 자기만 생각하는 사춘기의 부정적인 모습이 똬리를 틀고 있다는 증거이다. 아홉 살 아이답지 않은 발언에 놀랍다. 그건 솔직한 말이 아니라 자신은 아무것도 하기 싫고 열매만 따 먹고 싶다는 이기적인 생각이 자리 잡았다는 증거이기 때문이다. 나쁜 생각이 나쁜 말을 하게 하니까.

그 아인 뭐든지 귀찮아하는데 노는 데는 일등이다. 자치 활동 부서를 고를 때에도 학급을 위해 돌아가면서 하는 자잘한 봉사활동을 스스로 하는 법이 없어서 정나미가 떨어지게 한다. 어디서부터 잘못되었는지 부모님과 상담해 보면 자기 방조차 청소를 하지 못하고 물건을 챙기지 않아서 골머리를 앓는다는 하소연을 듣는다.

이미 가정에서부터 포기한 상태로 학교에 의존하고 있는 아이는 조금만 주의를 기울이지 않으면 학급 분위기를 깡그리 망가지게 하니 단

단히 살피게 된다. 그러다보니 아이에 대한 신뢰감도 낮아져서 담임된 자로서 고민까지 생겨서 마음이 편치 못하다.

진정한 사춘기는 자아를 찾아야 하는 시기

진정한 사춘기의 모습은 건강한 자아를 찾아가는 과정인데 부모에게 대들거나 선생님에게 반항하는 모습, 이성에 눈뜬 모습이 사춘기의 전부인 것처럼 오해하는 아이들이 많다. 자기 인생의 푯대를 세우는 사춘기가 되어야 할 텐데, 뭐든지 자기 맘대로 하거나 삐뚤어진 말과 행동을 하는 것이 사춘기의 자랑인 것처럼 생각하는 부모들도 많다.

그러다보니 자기의 잘못을 감추고 변명과 핑계를 대거나 태연하게 거짓말을 하는 아이, 아무 데서나 큰 소리를 치고 다른 사람을 괴롭히는 아이들이 참 많다. 공공장소이건 버스 속이건 제멋대로인 학생들은 바로 제대로 된 사춘기를 보내지 못한 채 덩치만 커진 모습을 보여준다.

최악의 경우는 그런 상태로 성인이 되어 직장 생활을 하는 사람도 있고 결혼을 하는 사람도 있다는 사실이다. 성숙한 자아상을 확립하지도 못하고 부모가 되어 자식을 낳아 책임감 있게 길러서 사회로 내보내지 못하는 경우까지 생겨난다.

오늘은 그런 아이가 9명 중에서 둘이나 있어서 말로 이해시키고 설명해 주었다. 눈물을 뚝뚝 흘리며 반성까지 했으니 내일부터는 그러지 않으리라 긍정적인 기대를 해본다. 앞으로 꾸준히 관찰하고 지속적으로 꼼꼼하게 책임을 다하는 학생으로 자랄 수 있도록 숙제 한 줄이라도 빠뜨리고 일부러 빼먹고 쓰는지 확인하는 일을 늦추지 않을 생각이다.

부정직과 불성실의 대가는 언제나 손해 보는 결과를 가져온다는 사실을 확실하게 심어줄 생각이다. 한 번 써야 할 숙제를 빼먹고 일부러 안 해오면 열 번을 쓰게 한다. 잔머리를 굴려서 지혜가 아닌 꾀를 부리면 몸이 고생하고 손이 고생하고 친구들과 선생님에게 신뢰를 받을 수 없어 인기도 떨어진다는 사실을 철저하게 심어주어야 한다.

그런 아이들의 버릇을 잡지 못하면 즐거운 교실이 아니라 어두운 교실이 되고 만다. 누군가는 끝까지 포기하지 않고 질긴 잡초의 뿌리를 뽑아내줘야 3학년 이후의 학교생활을 잘 지내게 된다. 숙제의 양이 많건 적건 불성실한 아이들은 늘 불성실하고 정직하지 못하다.

핀란드에서 배우는 인성교육

세계적인 교육복지 국가로서 부러움을 받는 핀란드 교육의 골격은 인성과 자활정신이다. 핀란드의 인성교육은 어린 시절부터 자기 일은 자기가 할 수 있도록 교육시킨다. 핀란드 사람들은 정직하다. 자신들이 정직하기 때문에 모든 사람이 다 정직할 거라고 믿는다. 인성교육의 성공으로 어렸을 때부터 교육의 뿌리가 튼실하게 자리 잡았기 때문에 실업률이 19%인 경제 위기를 극복하고 지금은 유럽에서 가장 부유한 나라가 될 수 있었다.

대통령이나 청소부나 휴가 기간이 똑같은 평등사상이 지배하는 나라, 핀란드는 소득의 50%를 세금으로 거두면서도 복지정책 모델을 포기하지 않고 이끌어가며 어느 곳에서나 원칙과 소신을 중시하는 풍토를 갖추고 있다. 올바른 행동을 하는 사람은 상을 받고, 잘못하는 사람은 처벌이나 불이익을 받는다는 것을 확실하게 배우게 하는 교육 풍토를 소중히 한 결과이다.

적당주의나 기회주의, 온정주의, 탈법과 위법을 저지르고도 다른 사람을 부리는 자리에 얼마든지 앉을 수 있는 우리나라의 현실에서 본다면 핀란드 교육의 성공 모델은 꿈같은 이야기로 들린다. 그러기에 이제부터 하나씩 내가 서 있는 자리에서부터 할 수 있는 일은 찾아서 하고 싶다. 교육자적 양심과 철학에 비추어 올바른 가르침이라면, 내 반 아이가 가는 길이 바르지 못한 길임을 눈을 감고도 볼 수 있다면, 훈계하고 가지 치는 가위질을 포기하지 말아야 함을 생각한다.

부자는 더욱 부자가 되고 가난한 자는 제 가진 것까지 빼앗긴다는 『마태복음』의 경제 논리가 교실에도 있는 것 같아서 한숨이 나오지만, 백 번 찍어서라도 좋은 나무로 키우고 말겠다는 원칙을 고수하겠다는 생각을 하며 내일 숙제 검사 시간을 기다려본다.

- 출처 : 「오마이뉴스」 초등학교 2학년이 사춘기라니!

인생은 소풍길

비가 와도 즐거운 소풍날

4월 27일 우리 학교 전교생은 광주로 도시체험학습을 갔다. 날씨만 좋았다면 낙안읍성을 가기로 했었는데 비가 온다는 일기 예보 때문에 부랴부랴 행선지를 바꾸었다. 원치 않는 비가 오고 있었지만 이미 약속된 버스는 학교 앞에 와 있었다. 가까운 곳으로 갔으면 좋겠다는 선생님들의 의견보다는 아이들의 의견을 존중하기로 했다. 차창에 들이치는 비를 친구삼아 차에 오르던 아이들의 표정은 밝기만 했다. 맛있는 도시락과 간식을 준비하고 공부하러 가는 아이들은 설렘과 기대로 한껏 부풀어 있었다. 어제가 오늘 같고 오늘이 내일 같은, 날마다 반복되는 일상의 틀을 깨고 체험학습에 대한 아이들의 기대는 어른들이 생각하는 것보다 훨씬 컸다.

농촌에서 자라는 아이들이라 도시의 번화한 모습을 직접 눈으로 확인하며 생소한 풍경에 질문도 많아지는 나들이 길이었다. 우리 2학년은 이번 도시체험학습이 교육과정과 연계가 잘 되어서 매우 뜻 깊은 배움의 기회였다.

학교에서 배운 것을 실천하는 소풍길

바른생활 시간에 배우는 교통표지판 알아보기, 교통신호등 지키기를 비롯하여 박물관에 가서 관람 질서를 지키며 조상들의 유물을 보며 신기해했다. 비록 우산을 들고 다니는 불편함은 있었지만 그래도 마냥 좋아하던 아이들 모습이 참 귀여웠다.

우리 반은 문화해설사 선생님을 졸졸 따라다니며 많은 것을 듣고 보느라 다리가 아플 정도였다. 내 손에 꼭 잡힌 채 연신 "선생님, 재미없어요. 내 손 좀 놓아 주세요. 돌아다니며 보고 싶어요."를 연발하던 아이는 나를 힘들게 했지만 그래도 좋았다.

체험학습 보고서를 쓴다면서 차 안에서부터 수첩에 메모를 하던 귀여운 아이들. 전시장 곳곳에서 쓸 게 많다는 아이들을 몰고 다니느라 발이 부었던 그날. 문화해설사님의 설명을 다 듣느라 전체 학년 장기자랑조차 놓치고 말았다.

호기심이 많아서 더듬이가 많이 난 2학년 아이들. 질문이 많은 게 특징인 2학년 아이들과 사는 일은 즐거움과 엉뚱함이 공존한다. 보이는 모든 것이 궁금한 아홉 살 아이들이 부러웠다. 앎에 대한 궁금증과 호기심은 바로 열정과 관련되기 때문이다.

국립광주박물관에서는 우리 문화의 우수성과 민족에 대한 자부심을, 시립광주민속박물관에서는 조상들의 생활모습을 들여다보며 즐거워했다. 생활 풍습을 돌아보며 추억에 빠져서 아이들보다 더 즐거워진 것은 어른인 나였다. 불 깡통을 돌리던 어린 날이 거기 있었고, 꽃상여를 구경하던 모습도 생각나게 했다.

비가 와서 야외 활동은 없었지만 옛 사람이 남긴 발자취를 더듬으며 아이들도 나도 배움의 열기로 가득했던 소풍이었다. 박물관을 돌아보며 우리 아이들에게 말했다.

"여러분도 훌륭하게 자라서 여러분이 쓰던 공책이나 그린 그림, 만들었던 작품들을 모아 저렇게 전시할 수 있도록 하면 좋겠지요? 그림을 잘 그리는 류재가 유명한 화가가 되면 류재가 그린 교실 작품도 함께 유명해진답니다. 글을 잘 쓰는 선화가 유명한 작가가 되면 선화가 쓰고 있는 2학년 때의 일기장도 귀중한 보물이 되는 거랍니다."

"진짜요? 선생님, 그럼 제가 신은 신발도 보물이 되나요?"

늘 엉뚱한 질문으로 수업 시간을 긴장하게 하는 꼬마 박사인 류재는 그날따라 더 귀엽기만 했다. 특히 글감이 풍부해져서 아이들의 일기장이 어느 날보다 더 길어지고 내용도 풍성하여 참 즐거웠다.

'빌딩'이라는 단어를 직접 눈으로 확인하며 좋아하는 모습, 다양한 건축물이 건축디자이너의 손을 거쳐 축소판으로 만들어져 진열된 민속박물관을 보고 신기하게 생각하며 눈동자가 커지던 아이들의 모습.

교실에서 배운 지식을 생활 속에서 직접 몸으로 실천하는 체험학습에서 아이들의 앎에 대한 눈높이는 어른들이 생각한 것 이상으로 높아진다. 관람 질서를 지키려고 목소리를 줄이려고 노력하는 모습, 쓰레기를 스스로 처리하는 모습, 어린 동생들을 챙기는 모습에 이르기까지 배움을 실천하는 모습이 참 대견스러웠다.

무심코 지나치는 돌덩이를 예술 작품으로 만들어내는 조각가의 솜씨에 매료되어 탄성을 지르며 감탄하는 모습은 바로 '앎의 기쁨'으로 터지는 내면의 노래였을 것이다.

차창 밖으로 펼쳐지는 자연의 모습에서 계절의 변화를 배우는 슬기로운 생활, 번잡한 도로를 걸으며 교통질서를 지키는 바른생활, 가져온 음식을 친구들과 나누어 먹으며 음식의 고마움과 배려를 배웠다. 예술품과 민속품을 감상하는 미적체험학습으로 예민한 감수성을 기르고 정신을 고양시키는 봄 여행을 한 것이다. 이제 이 아이들이 더 자라면, 수학여행을 하고 배낭여행이나 해외연수를 하며 새로운 풍경과 시각으로 세상을 향한 소풍 길을 스스로 걸을 것이다.

우리 모두는 지구별 여행자

삶을 소풍처럼 살다가 죽음을 '하늘로 돌아감'으로 여겼던 천상병 시인의 〈귀천〉이나, '천지란 만물이 잠시 머무는 여관이요, 세월이란 늘 있는 길손이라.(天地者萬物之逆旅 光陰者百代之過客)'고 한 이백(李白)의 시를 생각하면 우리 삶은 날마다 소풍인 셈이다. 소풍 나온 삶임을 잠시 잊고 살 뿐이다. 따지고 보면 인간이 이 우주에 소풍 나온 출발점은 우주 탄생의 역사에 비추어 보면 찰나에 불과하다고 한다. 우주 탄생 이후 지금까지의 역사를 1년으로 잡는다면 빅뱅이 1월 1일, 은하의 탄생은 4월 1일, 태양계의 형성은 9월 9일에 일어난 셈이 된다고 한다. 이후 12월 19일에 최초의 어류가 탄생하였고 12월 28일에 공룡이 절멸하였으며 인류의 역사는 모두 12월 31일 밤 22시 30분에 시작되었다. 1년의 세월 중 불과 1시간 30분간을 인류가 우주에 존재해 온 것이라고 하니 어찌 인간만이 이 우주의 주인인 것처럼 살 수 있겠는가? 그야말로 찰나에 불과한 개개인의 삶이 220일 동안 학교생활 중에서 하루, 이틀 나가는 소풍과 비슷하지 않을까 하는 생각이 들었다.

우리 아이들이 도시체험학습으로 세상을 보는 눈이 넓어져서 나 아닌 다른 동물과 식물, 보다 많은 사람들이 살아가는 모습을 보며 우물 안 개구리의 삶을 벗어나 보다 너른 인식의 단계로 도약하여 지혜를 갖추는 시간이 되기를 바란다면 너무나 거창한 바람일까?

모든 생명이 태어나고 성장하여 결실을 이루고 되돌아가는 것이 하늘의 법칙임을 떨어진 단풍잎이 보여주고 어려움을 이기고 피어난 꽃을 보며 자연이 스승임을 배우는 소풍이다. 체험학습을 다녀온 다음 날에는 어김없이 글과 그림을 곁들인 체험학습보고서를 쓰게 한다. 체험학습을 다녀올 때마다 한 뼘씩 자라는 우리 아이들의 영혼의 숨소리를 확인하며 가르치는 보람을 느끼는 순간이다.

날마다 소풍 가는 아이처럼 호기심의 더듬이를 돋우고 학교생활이 될 수 있도록 가르침의 방법을 늘 생각해야겠다. 새로운 건강 체조 하나만 가르쳐 줘도 재미있다며 또 하자고 조르는 이 아이들처럼 나도 날마다 감동하는 삶을 살아야겠다. 날마다 소풍 가는 아이들 마음으로 아이들처럼 살 수 있기를 나 자신에게 주문을 걸어본다. 왜냐하면, 인생이란 소풍이니까.

- 출처 : 「오마이뉴스」 인생은 소풍입니다

상처 많은 아이들

금요일 국어 〈쓰기〉시간에 있었던 일이다. 학습 주제는 '일기의 글감을 찾아봅시다.'였다. 초등학교 2학년은 금년부터 개정된 교육과정으로 공부를 하게 되었다. 삽화로 제시된 그림도 산뜻하고 매우 친절하게 구성된 〈쓰기〉 교과서가 여간 좋은 게 아니다. 과정중심 글쓰기 정신을 살려 가르치는 선생님이나 배우는 아이들에게 매우 친절하게 집필되었다. 많은 아이들이 습관적으로 쓰는 일기, 선생님들도 습관적으로 중요하게 생각하며 지도하는 일기 쓰기 주제라서 좋은 답변들이 나올 것으로 기대하고 있었다. 그런데 아이들은 그야말로 너무나 평범한 이야기들만 내놓았다. 아이들에게 자극을 주고 싶어서 슬픈 일도 일기 주제로 참 좋다는 예화를 들려주기로 했다. 바로 담임인 내 이야기를 말이다.

"선생님이 2학년 때 일인데 ○○○ 일이 있어서 매우 슬펐어요. 나는 지금도 그 때 생각만 하면 가슴이 아파요."

그랬더니, 아이들의 입에서 '할아버지의 죽음', '엄마와의 이별', '추억'이라는 낱말들이 쏟아져 나오기 시작했다. 재적수의 절반인 6명이 다문화 가정이고 나머지 30%인 4명도 한 부모 가정이라 양쪽 부모가 다 있는 집은 두 아이뿐인 가엾은 이 아이들. 그래서인지 발표 시간이면 기죽은 아이들이 유난히 많고 급식 시간에는 음식도 제대로 먹지 못하여 토하는 아이까지 있다. 아침 식사가 소홀하니 학교에서라도 편식하지 않게 제대로 먹고 싶은 내 희망은 식판 앞에서 힘들어하는 아이들을 괴롭히는 것만 같아 늘 마음이 아팠다.

말보다는 우는 것으로 말하는 아이들, 제대로 먹지 못해 유치원생보다 더 왜소한 이 아이들 가슴 속에는 슬픔이 넘쳐서 눈망울마다 눈물이 가득함을 다시 한 번 확인한 수업 시간의 아픔을 생각하니, 이 글을 올리는 지금 다시금 마음이 저려온다. 그렇게나 입을 다물고 있던 아이들이 자기들과 같은 아픔을 갖고 자란 내 이야기를 듣고서야 자신의 상처를 드러내 놓으며 눈물을 글썽이는 모습이 너무 아팠다. 그래서 칭찬을 많이 해줬다. 그렇게 상처와 아픔을 내놓고 이야기하며 선생님과 친구들과 나누며 살다 보면 더 행복해질 수 있다고 격려해 주었다. 아픔이 없는 것은 아무 것도 없다고 말해 주었다. 풀 한 포기도, 나무 한 그루도 바르게 서기 위해 숱한 바람과 비와 눈을 견디며 살아남기 위해 열심히 산다고 말이다. 그런 아픔들을 글로 남기는 게 일기이며 그렇게 글로 쓰다보면 상처조차 낫게 된다고 말해 주었다. '치유의 글쓰기'를 아이들 수준에 맞게 가르치면서 나도 행복했다.

아이들의 상처 난 자국을 맨살로 들여다 볼 수 있었던 〈쓰기〉시간의 감동을 우리 아이들도 잊지 않았으면 좋겠다. 그리고 언제든지 자신들의 아픈 이야기를 같은 슬픔으로 받아들이며 쓰다듬는 동반자의 마음으로 사는 선생이기를 다짐한다. 아이들의 상처에 울었지만 상처 난 그곳에 '치유의 길'도 함께 있음을 믿으며 상처를 딛고 일어서는 아이들의 일상을 열심히 기록하며 열심히 살고 싶다.

- 출처 : 「오마이뉴스」 아이들이 상처에 울다

매너, 어떻게 가르칠까

매너의 힘

미국 컬럼비아 대학교 MBA 과정에서 유수 기업 CEO를 대상으로, "당신이 성공하는 데 가장 큰 영향을 준 요인은 무엇인가?"라는 질문에 놀랍게도 응답자의 93%가 능력, 기회, 운이 아닌 '매너'를 꼽았다고 한다. 이러한 답변은 시사 하는 바가 매우 크다. 우리는 흔히 가정환경이 좋아서 남들보다 더 좋은 능력을 가질 수 있었거나 좋은 대학을 나와서 그보다 좋지 않은 환경의 사람들이 가질 수 없는 스펙 조건을 갖춘 사람이 성공에 더 가까울 거라는 생각을 갖는 것이 사실이다.

특히 우리나라의 경우, 가진 자는 그 가진 것만으로도 대를 이어 부자가 되어 특별한 노력을 기울이지 않고도 부모덕에 잘 사는 사람들을 쉽게 볼 수 있으니 양극화 현상이 심화되는 것을 당연시 하는 것 또한 숨길 수 없는 사실이다.

만약에 위의 질문을 우리나라에서 성공한 기업인들에게 물었다면 뭐라고 답했을까? 아마도 매너보다는 능력, 기회, 운을 선택하는 사람이 93%에 달하지 않았을까?

능력이나 기회, 운은 그가 가진 환경적인 요건이 크게 좌우한다고 생각한다. 뛰어난 재주를 가지고도 자신의 적성을 살릴 기회를 가지지 못한 가난한 사람이 설 자리가 부족한 이 땅의 교육 환경에서 기회나 운이 찾아 올 확률은 그리 많지 않기 때문이다. 매너의 힘으로 성공할 수 있었다는 말을 뒤집으면 인간적인 매력, 교양, 감성적 리더십, 기본에 충실한 직장인의 자세 등이 아닐까 생각해 본다.

우리 반은 다문화가정의 자녀들이 반수를 넘는다. 그런데 어머니의 국적에 따라서 자녀들이 보여주는 기본적인 생활 태도, 즉 확장하면 매너(교양미)의 수준이 매우 대조적이어서 놀란다.

가정교육의 잣대, 매너

특정 국가의 어머니에게 자란 자녀들은 매우 소박하고 다른 사람을 배려하는 마음이 몸에 배어 있어서 다른 아이들의 생활 태도와 확연히 다름을 감지하곤 한다. 그 아이들은 가정에서부터 학과 공부보다는 인간관계가 우선이라는 가장 기본적인 사회생활 적응 훈련이 되어 있기 때문이다. 학과 공부는 약간 뒤지더라도 말을 함부로 하여 친구에게 상처를 주거나 울리거나 괴롭히는 일은 거의 하지 않는다.

그만큼 가정교육이 매너 중심으로 이루어졌음을 보여준다. 오히려 우리나라 국적을 가진 부모 밑에서 자란 아이들보다 훨씬 더 유순하고 예의 바른 태도를 보이는 게 일반적인 현상이다.(이것은 여러 해에 걸친 관찰의 결과임) 어쩌면 매너의 힘이 중요한 성공 요건이 된다는 뜻은 문화적 풍토나 정신적 가치를 소중히 하는 진정한 선진국의 모습이 아닐까 한다.

요즘 아이들에게는 교과 성적을 올리는 것보다 매너나 교양을 가르치는 것이 훨씬 힘들다. 가장 기본적인 언어생활부터 파괴된 채 학교에 오는 아이들이 너무 많은 것이다. 함부로 뱉어내는 말의 상처가 난무한다. 선생님들이 받는 스트레스는 교과 공부 보다는 아이들이 쏟아내는 말과 대드는 말투에서 시작된다. 그런 현상은 선생님들도 마찬가지라고 본다. 아이들이 어리다고, 농담 삼아 툭툭 던지는 말로 인해 오해를 받기도 하고 심하면 학부모의 항의까지 받는 경우도 생긴다.

말로 입은 상처는 매우 오래 간다고 한다. 마음 판에 새겨지기 때문이다. 오죽하면 입으로 짓는 죄가 가장 크다고 했을까? '말이 씨가 된다.'고 한 옛 조상들의 금언은 참으로 옳은 말이다. 말이란 그 사람의 인품을 드러내는 척도이며 살아온 인생을 대변하는 잣대가 되기에 충분하다.

가정에서부터 달랑달랑 말대꾸를 하고 자란 아이들은 학교생활에서도 그대로 드러난다. 버르장머리가 없는 것은 물론이고 초등학교 고학년만 되어도 선생님 뒤에서 쑥덕거리고 이죽거리는 아이들을 쉽게 볼 수 있으니 걱정이다.

매너 교육을 생각하며 가장 먼저 접근해야 할 것이 언어생활이라고 생각한다. 사랑스럽고 귀하게 키운다고 집에서부터 오냐오냐 하고 키운 아이들은 금방 표가 난다. 참을성도 없고 툭하면 친구들을 울리고 사과할 줄도 모른다.

공부 못하는 아이들을 따돌리거나 놀림의 대상으로 삼는 것을 아무렇지 않게 생각한다. 그렇게 자란 아이들은 인터넷이라는 가상공간에서 자신을 숨기고 다른 사람을 향해 살벌한 언어를 사용하여 인격적인 살인 행위를 저지를 수 있다고 쉽게 상상할 수 있다.

신독을 중시한 선비의 나라, 조선

우리의 선조들은 혼자 있을 때 더 신중하고 바른 몸가짐을 매우 소중한 가치로 여겼다. 그것은 선비 정신이었고 배운 자의 매너였으니, 자신 속에 또 다른 자아상의 거울에 자신을 비추어 부끄럽지 않으려고 노력했다. 그러니 남들의 평가보다 자기 자신에게 당당하고 한 점 부끄럼이 없기 위해 고군분투한 기록들을 많이 볼 수 있다. 선비의 나라 조선은 매너의 나라였고 예의를 숭상한 진정한 선진국이었다.

지금 우리 자녀들과 제자들의 모습, 나아가 어른들의 모습 속에 선조들의 아름다운 정신적 가치가 얼마나 남아 있는지 돌아보면 나부터 부끄러워진다. 자신을 다스리고 언행을 조심하며 매사에 명예를 목숨보다 소중히 한 조선의 선비 정신은 세대를 넘어 위대한 '매너'의 모습이 아닌가!

아이들을 사랑하고 가르치는 자리는 어버이와 스승, 인생의 선배와 친구 같은 다정함이 공존하며 적절한 거리를 유지할 때 서로에게 상처를 주지 않는다. 최소한의 예의를 지킬 것을 가르치고 훈계하며 잘못은 엄하게 꾸짖는 교육이 절실하다.

그러기에 선생님은 본을 보이기에 부족함이 있어서는 안 되고, 아이들에게 욕을 먹을까 봐 훈계를 포기해서도 안 된다고 생각한다. 1년만 적당히 가르치고 끝나는 관계가 아니라 언제든지 따끔하게 꾸짖고 상처를 보듬을 수 있는 팔을 준비하고 있어야 한다.

다시 생각해 보는 기본생활 담임제

매너 교육에 가장 가까운 교과로서 도덕이나 바른생활이 있으나 지식에 그치기 쉬운 단점을 극복하려면 상담 활동이나 훈화를 생활화 하는 일이 필요하다. 그래서 유럽 국가 중에서는 기본 생활 습관 정착을 위해 초등학교에서는 교과 교육은 교사를 바꾸지만 생활담임은 졸업할 때까지 유지하는 나라도 있으니 좋은 제도라고 생각한다.

그것은 인간의 기본은 쉽게 바뀌지 않으니 어렸을 때부터 사회생활에 필요한 기본적인 매너 교육(공중도덕, 배려심 등)을 일관된 가치관 형성을 위해 바르게 자랄 때까지 책임 교육을 시킨다는 점에서 매우 바람직하다는 뜻이다.

우리나라의 경우 상급 학년으로 진급하였을 때 극단적으로 다른 가치관을 지닌 담임선생님을 만나는 경우에는 전년도에 교육적 차원에서 형성된 습관조차 깡그리 엎는 경우를 목격하는 일이 어렵지 않음을 현장에서 볼 수 있으니 슬픈 일이 아닐 수 없다.

결론적으로 말하면, 이제 우리는 인간답게 살기 위해 성공하기 위해 공부해야 한다고 가르쳐야 한다. 무엇보다 자신이 소중하며 자신이 소중한 만큼 다른 사람도 배려의 대상으로 소중히 해야 한다는 의미에서 매너 교육에 충실해야 한다.

제자가 선생님을 평가한다고 가르쳐야 할 것을, 해야 할 말을 하지 못하는 웃지 못 할 일들이 벌어진다는 소식을 접한다. 그것이 교과 공부이건 매너 교육이건 간에 당당하게 가르치고 당당하게 평가 받으며 비굴해지지 말기를 자신에게 다짐해 본다. 최하 등급을 받는 한이 있더라도, 인기 없는 선생이 되더라도 제자들의 인간적인 성숙을 위해 매너 교육은 포기할 수 없는 가치다.

내가 뿌린 씨앗이 자갈밭이 아닌 옥토에 심어질 수 있도록 아이들의 마음 밭을 날마다 들여다보고 그 씨앗이 잘 자라고 있는지, 나쁜 생각이 자라서 잡초 무성한 풀밭이 되고 있는 건 아닌지 살필 일이다. 그러니 제자들에게 매너 교육을 가르치려면 나부터 매너 교육의 달인이 되어야 한다. 공부 가르치는 것보다 더 어려운 매너 교육, 어떻게 정착시킬까? 해가 갈수록 어려운 자리가 선생의 자리다.

- 출처 : 「오마이뉴스」 매너, 어떻게 가르칠까?

수학 시간에 심안을 가르치다

양감을 기르는 적용 학습, 매우 중요해요

어제는 수학 시간에 거리 재기를 공부했다. 발걸음과 양 팔을 이용하여 여러 가지 길이를 재는 공부였다. 교실에 있는 물건의 길이를 어림짐작한 것과 실지 길이의 차가 가장 작은 모둠에게 포인트를 주는 재미있는 놀이를 통하여 아이들의 양감을 측정해보며 참 재미있게 공부했다. 양감을 길러주기 위해서 실제로 재어보는 공부를 자주, 많이 하는 경험이 중요하다.

길이재기의 마지막 차시는 '실생활에 적용하여 봅시다.'이다. 운동장에 나가서 구령대에서 교문까지 거리를 어림짐작한 다음, 실제로 재어보고 가장 차가 적은 모둠에 포인트를 주는 수학 게임을 했다. 날씨도 화창하고 좋아서 운동장에서 수학 공부를 하는 아이들의 표정은 즐거움에 찼다. 발로 재는 아이, 팔 길이로 재는 아이, 나름대로 자기만의 방법을 총동원하여 열심히 재는 아이들. 현민이가 자기 발로 재다가 몇 번이나 헤아린 숫자를 놓쳐서 다시 돌아가 재는 모습에 다른 아이들은 깔깔대며 웃었다.

은비는 제법 체계를 갖춰 재는 모습이 대견했다. 책에다 발걸음이 10번이 될 때마다 기록을 하여 수학 책이 온통 숫자로 꽉 찼다. 인재는 자기 팔 길이로 잰다며 다리를 쫙쫙 벌리며 운동장에 표시를 했다. 여섯 명의 아이들은 저마다 다른 방법으로 짝끼리 도와가며 재는 모습이 참 귀여웠다.

각 모둠에서 어림짐작한 거리를 적은 다음, 줄자를 이용하여 실제로 재는 공부를 했다. 구령대에서 교문까지는 50m가 되었는데 제법 비슷하게 맞춘 두 모둠에게 칭찬 점수를 주었다. 이렇게 아이들은 세상을 보는 눈을 키워갈 것이다.

"운동장에 직접 나가서 공부하니까 재미있었나요?"

"예, 선생님!"

"어때요? 여러분이 어림짐작한 것이 정확합니까?"

"아니요, 차이가 많이 나요. 조금 비슷해요."

"그래요. 눈으로 보는 것이 생각보다 차이가 많이 나기도 한답니다. 그러니까 앞으로도 자를 사용하여 길이를 재보는 습관을 길러서 여러분의 눈짐작이 정확해지도록 노력하면 됩니다. '마음의 눈'을 키우는 일은 더 소중해요."

"그리고 한 가지 더 말하고 싶은 게 있어요. 눈으로 본 것을 있는 그대로 믿는 것도 조심해야 한다는 것입니다. 조금 어려운 이야기이지만 우리 몸에서 가장 거짓말을 많이 하는 게 눈이랍니다. 그런데도 사람들은 눈으로 본 것을 가장 잘 믿지요. 여러분이 수학 시간에 어림짐작해 본 길이와 직접 재어본 길이에 차이가 많이 나듯이 여러분이 눈에 비친 다른 일들도 그렇게 차이가 많답니다.

그러니까 어려운 말로 하면 '마음의 눈', 즉 심안을 가져야 한답니다. 그 눈은 가장 아름답고 소중한 눈이랍니다. 사람들은 그 마음의 눈, 심안을 가지려고 좋은 책을 보고 공부를 하고 학교에 와서 지혜를 얻기 위해 노력한답니다. 좋은 곳을 여행하기도 하고 현장체험학습도 많이 다니는 거랍니다. 좋은 영화를 보는 일, 아름다운 음악을 듣는 일, 아름다운 자연의 모습을 보는 것도 모두 마음의 눈을 키우는 일이랍니다.

그리고 친구의 좋은 점을 많이 보는 눈, 긍정적인 생각을 많이 갖도록 노력하는 일, 어렵거나 힘든 일도 포기하지 않고 끝까지 하려고 노력하다 보면 자기도 모르게 마음의 눈이 크고 넓어진답니다. 아직은 어린 2학년이지만 길이재기를 공부하는 수학 시간에 여러분의 눈으로 직접 보고, 발과 팔로 직접 재어본 거리도 많이 차이가 난다는 것을 깨달았을 것입니다. 앞으로 집에서도 부모님과 함께 어림짐작해서 재어보는 시간을 많이 갖기 바랍니다. 자기가 직접 본 것도 다시 한 번 생각해 보고 말하는 습관까지 가지면 더욱 훌륭한 사람이 될 것입니다."

아직 어린 아홉 살 아이들에게 다소 철학적인 말을 곁들였지만 아이들은 진솔하기 때문에 금방 받아들였다. 사랑스럽고 귀여운 이 아이들이 눈에 보이는 세계가 전부가 아니라는 것을 깨달으며 영적인 눈과 심안을 지닌 한 인격체로 성장하기를 진심으로 바랐다.

- 출처 : 「오마이뉴스」 수학 시간에 '심안(心眼)'을 가르치다

짝꿍이 생겼어요

어제는 여름방학을 끝내고 첫 출근하는 날. 다른 날보다 일찍 서둘러 출근을 하였다. 아이들이 오기 전에 교실 대청소를 하기 위해서였다. 빈 교실에는 지난여름에 교실에 들어왔다가 미처 나가지 못하고 생을 마감한 몇 마리 곤충들이 교실 바닥에 누워 있을 뿐, 예전과 다름없었다.

부지런히 비질을 하고 걸레질을 마치고 집중 보관 중인 화분들을 살피러 갔다. 교실에 있을 때는 생생하던 화분 2개가 물길이 미치지 못했는지, 주인이 없어서였는지 잎이 마르고 늘어진 채 나를 원망하고 있었다. 말 못하는 식물들이지만 참 미안했다. 아이들이 오기 전에 죽은 꽃들을 정리했다. 생명이 다한 모습은 그것이 식물이건 파리 한 마리이건 간에 아이들에게 보여주지 않는 게 좋기 때문이다.

대충 정리를 끝내고 교실에 가려는데 교무부장 선생님이 부르셨다.

"장 선생님, 2학년에 새 식구가 왔습니다. 축하드립니다."

1학기 때부터 입버릇처럼 남학생이 전학오면 좋겠다고 했는데 여자아이였다. 키도 크고 예쁘장한 여자 아이를 보는 순간 여러 가지 생각으로 즐거웠다.

"○○ 어머님! 참 잘 오셨습니다. 어떻게 읍내 학교에서 작은 시골 학교로 오실 생각을 하셨습니까?"

"예, 덕진초등학교가 방과 후 학교를 열심히 한다는 소문을 들었습니다. 아이들이 공부도 잘하고 학원에 안 가도 될 만큼 좋다고 하더군요.

첫날인데 오늘도 공부를 하나요? 책을 안 가져 왔는데요."

"예, 우리 학교는 1교시부터 바로 공부를 시작한답니다. 교실도 다 정리했으니 아이 책상과 의자만 들여가면 되겠습니다. 책 걱정은 마십시오. 헌 책도 있으니 공부를 시키겠습니다. 언제든지 상담이 필요하시면 불러 주십시오. 열심히 가르치겠습니다."

낯설어하는 학부모님께 이것저것 간단히 이야기를 나누고 아이를 데리고 바로 수업에 들어갔다. 우리 반 아이들은 새 친구를 보고 매우 기뻐하며 반가움을 눈웃음에 숨기고 있었다. 남자 둘, 여자 셋인 우리 반의 성비가 2대 4로 더 맞지 않게 되었지만 이젠 짝꿍을 만들어 줄 수 있게 되어서 기쁘고 모둠 학습도 더 잘할 수 있게 되어 내가 더 신이 났다. 처음으로 남자 아이와 짝을 정하게 되었으나 수줍어하며 자기 생각을 말하지 못하는 아이들을 가위 바위 보로 짝을 짓게 하였다.

그런데 평소에는 제일 말이 없는 은비가 제일 먼저 인재를 지목하여 짝을 이루는 모습이 참 신기해서 한참이나 웃었다. '용감한 사람이 원하는 친구와 짝이 되는 건데' 하고 혼자 중얼거린 소리를 들은 모양이다. 이렇게 해서 우리 반 아이들은 초등학교에 들어온 이후 처음으로 둘이서 짝을 지어 앉게 된 것이다. 그동안 개인 별로 칭찬점수를 계산해 주었는데 이제부터는 두 사람이 한 모둠이 되어 협동점수를 받게된 것이다. 개인 간 경쟁보다도 팀별로 경쟁하는 게 아이들의 인성 발달에도 참 좋다.

즐거운 생활 노래를 부르면서도 모둠별로 가사 외우기나 계이름 외우기를 쟁반 노래방으로 돌아가며 부르게 하니 분위도 좋고 아이들도 참 즐거워하였다. 둘이 마주 보고 손뼉을 치며 박자를 맞추어 노래 부르는 모습도 참 보기 좋았다. 점심을 먹을 때에도 짝끼리 먹고 역할 분담 활동을 할 때도 짝끼리 다정하게 하는 모습을 보며 행복했다. 세상은 역시 어울려 살아야 좋다는 생각이 들었다. 이제는 3대3으로 두 팀을 나누어 즐거운 게임이나 시합도 하기 좋을 것 같다.

새로 전학 온 아이 덕분에 다른 때보다 활기차게 2학기를 시작하게 되어 참 좋다. 아이들도 새 친구와 어울려 행복한 2학기를 보내겠지. 당장 새 친구에게 주는 그림과 편지를 쓰며 벌써부터 눈을 맞추고 소곤대는 모습, 우리 반의 자잘한 규칙을 가르쳐 주며 친절함을 보여주는 따뜻한 아이들이다. 저렇게 금방 친해지고 동화되는 아이들처럼 우리 어른들도 그렇게 서로를 받아들이며 살면 얼마나 좋을까. 지역으로 나뉘고 종교와 정치적 이념으로 갈라져 서로 얼굴을 붉히는 어른들이니까.

소규모 학교인 우리 학교가 살아남는 방법은 오직 하나뿐이다. 아이들의 실력 향상과 높은 인성지도로 지역사회의 중심이 되는 것이다. 개학 첫날부터 개학식마저도 학급 교육과정 시간으로 쓰며 알차게 시작한 하루였다. 1학기처럼 첫날부터 아침독서를 하고 〈읽기〉책 받아쓰기를 하며 방학 숙제를 하나씩 점검했다. 일상적인 반복 훈련은 몸에 밸 때까지 해야 효과가 있음을 생각하면 학교에서 이런저런 이유로 예외적인 학사 일정이 생기면 아이들은 금방 느슨해진다. 어른들보다 더 민감한 아이들에게 잠재적 교육과정이 주는 영향은 매우 크기 때문이다.

날마다 해는 동쪽에서 뜨는 것처럼 학교에 오면 습관처럼 책을 읽고 고운 말을 쓰며 친구와 잘 어울려 공부하고 바르게 인사하며 질서를 지키고 식사 후에는 반드시 양치질을 하는 일 등은 하루도 빠뜨려서는 안 된다. 그러한 습관이 집에 가서도 마을에 나가서도 행동으로 옮겨지리라는 믿음으로 가르쳐야 한다. 여름방학이 끝나고 학교에 오니까 행복하다는 아이들도 있고 집에서 노는 게 좋아서 방학이 더 길었으면 한다는 아이도 있다.

당장 내일부터는 오후 4시까지 방과 후 프로그램으로 아이들이 힘들어 할 것이다. 그래도 한 아이도 빠지지 않고 씩씩하게 잘 참여하여 자신의 삶을 살아갈 우리 아이들이 대견하다. 여름방학 동안 무럭무럭 자라고 탈 없이 지내며 일기도 꼬박꼬박 잘 쓰고 독서학습지랑 알뜰하게 정리해 온 모습이 기특하기만 하다. 가족들이 모두 바빠서 방학 동안 여행도 못하고 집에서만 놀았다는 아이는 친구들을 만나 연신 웃으며 친구랑 눈을 맞추며 즐거워한다.

내일 아침에는 우리 반 아이들 일기장이 즐거울 것 같다. 새 친구 이야기로, 짝꿍 이야기로 주제가 바뀔 테니까. 앞으로도 네 명쯤 더 들어와서 재미난 교실이 되었으면 참 좋겠다. 오늘은 참 즐거운 날이었다. 아무래도 내일은 새 친구를 위한 축하 파티라도 해야겠다. 짝꿍이 생겼다며 즐거워하는 우리 반 아이들의 시선이 담임인 나에게 더 멀어지는 것 같아 은근히 샘이 나지만 품안의 자식은 언제든 떠날 준비를 하게 해야 되니까 참아야겠지?

- 출처 : 「오마이뉴스」 짝꿍이 생겼어요

아이들이 행복한 세상

지난 8월 어느 날 밤, 11시 20분경이었다. 자정이 다 되어가는 시각에 울린 전화에 깜짝 놀랐다.

"여보세요. 장옥순 선생님이지요? 늦은 시각에 죄송합니다. ○○ 할머니입니다."

"괜찮습니다. 그 동안 잘 계신가요?"

"우리 ○○ 때문에 고민이 생겨서 전화했습니다. 누구한테 물어볼 사람도 없고 해서 선생님 생각이 나서 이렇게 염치 불구하고 전화해서 죄송합니다."

"아닙니다. 편안하게 말씀하십시오. 우리 ○○한테 무슨 일이 생겼습니까?"

그렇게 전화를 받은 나는 30여 분 가까이 통화를 하면서 귀에 불이 나는 줄 알았다. 휴대폰에 열이 나서 견딜 수 없었지만 급박한 상담 전화라서 기꺼이 응해 드렸다. 내게 상담을 요청하신 분은 손자를 10년째 혼자 길러서 초등학교를 보내신 분이었는데 2년 전에 내가 가르친 제자의 할머니였다. 가정불화로 이혼한 며느리 대신 손자를 키우며 스스로 글공부까지 하시면서 까지 손자에게 받아쓰기를 시킬 만큼 교육열이 높은 분이셨지만 연세도 이미 칠순을 넘기셨다. 아기 때부터 손자를 기른 할머니는 아이 아버지가 있는 도시로 올봄에 전학을 시켜서 공부를 더 잘 시켜보려고 새어머니에게 보낸 지 몇 달이 지났다고 했다.

그런데 10살짜리 손자가 대도시 생활에 적응하기가 수월하지 않으리라는 것은 짐작하고도 남음이 있다. 일하러 다니는 아버지, 새어머니의 동갑짜리 여동생 사이에서 겪을 정서적 갈등, 학원으로 달려가는 일상, 시골에서 살다간 아이가 겪는 왕따 비슷한 학교 풍토까지 모든 것이 힘들었다는 것이었다. 바다를 보며 날마다 축구공을 친구삼아 동네 친구들과 즐겁게 뛰놀고 공부하며 까맣게 그을린 피부를 자랑하던 건강한 아이가 정서불안을 보이며 다시 시골학교로 전학 오고 싶다는데 어찌하면 좋겠느냐는 하소연이었다.

이미 어머니가 자신을 버렸다는 원초적인 상처를 안고 있는 아이는 사춘기를 맞이하며 새어머니와 적응하기란 쉽지 않을 것이며, 다인수 학급과 경쟁 일변도의 도시 생활 속에서 그 동안 얼굴을 맞대며 살아온 다정한 친구와 사랑으로 길러주신 할머니를 그리워하는 마음의 병을 앓고 있음이 분명했다. 할머니의 정을 듬뿍 받고 자란 아이는 1학년 때에도 다른 아이들보다 애정 표현에 민감하고 사랑스러웠으며 돌출 행동으로 놀라게 하는 일이 많았다. 때로는 주의력 결핍증을 의심해 볼만큼 산만하면서도 운동을 좋아하고 친구들과 거친 언어로 다툴 만큼 관심과 손길이 절실한 아이였기 때문에 나 역시 가르치는 동안 마음고생을 하기도 했다.

그 아이에게 좀 더 좋은 교육환경을 찾아주기 위해 힘든 결정을 내리며 손자를 보내며 슬퍼하고 외로워하신 할머니와 사랑을 갈구하는 아이가 낯선 환경 속에서 나날이 어두워지는 모습이 더 상상되어 나도 아이 편을 들어 주고 싶었다. 아직은 10살 밖에 안 된 초등학생에게 학원 공부보다 더 소중한 것은 그 아이의 행복이라고 생각했다. 공부도 잘하고 운동도 잘하는 그 아이는 언제든지 자신이 생각하고 원하기만 하면 충분히 도시 생활에 잘 적응하며 경쟁구도 속에서 자신의 앞길을 개척하리라고 생각했다. 그대로 두었다가 사춘기를 겪으며 새 식구들과 불화 속에 학업까지 등한히 하는 결과를 초래하는 최악의 상황을 고려하지 않을 수 없기 때문이다.

새롭게 가정을 꾸린 아버지가 더 좋은 환경 속에서 사랑을 주며 공부를 시키고자 하는 마음에 할머니에게서 데려갔지만 오히려 더 힘들어하는 손자를 그냥 두고 볼 수 없는 할머니의 모습도 안타깝고, 갈등할 아버지나 새어머니도 힘든 시간을 보냈을 몇 달. 아이들의 문제는 언제나 가정에서 비롯됨을 생각해 볼 때, 10년 동안 살아온 고향으로 돌아오고 싶어 하는 간절함을 어른들이 이해해야 한다고 말씀드렸다.

시골에서도 얼마든지 공부를 잘 하던 아이였으니까. 숙제도 잘 해오고 책임감도 투철했던 아이였다. 거기다 놀이의 천재라 할 만큼 친구들과 잘 어울리고 명랑했던 ○○가 콩나물 교실과 학원을 오가며 할머니랑 살고 싶다고 눈물로 전화하는 모습은 결코 '행복한 어린 시절'은 아니다. 어린 시절의 행복한 경험과 추억은 그 다음 인생을 살아가는 밑거름이 되기에 필요충분조건이라고 생각한다. 그 행복의 시작은 바로 '자유'에 있음을! 시골 고향 마을을 친구들과 함께 뛰놀며 추억을 쌓는 자유와 낭만을 영어 단어 하나 매끄럽게 구사하는 생활영어, 수학 문제와 바꿔야 한다면, 사랑하는 친구들 대신에 숫자와 경쟁 속에 일찍부터 자신을 내몰아야 한다면 슬픈 일이라고 생각한다.

고혈압을 앓는 할머니 곁에서 말벗이 되어주며 학교생활도 잘 하던 ○○가 원하는 행복의 가치를 잴 수 있는 도구는 없다고 생각한다. 아이가 느끼는 마음의 안정과 행복을 담보로 더 좋은 대학교, 더 좋은 직장에 다니며 부를 쌓기 위해 대도시로 일찍부터 나가서 사교육의 대열에 서서 무한경쟁을 시작해야 한다고는 생각하지 않는다. 자식 교육을 위해 일찍부터 해외로 이민을 가거나 나 홀로 유학도 마다하지 않으며 기러기 아빠만 20만 명을 넘는 이 나라, 국제중학교를 설립하여 초등학생부터 입시 전쟁으로 내몰며 교육의 양극화를 부추기는 현실 속에서 ○○를 다시 시골 고향 초등학교로 전학시키기에는 용기가 나지 않았을 할머니의 고민. 남들은 초등학교부터 도시로 보내기 위해 위장전입도 마다하지 않는데 아이가 원하는 일상의 행복을 모른 체 할 수 없는 어려운 선택 앞에서 나도 함께 고민했다.

선택의 기준은 불확실한 미래가 아닌 현재 아이가 원하는 행복이었으며, 좀 더 자란 뒤 중학생이나 고등학생이 되어 자아정체성이 확립되었을 때도 늦지 않다는 결론이었다. 아직은 옮겨 심을 때가 아니라는 나의 판단이 잘못되지 않기를 진심으로 바라는 마음이다. 우리 ○○가 할머니 곁에서 2학기를 다시 시작하며 예전처럼 밝고 행복하기를 바란다. 유년의 행복한 추억은 평생 꺼내 먹고도 남을 만큼 충분한 마음의 식량이라는 것을 그가 알 때쯤이면 할머니도 나도 그의 앨범 속에서 그리움 한 쪽쯤 차지할 수 있을까?

떠나온 학교의 학부모가 마음을 터놓고 손자의 교육을 위해 한밤중에 전화까지 하실 만큼 나를 믿어주셔서 교단에 서 있는 보람을 느끼면서도 수시로 전화라도 하여서 그 아이가 곁길로 나가지 않도록 돌봐야 할 책임을 느끼기도 했다. 이 세상의 모든 인연은 결코 끝나는 법이 없으며 눈에 보이지 않더라도 잠재의식과 무의식 속에 남아서 나와 함께 호흡하고 있다고 생각한다. 그래서 지구는 둥글지 않을까?

나는 여름방학 내내 책들과 열애를 하느라 묵언 수행하는 불자처럼 자신 속으로 한없이 들어갔다. 좋게 말하면 '버리는 연습'을 많이 했다. 사람을 만나는 일도 최대한 정리하고 문학모임마저도 하나씩 없애며 청소를 하였다. 마치 냉동고를 치우고 냉장고를 청소하는 것만큼이나 정신이 개운해졌다. 제대로 고이지도 못한 가뭄 든 우물을 긁어내듯 글샘을 파는 것도 부끄러운 일이라는 자각이 들어 한 달 동안 참았다. 모든 원인은 내 안에 있다는 깨달음으로 석학들의 영혼이 녹아있는 책들 속에서, 도서관의 서고에서, 서점에서 부족한 식량을 채우느라 바빴던 지난여름 방학이었다.

이제 숙제를 마치고 다시 학교로 돌아갈 준비를 하며 이 글을 올린다. 고향으로 돌아오는 아이가 나의 글 샘에서 목을 축이고 2학기를 씩씩하게 달려가기를 바란다. 아이의 행복을 진심으로 빌면서.

'사랑하는 ○○아! 비록 몸은 멀리 있지만 나는 네가 행복한 삶을 살기를 늘 빌어줄게. 220일 동안 한 교실에서 인연을 나눈 너에게 나는 책임이 있지. 어린 왕자가 자기가 물을 준 장미에게 책임을 느끼듯 말이야. 선생님은 네가 진정으로 행복하길 바란다. 엄마를 미워하며 상처받은 네 마음도 빨리 낫기를 빌어. 연세 많으신 할머니를 위하는 네 마음이 하늘에 닿아 시골에 살아도, 비싼 학원 공부를 못 해도 훌륭하게 자라서 행복한 인생을 살기를 눈물로 기도했단다.

좋은 일을 간절히 원하면 온 우주가 응답한단다. 너를 위해 노심초사하는 할머니의 정성이 하늘을 울리고 온 우주에 닿아 네 아픈 유년의 상처까지도 인생의 무지개로 꽃 피우기를!'

- 출처 : 「오마이뉴스」 아이들이 행복한 세상

난독증을 모르는 사람이 너무 많아요

(아래에 소개하는 글은 필자의 학습연구년 주제인 〈난독증 극복으로 행복한 아이 만들기〉에 관한 한교닷컴 원고를 읽고 상담을 청해 온 학부모님과 주고받은 내용이다. 난독증으로 고민하는 학교나 선생님보다 학부모가 먼저 알고 자녀 교육에 임하고 있는 모습을 보면서 매우 미안하고 죄송했다. 이메일로 들어온 학부모 상담 요청 내용을 공개하는 이유는 학교 현장에서 난독증에 관한 이해가 얼마나 부족한지, 상처 받는 아이들을 제대로 이해라도 해주었으면 하는 마음이다.)

난독증 용어조차 모르는 교단 현실 미안해요

Q : 장옥순 선생님, 안녕하세요? 저는 서울에 사는 초등학교 2학년 아이를 둔 엄마입니다. HB두뇌학습클리닉에서 진단받고 1년을 뇌트레이닝 받고 2년 동안 뇌교육을 시켰습니다. 현재는 아빠로 인해 강제로 뇌교육을 내린 상태로 답답하던 차에 선생님이 쓰신 감동의 글(학습부진 아동, 알고 보니 난독증?)을 읽었습니다. 제가 원하고만 있었던 일들이 이루어질 수 있겠다는 희망이 보이네요.

제게도 기회가 주어진다면 함께하고 싶습니다. 길을 찾고 싶습니다. 3년이 지났지만 여전 안개 속의 어미의 심정. 아이에게 길잡이가 되어주어야 할 텐데! 초등학교 1학년 딸아이에게도 난독증 증세가 보여 이제는 두렵습니다. 희망을 잡고 싶네요. 현직에 계시는 선생님께서 관심을 가지고 계시고 연구하고 계시다는 글을 처음 접했을 때 이제는 뭔가 이루어지겠구나. 희망이 보여 참 감사했어요. 매번 새 학기가 되면 담임선생님을 뵙지만 현직 20년이 되시는 분들도 난독증을 모르시고 처음이라는 말씀에 절망했거든요.

A : ○○○님, 안녕하세요? 이렇게 편지를 주셔서 감동했습니다. 저는 난독증으로 고생하는 제자를 보며 고민하다 그분야를 연구 중인 현직 교사랍니다. 제가 30년 간 가르친 제자 중에 글을 늦게 깨우친 아이들이 지금 생각하니 난독증이었습니다. 먼저, 답답하실 그 마음에 깊은 위로를 보냅니다. 다행히 어머니께서 알고 계시니 천만다행입니다. 누구보다 상처 받을 아이 마음을 알아줄 수 있으니 말입니다.

난독증 아동은 학습 부진이 아닌 학습장애

제가 현재까지 공부한 바로는 난독증 아이들은 결코 병이 아닌, 특별한 뇌 부위를 사용한다는 점입니다. 보통 사람들과 다른 뇌 부위를 사용하여 글을 해독한다는 사실입니다. 그 사실을 교육 현장에서 아직 접하지 못한 선생님들이 많아서 아이를 학습부진아 취급하는 게 문제라는 겁니다. 엄밀히 말씀드리면 난독증은 학습 부진이 아닌, 학습장애로 봅니다. 외국은 그렇습니다. 학교에서 난독증 아동을 학습 부진아 취급해서는 안 됩니다. 공부를 하고 싶어도 못하는 일종의 학습 장애를 지닌 아동이기 때문입니다.

하루 빨리 난독증 아동 실태를 파악하여 학습장애 클리닉을 받도록 국가가 나서야 합니다. 그러기 전에 우선 시급한 것은 그 아이들을 학습 부진아 취급을 하여 마음의 상처를 받지 않도록 하는 일이 먼저입니다. 마치 특수교육 대상 아동이 별도로 특수교육을 받을 수 있는 권리를 가지는 것처럼 해야 된다는 뜻입니다. 난독증 아이들은 결코 게으르거나 공부를 싫어하는 아이들이 아닙니다. 제가 드리고 싶은 말씀은,

부모님의 인내 위에 칭찬과 격려가 중요해요

첫째, 부모님이 지금까지 참으신 것처럼 앞으로도 길게 참고 사랑하는 자녀를 격려하시는 일입니다. 에디슨은 대표적인 난독증입니다. 그 어머니의 칭찬과 격려가 그를 그렇게 위대한 인물로 만들었습니다. 난독증을 극복하고 지역 도서관의 책을 모두 읽게 할 만큼! 절대로 다른 학생들과 비교하시면 힘듭니다. 자녀분은 다른 아이들이 지니지 못한 특별한 재능이 분명히 있습니다. 난독증을 가진 사람들 중에 세계적인 천재가 많습니다. 다빈치, 아인슈타인, 에디슨, 조지 부시 등……

1학년 딸아이는 될 수 있으면 즐거운 책을 많이 읽어주십시오. 행복하거나 즐거운 만화를 많이 보게 하는 것도 좋습니다. 왜냐하면 난독증 아이들은 긴 글을 보면 머리 아파한다는 걸 저도 최근에야 알았습니다. 읽고 싶어도 읽지 못하는 그 고통을 이해해 주서야 합니다. 긴 숨 몰아쉬며 부모님이 기다리고 믿고 자신을 격려한다는 사실을 알게 하시고 늘 안아주십시오, 사랑은 최선의 약이기 때문입니다.

학기 초 학급 담임이 난독증 아동을 따로 배려해야 해요

무엇보다 다행인 것은 부모님이 알고 계시니 학교 측에, 담임이 바뀔 때마다 난독증임을 알리셔서 배려를 받으시는 겁니다. 시험을 치를 때 다른 아이들보다 긴 시간이 필요하다는 것, 누군가가 시험문제를 읽어주면 훨씬 성취도가 높습니다. 독서를 하거나 교과서를 읽을 때에도 묵독보다는 소리를 내어 읽고 자기 귀로 들어야 독해력이 좋아집니다. 학교 측이 먼저 도와야 하지만 아직까지는 그런 준비가 안 되어 있는 것이 우리나라 현실임이 죄송합니다. 저도 연구를 시작하면서 이 분야를 전문적으로 가르쳐주는 기관이 없어서 전문 연수를 받지 못하고 혼자 책으로만, 외국 사례 중심으로 공부하는 중입니다.

아이의 장점을 찾아서 자존감 키워주세요

둘째, 난독증 아이들은 독해력이 떨어지므로 학교 성적을 내기가 불리합니다. 자녀분이 책이 아닌 예능 분야(그림이나, 악기 등 다른 재능 분야)에 소질이 있는지 파악하셔서 그 아이가 좋아하는, 즐거워하는 것을 마음껏 펼치도록 기회를 주십시오. 자신이 잘하는 것을 하면서 인정과 칭찬을 받으면 그 힘으로 일어서기 때문에 난독증까지도 쉽게 이길 수 있습니다. 다만 어떤 경우에도 부모님이 조급해하시거나 채근하시면 아이가 힘들어 합니다. 무조건 지지하시길 빕니다.

난독증 아동은 특정한 뇌 부위를 사용하는 창조성 발휘해요

셋째, 세상 사람은 모두 다르다는 것, 학교에서 지필 평가하는 성적은 극히 일부라는 것, 존재만으로 소중하다는 것을 늘 표현하시기 바랍니다. 길게 보면 1~2년 고생합니다. 늦터진다고 보십시오. 그러나 늦게 된 자가 멀리 가면 더 잘 가는 것을 많이 볼 수 있습니다. 다른 아이에게 없는, 다른 사람이 쓰지 않는 뇌 부위를 사용하는 아이들이기 때문에 창조성이 뛰어난 자녀임이 분명합니다.

마치 대나무는 땅 속으로 5년 동안이나 뿌리를 뻗은 다음 싹이 올라오면 어떤 나무들보다 키도 크고 단단한 것처럼! 저도 힘닿는 데까지 돕고 싶습니다. 난독증 교재는 쉽게 풀이된 건 없지만 제가 구입한 책 목록을 소개합니다.

1. 『난독증의 진단과 치료』
2. 『난독증 두 번째 이야기』
3. 『아이의 정서지능』
4. 『난독증의 재능』
5. 『학습장애 클리닉』을 추천합니다.

위의 모든 이야기는 결국 '사랑'입니다. 그리고 칭찬입니다. 자녀를 위해 질긴 기다림 속에도 아이를 기꺼이 받아주시리라 믿습니다. 저도 응원합니다. HB두뇌클리닉센터에서 전문가과정 연수를 하려고 했는데 요즘은 안 하는 것 같아 아쉽습니다. 혹시 그쪽 정보(연수나 세미나)를 접하시면 저에게도 연락 주십시오. 만나서 같이 이야기하고 싶습니다. 돕고 싶은 마음에 말이 길었습니다.

자식만큼 귀한 축복이 없습니다. 다른 아이들과 전혀 다른 장점을 가진 소중한 존재의 잠시 더딘 발전은 '대기만성'으로 길게 보시길 다시 한번 권해 드립니다. 마지막으로 아이와 함께 공부 부담이 없는 놀이체험, 명상센터 등 가족과 함께 자연 속으로 여행을 추천합니다. 순수한 놀이는 뇌가 즐거워하니까요. 너무 길었나요? 종종 연락주세요. 저도 같이 노력하겠습니다. 저도 새로운 정보를 접하면 수시로 안내해 드리겠습니다. 용기를 내십시오.